Frances Hodgson Burnett

法蘭西絲・霍奇森・伯內特

英裔美籍女作家，生於一八四九年十一月二十四日，卒於一九二四年十月二十九日。是最早使用現代心理描寫手法進行兒少文學創作的作家之一。出生於曼徹斯特。十六歲時，法蘭西絲隨全家移民美國；十八歲開始發表作品；二十八歲時，出版了她的第一部暢銷書《勞瑞家的閨女》；六十二歲時，發表了她最著名也最成功的作品《祕密花園》，奠定了她在文學史上舉足輕重的地位。此外還有代表作品《小公主》（又名莎拉公主）、《小公子》等，廣受歐美國家青少年的喜愛，都是世界文學寶庫中的經典著作。

聞翊君

淡水人，熱愛文字、動物、電影、紙本書籍。現為自由譯者，擅長文學、運動健身、科普翻譯。
聯絡信箱：andorawen@gmail.com

The Secret Garden

法蘭西絲・霍奇森・伯內特 —— 著
聞翊均 —— 譯

祕密花園

A Novel

Golden Age 22

祕密花園 The Secret Garden
電影原著、少女成長小說經典共讀(懷舊精裝版)

作　　者　法蘭西絲·霍奇森·伯內特
譯　　者　聞翊均

總 編 輯　張瑩瑩
副總編輯　蔡麗真
責任編輯　徐子涵
校　　對　魏秋綢
行銷企劃　林麗紅
印務主任　黃禮賢
封面設計　井十二設計研究室
版面構成　奧嘟嘟工作室

社　　長　郭重興
發行人兼出版總監　曾大福
出　　版　野人文化股份有限公司
發　　行　遠足文化事業股份有限公司
地址：23141新北市新店區民權路108-2號9樓
電話：（02）2218-1417　傳真：（02）8667-1065
電子信箱：service@bookrep.com.tw
網址：www.bookrep.com.tw
郵撥帳號：19504465遠足文化事業股份有限公司
客服專線：0800-221-029
法律顧問　華洋法律事務所　蘇文生律師
印　　製　成陽印刷股份有限公司
初版首刷　2016年8月

歡迎團體訂購，另有優惠，
請洽業務部（02）22181417分機1124、1126

國家圖書館出版品預行編目資料

祕密花園：電影原著、少女成長小說經典共讀 /
法蘭西絲.霍奇森.伯內特作；聞翊均譯. -- 初版. --
新北市：野人文化出版：遠足文化發行，2016.08
面；　公分. -- (Golden age ; 22)
譯自：The secret garden
ISBN 978-986-384-151-7(精裝)

873.59　　105011936

本書線上讀者回函

目錄

第一章　空無一人

瑪莉・蘭尼克斯剛被送到密蘇威特的姑丈家時，所有人都認為她是他們這輩子看過最討人厭的小孩。他們一點也沒錯，瑪莉的臉蛋瘦瘦小小，身材也乾乾癟癟，頭髮稀疏扁塌，又臭著一張臉。她是在印度出生的小孩，又無時無刻都在生病，所以她的頭髮是黃色的，臉也是黃色的。她的父親在英國政府機關工作，總是忙得連他自己也被疾病纏身，而她的母親則是位只想到處參加宴會的美麗女子，樂於和討人喜歡的朋友交際。她根本不想要養育小女孩，一生下瑪莉就把她交給保母照顧，保母很快就發現，讓女主人高興的方法就是盡她所能地別讓女主人看到小孩。因此，不論瑪莉是個病懨懨的煩人醜陋小嬰兒，還是長大成一個病懨懨的煩人學步小鬼頭，她都很少出現在她的母親面前。她眼中唯一熟悉的事物就是保母黝黑的臉和其他印度僕人，這些人不敢讓瑪莉的哭聲打擾到女主人，因此對瑪莉百依百順。瑪莉在這樣的環境下成長，到了六歲時，她變成了有史以來最自私暴虐的小蠢豬。第一位教瑪莉讀書寫字的家庭女教師是位年輕的英國人，她很討厭瑪莉，只教了三個月就放棄，接下來接任的家庭女教師都待不到三個月就離開了，若非瑪莉真的很想知道如何閱讀書籍，她根本不可能學會任何詞彙。

在她九歲時的一個早晨，她一起床就覺得極高的氣溫讓她煩躁，接著她看到床邊站著的傭人不是她的保母，這讓她更加煩躁了。

「妳來這裡幹麼？」瑪莉對陌生的女人說，「妳不准待在這裡，叫我的保母過來。」

床邊的女人看起來嚇壞了，她結結巴巴地說保母不能來了。瑪莉接下來憤怒地踢打那個女人，但那女人只能驚恐萬分地不斷重複說著，保母再也不可能來找小姐了。

那天早上的空氣瀰漫著神祕的氛圍，沒有任何事依照過去的慣例進行。瑪莉看到不少面色慘淡的印度傭人驚恐地匆匆溜走，但沒有人留給她隻字片語，保母也沒有出現，整個早晨她都是獨自一人。最後她遊蕩到花園，在靠近露臺的樹下自己玩了起來，她假裝自己正在建造一座花圃，把盛開的艷紅色朱槿花塞進小土堆裡，但她越塞越生氣，開始小聲唸著她要在姍蒂回來後對她說的話。

「蠢豬！蠢豬！妳這個蠢豬養大的女人！」瑪莉罵道。稱呼印度人豬是對他們最嚴重的侮辱。

她齜牙咧嘴地重複著這段話，直到她看到她的母親和另一個人一起走出屋子，步上露臺。站在她母親身旁的是一位俊秀的年輕男子，兩人用一種奇怪的低沉音調對話。瑪莉知道這個看起來像男孩一樣年輕的俊秀男子是誰，她聽大人說過他是剛從英國過來的軍官。女孩盯著他看了一陣子，又花了更長時間盯著她的母親。只要母親一出現在視線中，瑪莉就會盯著她看，因為女主人（瑪莉通常都是這麼稱呼她的）看起來高䠷纖瘦，十分美麗，總是穿著漂亮的衣服，她的頭髮像微捲的絲織品，小巧的鼻子好像看不起任何事情一樣，一雙大眼睛充滿笑意。她的每件衣服都輕飄飄的，瑪莉用「很多蕾絲」來形容那種衣服。這天早上，母親衣服上的蕾絲看起來比「很多蕾絲」還要更多，但她的眼裡一點笑意也沒有，那雙眼睛驚恐地大張著，用懇求的眼神看著軍官像男孩般的俊秀臉龐。

「情況是不是真的很糟？噢，是不是？」瑪莉聽到她的母親問道。

「糟糕至極，」青年的聲音顫抖著，「糟透了，蘭尼克斯太太，您應該在兩週前就動身去山丘的。」

女主人絞緊雙手。

「啊，我就知道！」她哭著說，「我竟然為了那個愚蠢的晚宴留在這裡，我真是個傻瓜！」

就在那一刻，一陣響亮的哭喊從傭人的住處傳來，女主人緊緊抓住了青年的手臂。瑪莉站在樹下發抖，哭喊聲越來越大。

「怎麼了？怎麼了？」蘭尼克斯太太倒抽一口氣。

「有人死了，」年輕軍官回答，「妳沒有跟我說妳的傭人也被感染了。」

「我不知道啊！」女主人哭道，「跟我來！跟我來！」然後她轉身跑進屋中。

接著瑪莉知道為何早上會有那種神祕的氛圍了，駭人的慘事接連發生，霍亂以致命的姿態出現，人們像蒼蠅般一個個死去。保母在前一天晚上病倒了，剛剛傭人房之所以會出現那陣哭喊，正是因為保母死了。當天又死了三個僕人，其他僕人都害怕得逃跑了，到處都瀰漫著恐慌，房子四周都是將死之人。

經歷了混亂與困惑的一天後，瑪莉從第二天開始便躲在保母房裡，所有人都忘了她還在那裡。沒有人記得她，沒有人想要她，又發生了這麼多她無法理解的怪事，她哭到睡著，睡醒再哭，哭完又睡，就這樣過了好幾個小時。她只知道很多人生病了，外面一直傳來嚇人的怪聲。她偷偷溜進飯廳一次，那裡一個人也沒有，桌椅散亂、杯盤狼藉，就像用餐的人因突發意外而匆忙離開了。小女孩吃了一些水果和餅乾，又因為口渴喝了一些紅酒。她不知道紅酒會讓人喝醉，而且味道是甜的，所以她喝了幾乎整整一杯，沒多久她就覺得昏昏欲睡，於是她走回保母房，再次把自己關在裡面。傭人房的哭喊和外面匆促的腳步聲讓她感到害怕，但紅酒帶來濃厚的睡意，她幾乎睜不開眼睛，最後，她躺回自己的床上，就此不省人事很長一段時間。

在瑪莉沉睡的這段時間裡發生了很多事，但她對那些哀嚎與物品被搬運進出房子的聲音渾然不覺。

她再次醒來時，只是靜靜躺在床上盯著牆壁看。整棟房子一片死寂。這棟房子從來沒有這麼安靜過，沒有任何人說話或走動的聲音。她猜想，會不會大家的霍亂都已經痊癒了，問題也都被解決了呢？之後會是誰來照顧她？她的保母死了，應該會有一位新的保母，或許新保母會有十二個新故事可以講，瑪莉已經聽膩以前的故事了。她沒有因為保母的死亡而哭泣，畢竟她向來不是情感豐沛的小孩，一直都不太在意別人。她因為霍亂在前一段時間帶來的噪音、騷動與哭喊感到驚慌，同時也因為沒有人還記得她活著而感到憤怒。每個人都太過驚恐，不記得這個沒人喜歡的小女孩，在霍亂傳染的期間，人人都只想到自己，無暇顧及其他，但等眾人都痊癒了之後，一定會有人記得要過來找她的。

但沒有人出現。她躺在床上，房子變得越來越安靜，接著，她聽到草席發出窸窸窣窣的聲音，低頭一看，有一條小蛇一邊滑行而過，一邊用黃寶石般的眼睛盯著她。她並未因此感到害怕，因為她知道這只是個無害的小傢伙，不會傷害她，而且牠看起來似乎想要趕快離開這間房間。她看著牠從門縫下滑出去。

「今天真是既奇怪又安靜，」她說，「像是整棟房子裡一個人都沒有一樣，只有我和那條蛇。」

她才剛說完話就聽到一陣腳步聲經過庭院，踏上露臺。腳步聲聽起來像是一群男人，那群人走進房子裡，用很輕的聲音對話。房子裡沒有任何人去接待他們或跟他們說話，他們開始打開一扇扇房門，察看房內。

「太淒涼啦！」她聽到有個聲音說，「那麼美麗的女人！我猜她的小孩也是。聽說這裡還有個小孩，從來沒有人看過她呢。」

幾分鐘後，他們打開保母房的房門時，瑪莉正站在房間的正中央。她看起來就是個醜陋的壞脾氣小鬼，因為飢餓與被遺忘帶來的恥辱感而皺著眉頭。第一個進入房間的是位人高馬大的軍官，她曾看過這位軍官跟她的父親講話。他踏進房間時看起來心力交瘁，但一看到瑪莉便驚喜得差點整個人跳了起來。

「巴尼！」他大喊，「這裡有個小孩！有個小孩一個人在這裡！在這種地方！老天保佑，她是誰啊？」

「我是瑪莉．蘭尼克斯。」小女孩僵硬地回答，她覺得這個人把她爸爸的房子稱作「這種地方」是一件非常沒禮貌的事，「我在大家感染霍亂的時候睡著了，剛剛才醒來。為什麼都沒人來找我？」

「她就是那個從來沒人見過的小孩！」男人轉身對他的同伴宣布，「她完全被人忘記了！」

「為什麼我會被人忘記？」瑪莉用力跺腳，「為什麼都沒人來找我？」

名叫巴尼的年輕男子用傷心的眼神看著她，瑪莉覺得巴尼好像正試圖用眨眼隱藏眼淚。

「可憐的孩子！」他說，「因為沒有人能過來找妳了。」

瑪莉就在這種怪異的狀況下，突然發現她失去了父親跟母親，他們都死了，在晚上被運離這間房子，餘下寥寥幾個還活著的傭人也都馬上逃走，沒有人記得這個家的小姐還在這裡。這就是為什麼剛剛會這麼寂靜的原因，除了她和那條蛇之外，這棟房子裡真的沒有其他人了。

第二章　瑪莉小姐真彆扭

瑪莉喜歡從遠處看著她的母親，她覺得母親很漂亮，但卻一點都不了解她，所以瑪莉當然不可能突然因為她的母親不在，便突然愛上她或開始想念她。她一點也不想念她的母親，事實上，瑪莉是個自我中心的小孩，她的思想一直以來都只圍著自己打轉，如果她的年齡再大一點的話，必定會因為被獨留在世界上而緊張萬分，但是她現在還太小了，而且以前一向都有人照顧她，所以她認為以後也不會有任何不同。她現在只想知道將來照顧她的會不會是個好人，會不會對她彬彬有禮，給她一切她想要的東西，就像她的保母和其他印度僕人一樣。

他們把瑪莉送到英國牧師家裡後，瑪莉馬上就知道自己不會在這裡待太久。她不想留在那裡，英國牧師家裡很窮，已經有五個小孩了，那些小孩的年齡都和瑪莉差不多，個個衣衫襤褸，整天都在吵架和搶玩具。瑪莉很厭惡這棟髒兮兮的房子，更讓她不開心的是，她剛到這裡的頭一、兩天都沒人陪她玩，而且那群小孩在第二天替她取了一個綽號，令她怒氣沖天。

最先想到這個綽號的是貝索。瑪莉恨透貝索了，還有他的朝天鼻跟粗魯的藍眼睛。那天瑪莉獨自一人在樹下玩耍，就像霍亂爆發的那天一樣，貝索出現的時候，她正在用小土堆建造一座花園和小路。他站在瑪莉身旁，很感興趣地看著她，接著突然出聲建議道：「妳不在這邊放一堆小石頭嗎？做成一座假山的樣子，放在中間那裡。」

貝索靠近瑪莉，想指給她看。

「走開啦！」瑪莉大喊，「我不想看到男生，你走開！」

貝索露出憤怒的表情，但很快又露齒而笑，開始嘲笑瑪莉。他常常這樣嘲笑他的姊姊。他一圈圈地繞著瑪莉跳舞，邊做鬼臉邊大笑著唱歌。

瑪莉小姐真彆扭，
妳的花園今何如？
貝殼和銀鈴花樹，
金盞花整路遍布。

其他小孩也聽到了貝索唱的歌，他們紛紛跟著貝索一起大笑著唱歌。瑪莉越氣憤，他們就唱得越開心。瑪莉待在這裡的這段時間裡，他們每次談到她的時候都稱呼她為「彆扭的瑪莉小姐」，有時甚至會在跟瑪莉講話時這麼叫她。

「妳這個星期就要被送去家裡了，」貝索告訴她，「我們都很高興妳要走啦。」

「我也很高興可以離開這裡。」瑪莉說，「家裡是哪裡？」

「她不知道家裡是哪裡耶！」貝索用七歲小孩的嘲諷口吻說，「當然是在英國啊，我們的奶奶住在那裡，梅布兒姊姊去年被送過去跟她一起住了。但妳不能跟妳奶奶一起住，因為妳沒有奶奶，妳要去妳姑丈家，他叫做亞契柏德．克雷文先生。」

「我根本不認識他。」瑪莉生氣地說。

「妳當然不認識他。」貝索回答，「妳什麼都不知道啦，女生都是這樣。我聽我父親和母親說，他住在鄉間一棟又大又荒涼的老房子裡，都沒有人找他講話，因為他脾氣太壞，不願意跟人講話。就算他想跟人講話，也不會有人願意，因為他是個可怕的大駝子。」

「我才不相信你呢。」瑪莉轉過身背對貝索，用手指堵住耳朵，不想聽到貝索說的話。

但後來，她不斷在心中左思右想這件事，那天晚上克勞福德太太告訴她，再過幾天，她就要搭船到英國去找住在密蘇威特的亞契柏德．克雷文姑丈了。她的態度漠然，一點興趣都沒有，大人們不知道該如何是好，他們試著對她和善一點，但瑪莉卻在克勞福德太太靠過來要親她的時候，側過臉避開了，之後又在克勞福德太太拍拍她的肩膀時，僵硬地站得筆直。

「她是個很平凡的小孩，」克勞福德太太之後憐憫地評斷道，「她媽媽是個溫和禮貌又美若天仙的人，但瑪莉是我看過最不討人喜歡的小孩了。其他小孩稱她為『彆扭的瑪莉小姐』，這群孩子很調皮，沒人搞得懂他們在想什麼。」

「如果她媽媽當初能更常去保母房展現她禮貌的舉止和漂亮的臉蛋就好了，如此一來，瑪莉或許多少能學會一點。現在那個美麗的小可憐過世了，很多人根本不知道她有個小孩，真是令人傷心喔。」

「我想她可能從來沒有好好看過她吧，」克勞福德太太嘆了一口氣，「沒有人在保母過世之後去關心她，傭人都逃走了，把她一個人留在廢棄的房子裡。麥克格魯上校說，他一開門看到瑪莉站在房間中央的時候，嚇得心臟都差點跳出來了呢。」

在遠渡重洋前往英國的路上，照顧瑪莉的是一位軍官的妻子，她這趟前往英國是為了帶小孩去念寄宿學校。一路上她的小兒子和小女兒已經讓她筋疲力竭了，所以她很樂意把瑪莉交給亞契柏德・克雷文先生的管家照顧。管家是梅洛克太太，她負責管理克雷文先生的密蘇威特莊園。瑪莉與軍官的妻子在倫敦的一間私人飯店與梅洛克太太碰面，梅洛克太太的身材結實，臉頰紅潤，深黑色的雙眼目光銳利。她身穿紫色洋裝，披著一件黑色的絲質流蘇斗篷，頭上戴了一頂黑色無邊軟帽，帽子上的紫色絲絨花隨著她的動作不斷搖動。瑪莉不喜歡她，但其實瑪莉幾乎從不喜歡別人，所以不喜歡她也沒什麼好奇怪的，而且，梅洛克太太顯然一點也不在乎瑪莉。

「天啊！她是個平凡無奇的小傢伙呢！」梅洛克太太說，「我聽說她的母親是位大美人，看來她沒有遺傳到她母親的外貌，妳說是嗎，夫人？」

「或許她長大之後會變漂亮呢，」軍官的妻子溫和地回答道，「如果她的皮膚變白一點，表情再溫和一點的話，看起來會漂亮得多，女大十八變呀。」

「我看要七十二變才夠，」梅洛克太太回答，「要我說的話，密蘇威特不是個能讓小孩變漂亮的地方。」

瑪莉這時離她們有點遠，正站在飯店的窗邊看著外面來來往往的巴士、計程車和人潮。她們都以為瑪莉沒有聽到這段對話，但其實她一字不漏地聽進去了。她對於姑丈和姑丈的房子非常好奇，那個地方會是什麼樣子呢？姑丈又是怎樣的人？駝子是什麼？她從來沒看過駝子，或許駝子都不住在印度。

她已經住在別人家好一段時間了，又沒有保母陪伴，所以，她開始覺得寂寞，萌生出前所未有的奇怪念頭：為什麼就連她的父親和母親還活著的時候，她都不屬於任何人呢？其他小孩都屬於他們的父親和母親，但她似乎從不屬於任何人。她有傭人、有食物也有衣服，但沒有人關心她。瑪莉不知道，其實沒人關心她是因為她是個討人厭的小孩，或者應該說，她根本不知道自己是個討人厭的小孩。她常常覺得別人很討厭，但不知道其他人也很討厭她。

她覺得梅洛克太太是她認識的人之中最討厭的一個，瑪莉討厭她平凡無奇的紅潤面孔和平凡無奇的精緻無邊軟帽。第二天，她們出發前往約克郡，走在車站裡時，瑪莉一直高高昂起頭，盡可能在進入火車車廂前與梅洛克太太保持最遠的距離。瑪莉不希望自己看起來像是梅洛克太太的小孩，一想到別人可能會覺得她是梅洛克太太的孩子，她就覺得生氣。

但梅洛克太太絲毫不受瑪莉的想法影響，她是「不接受年輕人莫名其妙舉動」的那種人，至少她自己是這麼宣稱的（如果有人問她的話）。她當初一點也不想要來倫敦，因為她妹妹瑪莉亞的女兒要結婚了。但是，梅洛克太太還想保住她優渥舒適的管家職位，所以她向來都只能答應亞契柏德・克雷文先生的所有要求，連一個問題也不敢問。

「蘭尼克斯上校和他的太太因為霍亂去世了，」克雷文先生總是用一種簡潔又冷酷的方式講話，「蘭尼克斯上校是我太太的哥哥，我現在是他們女兒的監護人，那位孩子會被送來這裡，請務必親自到倫敦去接她過來。」

因此，她帶著她的小行李箱前往倫敦。

瑪莉坐在車廂中屬於她的那個位置，看起來冷淡而不耐煩。車廂裡沒有任何供她閱讀或觀察的東西，她只好把戴著黑色手套的細瘦雙手交疊在腿上。她穿著黑色的洋裝，讓她的皮膚看起來更加蠟黃，稀疏扁塌的頭髮披散在黑色縐布帽子的下緣。

「我這輩子從沒看過被慣壞兒成這樣的小孩子。」梅洛克太太心想（「慣壞兒」是約克郡的口音，意思是因為過度寵愛而脾氣很差。），她從來沒看過有小孩能像她這樣什麼事都不做，一動也不動地坐著。梅洛克太太最後覺得這樣看著瑪莉十分無聊，開始用一種僵硬急促的語氣跟瑪莉說話。

「我想我可以跟妳聊聊妳要去的地方，」她說，「妳聽說過妳姑丈的事嗎？」

「沒有。」瑪莉說。

「妳的父親和母親都沒有跟妳講過他的事情嗎？」

「沒有。」瑪莉皺起眉頭。自她有印象以來，她的父親和母親從來沒有特別告訴過她什麼事。事實上，他們從沒有告訴過瑪莉任何事。

「噢。」梅洛克太太盯著瑪莉陰沉而漠然的小臉咕噥了一聲。她沉默了一陣子，接著又繼續開口。

「我想應該有人跟妳交代過了吧——以便讓妳有點心理準備。妳要去的是個奇怪的地方喔。」

瑪莉不發一語，梅洛克太太對她這種漠不關心的態度感到不太舒服，但她深吸了一口氣後又開始繼續說話。

「雖然那裡既巨大又陰沉，但克雷文先生非常引以為榮——他也是個陰沉的人。那棟房子在荒原的旁邊，已經存在六百年那麼久了，裡面有上百間房間，不過大部分房間的門都緊緊鎖上了。房子裡還有很多幅畫、很多精緻的老舊家具和各種陳年舊物，房子外面是整片園林，有花園和樹木，有些樹的樹枝甚至會垂到地上。」梅洛克太太停下來吸了口氣，「但沒有任何其他東西了。」這段話就這樣突如其來地結束了。

瑪莉從梅洛克太太開始講話後，便不由自主地專心聽了起來。那個地方聽起來一點也不像印度，而瑪莉總是對新事物很感興趣。但她不願意讓別人看出自己很感興趣，這是她令人討厭的特點之一，她依舊靜靜地坐著。

「那麼，」梅洛克太太說，「妳覺得怎麼樣啊？」

「沒怎麼樣，」她回答，「我對那種地方一無所知。」

梅洛克太太笑了一聲。

「啊！」她說，「妳聽起來像個老女人，妳一點都不在意嗎？」

「我在不在意並不會有什麼差別。」瑪莉說。

「妳說的倒是沒錯，」梅洛克太太說，「不會有差別。我不知道為什麼要讓妳在密蘇威特莊園生活，有可能這是最方便的方法。不過我很確定，他不會因妳而感到困擾，他從來不會為了任何人而困擾。」

梅洛克太太像突然記起什麼似地停下這個話題。

「他是個駝子，」她說，「所以他的個性不太正常，非常刻薄。他的錢和大房子對他一點好處也沒有，直到他結婚後狀況才改善。」

瑪莉不想表現出任何在意的神色，但還是忍不住看向梅洛克太太。瑪莉有一點點驚訝，因為她沒想過原來駝子也會結婚。梅洛克太太注意到瑪莉的反應了，她是個愛聊天的女人，再加上講話也算是個打發時間的方法，所以興致高昂地繼續講下去。

「他的妻子是個甜美的漂亮女子，克雷文先生願意翻遍世界去尋找她要的一株小草。沒人想到她竟然會嫁給克雷文先生，但她就是嫁給他了，好多人都說她是為了錢才嫁給他的，但她不是——她不是。」梅洛克太太非常肯定地說，「她過世的時候——」

瑪莉不由自主地跳了起來。

「啊！她死了嗎？」她脫口而出。這讓她想起一個法國童話故事，叫做《鬈髮里克》，故事的主角是一位窮困的駝子和一位美麗的公主，瑪莉這時突然有點同情亞契柏德・克雷文先生。

「是啊，她死了。」梅洛克太太回答，「克雷文先生因此變得比以前更陰沉，他不關心任何人，也不願意見任何人。他大部分時間都不在密蘇威特，一旦回來就把自己關在莊園的西翼，只讓比契斯去服侍他。比契斯是照顧克雷文先生長大的老傭人，他懂克雷文先生想要什麼。」

瑪莉覺得克雷文先生聽起來像是故事書裡的主角，但一點也不快樂。一棟有一百個房間的房子，但幾乎所有房間都大門深鎖，而且還位於荒原旁（雖然她不知道荒原是什麼）——總之，聽起來沉悶極了，而且還有一個駝背又整天把自己關起來的男主人！瑪莉緊抿著嘴唇看向窗外。這個時候，窗外應景地下起大雨，灰色的雨絲斜斜地打在窗戶上，沿著玻璃潺潺流下。如果克雷文先生的妻子還活著的話，她可能會像瑪莉的母親一樣在房子裡進進出出，穿著「很多蕾絲」的洋裝到處參加宴會，為這個家帶來一絲生氣。但她已經不在了。

「不過，妳也不需有什麼心理準備，因為妳八成不會見到克雷文先生。」梅洛克太太說，「也不要期待會有人跟妳聊天，妳只能自己跟自己玩。我們會告訴妳哪些房間是可以進去的，哪些不可以，花園已經夠大了，所以，妳在房子裡的時候不要到處亂跑或亂翻東西，克雷文先生不會允許這種事的。」

「我才不會亂翻東西。」惹人厭的瑪莉回答。剛剛對亞契柏德・克雷文猝然產生的同情現在又猝然消失了，瑪莉現在覺得他是個討厭的傢伙，遇到這些事情都是活該。

她再次轉頭面向爬滿潺潺雨水的車廂玻璃窗，看著窗外似乎永遠不會結束的黑灰色暴雨。她動也不動地盯著窗外，直到黑灰色的景色越來越暗沉，最後她不知不覺地睡著了。

第三章　越過荒原

她睡了很長一段時間。醒來的時候，梅洛克太太已經從某個停靠站買了一籃午餐上來，她們一起吃了一些雞肉、牛肉冷盤和奶油土司，又喝了點熱茶。雨勢似乎越來越大了，車站裡的人都穿著溼透了的雨衣，看起來閃閃發光。列車長把車廂裡的燈都點亮了，梅洛克太太因為吃了雞肉和牛肉又喝了熱茶，所以心情非常好。她吃了不少食物，之後便自顧自地睡著了。瑪莉坐在她的位置上，盯著梅洛克太太和她滑下來的無邊軟帽，聽著雨點濺在車窗上的聲音，最後也跟著睡著了。她再次醒來的時候窗外一片漆黑，火車已經靠站了，她是被梅洛克太太搖醒的。

「妳之前就睡過了吧！」她說，「快張開眼睛！我們到威特站了，還有很長一段路要走。」

瑪莉努力睜開眼睛，站在一旁看著梅洛克太太收拾行李。小女孩沒有伸出援手，因為過去都是印度傭人負責幫她打包東西和提行李，她覺得站在旁邊無所事事地等另一個人是很正常的事。

威特車站很小，在這站下車的乘客只有她們兩個。站長看到梅洛克太太時，用一種親切、魯莽但發音非常奇怪的口音（瑪莉後來才知道那是約克郡口音）打招呼。

「妳回來兒啦！妳還帶著兒那個年輕人兒呢。」

「是哎，就是她。」梅洛克太太微微把頭側向瑪莉示意，用約克郡口音說道，「你的太太還好唄？」

「好著呢。車子已經在外邊兒等著妳們兒了。」

一輛馬車在小小的月台外等待她們。瑪莉覺得這輛馬車跟幫助她上車的僕役都很好看，僕役長長的雨衣和防水的帽子在閃爍著光芒的同時不斷滴下雨水，就跟其他事物和那位粗魯的站長一樣。

僕役關上門，和車夫一起登上車，將馬車駛離車站。瑪莉被安頓在角落厚厚的軟墊上，她不想再睡了，於是靜靜地坐在位置上看向窗外。現在他們將要前往梅洛克太太所說的陰沉建築，她對於一路上的景致非常好奇。她絕對不是個膽小鬼，也沒有被嚇到，只是無法預料自己在進入那棟位於荒原、有上百扇房門緊閉的建築後，會發生什麼事。

「荒原是什麼？」她突然對梅洛克太太問道。

「妳繼續看著窗外，十分鐘後就會看到了。」女人回答，「我們要先經過五英里的密蘇荒原才會抵達莊園，因為晚上很暗，妳可能沒辦法看得太清楚，但多少可以看到一點。」

瑪莉沒有再問其他問題，靜靜地坐在她的角落等待，雙眼緊盯窗外。馬車的車燈在前方流瀉出縷縷光芒，一路上她只瞥到一小部分的景物，他們離開車站後經過了一座小鎮，瑪莉看到幾棟刷白的農舍跟一家酒館透出的光線，接著他們經過了一座教堂、一棟神職人員住宅跟一座白色農舍，農舍的小櫥窗裡擺著要拍賣的玩具、糖果和各種奇怪的小東西。馬車駛上大路後，窗外的景物變成了樹籬與樹，接下來很長一段時間裡，景物都沒什麼變化——至少對瑪莉來說是一段很長的時間。

馬匹的速度終於漸漸慢了下來，像在爬坡一樣。窗外已經看不到樹籬和樹了，事實上她什麼都看不到，只有整片濃重的黑暗。這時馬車突然劇烈地顛簸了一下，瑪莉的身體因此向前晃動，臉撞上了窗戶。

「啊！現在我肯定我們到荒原上了。」梅洛克太太說。

馬車車燈的黃色光芒照亮了一條簡陋的路徑，一旁的樹叢和低矮植株被那條小路切成兩半，延伸至圍繞著他們的廣袤黑暗中。一股風吹過，帶來一陣單調、猛烈、低沉的沙沙聲。

「這個——這個不是海的聲音吧？對嗎？」瑪莉看著她的同伴問道。

「對，這聲音不是海，」梅洛克太太回答，「也不是平原或山，這聲音來自很大很大很大的野地，野地上除了石楠灌木、荊豆和金雀花之外寸草不生，只有野馬和羊能在這片大地上生活。」

「如果那裡有水的話，我會以為這個聲音是海，」瑪莉說，「現在這個聲音聽起來跟海的聲音一樣。」

「那是風吹過樹叢的聲音，」梅洛克太太說，「我覺得這個地方既荒涼又沉悶，不過也有很多人喜歡這裡——尤其是在荊豆開花的時候。」

他們繼續穿越黑暗，儘管雨停了，但風依舊不斷呼嘯而過，帶來各種奇怪的聲響。道路不斷上升又下降，馬車還經過了幾座小橋，橋下的流水嘩嘩作響，十分湍急。瑪莉覺得這段旅程似乎永遠不會結束，廣大而冷清的荒原就像一片寬闊的黑色海洋，她路過的則是海中一條帶狀的陸地。

「我不喜歡這裡，」瑪莉對自己說，「我不喜歡這裡。」然後更用力地抿緊雙唇。

她在馬車爬上一個緩坡的時候發現遠處有一點光亮，梅洛克太太幾乎跟她同時看到那線光芒，她安心地嘆了一口氣。

「啊，看到那線兒光芒還亮著就讓我開心，」她說，「那是側屋窗戶透出來的光線，過一會兒我們一定要喝一杯熱騰騰的茶。」

正如她所說，「過一會兒」之後，她們進入了大門，接著便是兩英里長的道路，道路兩旁種滿了約一人高的樹木，讓這條路看起來像是一條又長又黑的地下通道。

馬車在駛出地下通道後進入一座廣場，最後停在一棟延長不絕的低矮建築前，建築周圍是整片石砌地板。一開始，瑪莉以為整棟房子裡沒有一扇窗戶是亮著的，等到下車後她才發現，在二樓的角落有一間房間閃爍著微弱的亮光。

建築的入口是一扇很大的門，由巨大的橡木木板、鐵製的釘子與粗鐵條所構成，門後是寬闊的大廳，裡面光線微弱，瑪莉連看都不想看牆上畫作裡的人臉和牆邊的鎧甲。她站在門口的石製地板上，看起來像是個渺小而怪異的黑影，就像她現在迷失、渺小又怪異的感覺一樣。

一位服儀整潔的瘦削老者站在替她們開門的男僕身邊。

「帶她去她的房間，」老人用沙啞的聲音說，「他不想看到她，明天早上他就要去倫敦了。」

「沒問題，比契斯先生，」梅洛克太太回答，「我知道你們對我的期望是什麼，我會做好我該做的事。」

「梅洛克太太，我們對妳的期望，」比契斯先生說，「就是妳能確保他不被干擾，不要讓他看到不想看的東西。」

接著，梅洛克太太領著瑪莉・蘭尼克斯走上寬大的階梯，經過一條長廊，步上一小段階梯，轉到下一條長廊、再下一條，最後她打開一扇牆上的門。瑪莉走進了一間房間，壁爐裡有火在燃燒，桌上擺著食物。

梅洛克太太隨意地說：

「好啦，就是這裡！這裡和隔壁的房間就是妳生活的地方——絕對不准離開這裡，千萬別忘啦！」

這就是瑪莉小姐抵達密蘇威特莊園的經過，這或許是她這輩子第一次感到這麼彆扭。

第四章　瑪莎

第二天早上，瑪莉被一陣噪音吵醒。她睜開雙眼，一位年輕的女傭跪在房間壁爐前的地毯上生火，在清出煤渣的時候發出了很大的聲音。瑪莉躺在床上看著她好一陣子之後，接著轉而環視整個房間。她從沒有看過這種房間，漂亮但卻陰沉，牆上掛著一張繡毯，上面繡有一片森林，好幾個衣著華美的人聚在樹下，森林遠處隱約露出一角城堡的塔樓。掛毯上有獵人、馬匹、狗和貴婦，瑪莉覺得自己好像也是他們之中的一員。她從深邃的窗戶看向外面，綿延不絕的土地上似乎一棵樹也沒有，看起來像是單調無盡的紫色海洋。

「那是什麼？」瑪莉指著窗外說。年輕的女傭瑪莎站了起來，也指著瑪莉所指的方向。

「那邊那個嗎？」她說。

「對。」

「那是荒原兒，」她和善地笑著，「妳喜歡荒原兒嗎？」

「不喜歡，」瑪莉回答，「我討厭荒原。」

「那只是因為妳還不習慣兒，」瑪莎走回壁爐前，「妳覺得荒原兒太大又太空曠兒了，但妳會喜歡上這兒的。」

「妳喜歡嗎？」瑪莉問道。

「是哎，我喜歡荒原兒。」瑪莎愉快地擦拭爐架，「我很愛這裡，這裡才不荒涼呢，到處兒都是氣味香甜的植物，春天十分漂亮，夏天時荊豆、金雀花兒還有石楠灌木都會開花兒，花朵聞起來像蜂蜜，空氣非常清新兒——還有，天空看起來很高，蜜蜂和雲雀會發出蜂鳴和歌唱聲兒。啊！沒有任何事物能讓我去荒原兒之外的地方生活兒。」

瑪莉帶著認真又困惑的表情聽她說話。在印度服侍她的傭人說話一點也不像這樣，他們的態度順從而低下，不能擅自用這種平起平坐的態度和主人說話。他們會向主人行額手禮，稱他們是「弱勢的保護者」，或其他諸如此類的名稱。印度傭人應該接受做事的指令，而不是問問題。瑪莉沒有說「請」和「謝謝」的習慣，常常在生氣的時候用保母巴掌，她揣測著眼前的女孩被打巴掌之後會有什麼反應。她的身材豐滿，看起來樂觀又親切，她堅定的態度讓瑪莉小姐不禁猜想，如果打她的人只是個小女孩的話，她會不會反擊。

「妳是個奇怪的傭人。」瑪莉靠在枕頭上傲慢地評價。

瑪莎坐直身體，手上拿著壁爐刷哈哈大笑，一點也沒有生氣的樣子。

「啊！我知道啊，」她說，「如果密蘇威特有女主人兒的話，我根本就不會是打掃兒的女傭，我有可能會在廚房工作，但絕不可能跑到樓上兒來，因為我很平凡，而且約克郡口音兒太重了。雖然這棟房子很大，但卻很有趣兒，這裡沒有男主人和女主人兒，只有比契斯先生和梅洛克太太。克雷文先生總是不在家兒，就算在也什麼事兒都不管。梅洛克太太好心地給了我這個職位兒，她告訴過我，如果密蘇威特跟別的大房子一樣的話，她是不可能給我職位兒的。」

「妳之後會是我的傭人嗎？」瑪莉繼續以過去在印度時的傲慢態度詢問。

瑪莎開始繼續刷她的爐架。

「我是梅洛克太太的傭人，」她堅定地說，「而她是克雷文先生的傭人——我會在這裡一邊做女傭的工作一邊等妳一下，妳不會需要什麼侍候兒的。」

「那誰要來幫我穿衣服？」瑪莉質問。

瑪莎再次坐直身體，她盯著瑪莉，因為太過驚訝而開始用非常濃厚的約克郡口音說話。

「妳不懂得自個兒穿衣裳兒？」她說。

「妳在說什麼？我不懂妳說的話。」瑪莉說。

「啊！我忘了，」瑪莎說，「梅洛克太太告訴過我要注意，不然妳可能會聽不懂我說的話兒。我的意思是，妳不會自己穿衣服嗎？」

「不會，」瑪莉忿忿不平地回答，「我這輩子都沒有自己穿過衣服，當然是由我的保母幫我穿啊。」

「好吧，」瑪莎顯然一點也沒有意識到她的態度很無禮，「既然妳年輕時兒沒學，那只好現在開始學兒吧，學會自個兒照顧自個兒對妳有很多好處。我母親常說，有錢人的小孩兒長大後變成傻瓜也是很正常的事兒——要有人照顧他們、幫他們洗澡兒、穿衣裳兒，還要別人像帶小狗兒一樣帶他們出去散步！」

「印度跟這裡才不一樣。」瑪莉小姐輕蔑地說，她對此幾乎忍無可忍了。

但瑪莎並未因此感到不開心。

「啊！看得出來很不一樣，」她回答的態度幾近於同情，「我敢說一定是因為那兒的黑人比較多，白人則很少兒。一開始聽說妳是從印度來兒的，我還以為妳也是黑人兒呢。」

瑪莉憤怒地從床上坐起來。

「妳說什麼！」她說，「妳說什麼！妳以為我是印度人，妳——妳這個蠢豬養大的女人！」

瑪莎瞪大眼睛，看起來有點生氣。

「妳以為妳在叫誰兒？」她說，「妳沒有必要那麼生氣，年輕的小姐不應該用這種態度兒講話。我對黑人兒沒有偏見，我在文章裡看到的黑人兒都非常虔誠，他們也是我們的兄弟。我從來沒有看過黑人兒，以為能遇到黑人兒的時候其實很高興。今天早上，我在幫妳生火之前悄悄走到妳的床邊，小心翼翼地拉開被子看了妳一眼。妳躺在那兒睡覺，」她失望地說，「膚色一點也不黑——而是黃色的。」

瑪莉不打算控制自己的怒火和羞辱的言詞。

「妳竟然以為我是個印度人！妳好大的膽子！妳一點也不了解印度人！他們不是人類——他們就只是傭人！遇到主人的時候必須行額手禮，妳根本不了解印度，妳根本什麼都不懂！」

瑪莉怒火中燒，在女孩的瞪視之下感到絕望。所有她懂的事物和懂她的事物都離她那麼遙遠，她突然覺得非常寂寞，一頭栽進枕頭裡放聲大哭了起來。她哭得太過激動，讓親切的約克郡女孩嚇了一跳，覺得很同情她。瑪莎走到床邊，彎腰靠近瑪莉。

「啊！別再這樣哭了！」她請求，「真的別再哭了，我不知道妳會那麼生氣。

我什麼事兒都不知道——就跟妳說的一樣兒，請妳原諒我，小姐，別再哭了。」

瑪莎奇怪的約克郡口音和堅定的態度帶有撫慰效果和真正的友善之情，這讓瑪莉覺得好過一點。她逐漸停止哭泣，安靜下來。瑪莎鬆了一口氣。

「現在妳該起床兒啦，」她說，「梅洛克太太要我把早餐、茶和晚餐都送到隔壁房兒裡，那間房兒已經為妳改造成兒童房兒了，如果妳現在就起床的話，我可以幫妳穿衣裳兒。前提是妳要穿的是扣子在背上兒的衣裳兒，而妳自己沒法兒扣起來。」

瑪莉決定要起床的時候，瑪莎幫她從衣櫃裡拿出了幾件衣服，不是瑪莉前一天跟梅洛克太太前來時穿的那一套。

「那些不是我的衣服，」她說，「我的是黑色的。」

她看著那件厚實的白色羊毛大衣和洋裝，冷淡地認可道：

「這些衣服比我的還好。」

「妳一定要穿上這幾件衣裳兒，」瑪莎回答，「這是克雷文先生吩咐梅洛克太太去倫敦買的。他說：『我不會讓一個一身黑衣的小孩像遊魂兒一樣在這裡到處兒遊蕩，把這個地方變得更淒涼。在她身上加點顏色。』我的母親說她懂他的意思，母親總是懂得別人在說什麼，她也不贊成穿黑色。」

「我討厭黑色的東西。」瑪莉說。

兩人都在穿衣服的過程中學到了一些東西。瑪莎以前曾幫她的弟弟和妹妹「扣鈕扣」過，但她從來沒看過有小孩在這種時候只會靜靜站著，等待別人幫她穿衣服，好像她既沒有手也沒有腳一樣。

「妳為什麼不自個兒穿鞋啊？」她在瑪莉靜靜伸出腳的時候問。

「我的保母會幫我穿，」瑪莉瞪著瑪莎回答，「這是慣例。」

她時常說這句話——「這是慣例。」印度傭人常常說這句話。每當有人要他們做幾千年來祖先都沒有做過的事時，他們就會溫和地盯著對方說：「這不符合慣例。」這時對方就會知道這件事沒有商量的餘地。

按照瑪莉小姐的慣例，她不用自己照顧自己，只要像洋娃娃一樣站著等人幫她穿衣服就好了。但現在她在吃早餐前開始懷疑，她在密蘇威特莊園的生活是不是需要不斷學習她以前不知道的新事物——例如自己穿上鞋子和長襪，把自己弄掉的東西撿起來。如果瑪莎是個訓練有素、專門服侍小姐的女傭，她就會用更謙卑、更尊敬的態度對待瑪莉，也會知道她的工作就是幫她梳頭、扣上靴子的扣子和把掉落的東西撿起來放好。但她不是，她只是個從未接受過訓練的約克郡鄉下女孩，在荒原的農舍和成群的弟妹一起長大。她的弟弟和妹妹從來沒有夢想過任何事，一向是自己照顧自己和其他更小的小孩，甚至要照顧還在臂彎裡的嬰兒和蹣跚學步或亂丟東西的幼兒。

如果瑪莉・蘭尼克斯是個懂得自娛娛人的小孩的話，她或許會被聒噪的瑪莎逗笑。但瑪莉現在只是冷漠地聽她講話，覺得她散漫的舉止很奇怪。一開始她對她說的話一點也不感興趣，但女孩不斷以好脾氣又家常的態度喋喋不休，瑪莉漸漸被她說的話吸引了注意力。

「啊！妳真應該要看看兒他們，」她說，「我們家總共有十二個小孩兒，父親每週只賺十六先令。我知道母親被迫要買燕麥粥兒給他們吃，他們整天都在荒原兒上玩耍，母親說荒原兒的空氣能讓他們變強壯兒。她說，她相信他們會像野馬兒一樣吃草兒。我們的狄肯現在十二歲，他有一隻小馬兒，他說那隻馬兒是屬於他的。」

「他為什麼會有一隻小馬？」瑪莉問。

「他在荒原兒上看到那隻小馬兒和牠媽媽，那時小馬兒還很小，於是狄肯便和小馬兒變成了朋友，常常拿麵包和拔嫩草給牠吃。小馬兒很喜歡他，常常會跟著他到處跑，還讓狄肯騎在牠的背上。狄肯是那種動物都會喜歡的溫柔小男生。」

瑪莉沒有豢養過屬於她的動物，但一直都想養一隻，因此，她開始對狄肯有一點點興趣了，她以前從來沒有對自己以外的人感興趣過，這種情緒是健全感情狀態的開端。她在踏入隔壁那間為她準備的兒童房時發現，那間房間其實跟她昨晚睡的房間差不多，並不是專門給小孩用的房間，而是適合成人的房間，牆壁上掛滿了陰沉的舊畫作，椅子也是又重又老的橡木椅。中間的桌子上有一份豐富美味的早餐，但她的胃口向來很小。瑪莎把一盤食物放在她面前時，她看向令她更感興趣的其他東西。

「我不想吃這個。」她說。

「妳不想吃燕麥粥兒！」瑪莎不可置信地說。

「不想。」

「妳不知道這有多好吃兒，我幫妳加一點兒糖漿或砂糖兒吧。」

「我不想吃。」瑪莉重複。

「啊！」瑪莎說，「我不能容忍浪費食物的行為，要是我們家的小孩兒也在這兒的話，一定不到五分鐘就把燕麥粥兒吃完了。」

「為什麼？」瑪莉冷漠地問。

「為什麼！」瑪莎重複，「因為他們這輩子很少有吃飽的時候，他們簡直跟小老鷹和小狐狸一樣餓。」

「我不知道餓是什麼感覺。」瑪莉無知而冷漠地說。

瑪莎露出了憤怒的表情。

「那麼，感受飢餓會對妳有好處兒的，我倒是對飢餓了解得很。」她直言不諱地繼續道，「我沒有耐心跟妳坐在這兒盯著好吃的麵包和肉看，我的天！我真希望狄肯、菲爾、珍和其他小孩兒能吃到這桌食物。」

「妳為什麼不把這些食物拿給他們？」瑪莉建議。

「這些食物不屬於我，」瑪莎耿直地說，「而且今天兒也不是我外出的日子。我跟其他人一樣，每個月可以外出一天兒，我會回家兒幫母親整理家裡，讓她可以休息一天兒。」

瑪莉喝了幾口茶，吃了一點點塗了果醬的土司。

「妳穿暖一點兒，去外面跑一跑、玩一玩兒，」瑪莎說，「這會對妳有好處的，妳的胃口會變好，才可以吃胖一點。」

瑪莉走到窗前。窗外有花園、小徑還有大樹，全都看起來既無聊又寒冷。

「去外面？我為什麼要在這種天氣去外面？」

「這個嘛，如果不出去外面的話，妳就只能待在房子裡，妳在這兒有什麼事兒好做嗎？」

瑪莉看著她。待在房子裡的確無事可做，梅洛克太太在準備兒童房的時候，完全沒有想到要幫她準備任何娛樂，或許到外面走走，看看花園長什麼樣子會比較有趣一點。

「誰要陪我去？」她質問。

瑪莎盯著她。

「妳要自己去，」她回答，「妳要開始學著像其他沒有兄弟姊妹的小孩一樣，自己去玩。我們家的狄肯會自己跑去荒原兒玩上好幾個小時兒，所以才會和馬變成朋友。荒原兒上有一些羊兒認得他，還有一些鳥兒會在他手上兒吃東西，不管他自己的食物夠不夠，他都會留下一點兒麵包去哄他的寵物。」

這段表揚狄肯的話讓瑪莉下定決心要去外面，但她自己並沒有察覺這件事。雖然花園沒有馬和羊，但至少會有鳥，這些鳥跟印度的鳥不一樣，她有可能會覺得賞鳥很有趣。

瑪莎為她找出大衣、帽子還有一雙結實的小靴子，然後帶她走到樓下去。

「往那邊走的話會走到花園兒，」她指著灌木中的一扇大門，「夏天的時候，花園兒裡會有很多花兒，但目前那裡半朵花兒都沒有。」她似乎遲疑了一下才繼續說道，「其中有一個花園兒是鎖起來的，已經十年沒人兒進去過了。」

「為什麼？」瑪莉情不自禁地問了出口。這棟奇怪的房子裡已經有上百扇上鎖的門了，現在又多了一扇。

「是克雷文先生在她妻子猝死後把門鎖上的，他不讓任何人進去，那是她的花園。他鎖了門兒後又挖了一個洞，把鑰匙兒埋在裡面。梅洛克太太在搖鈴了——我得趕緊走了。」

她離開之後，瑪莉踏上那條通往灌木叢大門的步道。她無法自拔地想著那座十年沒人進去過的花園，不知道花園裡面是什麼樣子，現在還有沒有花。通過灌木叢大門後，她進入了一座巨大的花園裡，寬大的草坪上有一條小徑蜿蜒而過，邊緣的草葉修整得十分整齊。花園裡有樹、花圃、修剪成奇怪形狀的常綠樹木，還有一座又大又舊的灰色噴水池坐落在正中央。但是花圃上光禿禿的，噴水池也沒有水在噴。她沒有看到那座關起來的花園，要怎麼把花園關起來呢？走進花園應該是非常輕而易舉的事才對呀。

她才剛這麼想著，就看到小徑的盡頭有一堵長長的圍牆，上面長滿了常春藤。她對英國還不夠熟悉，所以不知道自己看到的是一座果菜園，裡面種著蔬菜和水果。她走到那堵牆壁旁邊，發現常春藤中有一扇開著的門。顯然這不是那座關起來的花園，所以她可以進去看看。

她穿越那扇門，發現裡面是座被圍牆包圍起來的花園，這座花園旁邊似乎還有不少被圍牆包圍的花園，一座接著一座連在一起，這只是其中一座而已。在樹叢、小徑和種滿冬天蔬菜的花圃後面，還有另一扇開著的綠門，一排果樹整齊地沿著圍牆生長，旁邊的花圃上立著幾座玻璃框架。瑪莉站在門口看著眼前的景象，覺得這地方真是又禿又醜，等到夏天有更多綠色點綴的時候可能會好看一點，但現在這裡一點也不漂亮。

這時，一位肩上背著鋤頭的老者出現了，他從連接到第二座花園的門中走出來，他在看到瑪莉時一臉震驚地摸了摸頭上的鴨舌帽。他的臉看起來非常蒼老，似乎不太高興看到她——但話說回來，瑪莉也不喜歡他的花園，她露出一臉「彆扭」的表情，顯然也不太高興看到他。

「這是什麼地方？」她問。

「這兒是一座果菜園兒。」他回答。

「那是什麼？」瑪莉指著另一扇綠色的門問道。

「另一座果菜園兒，」他簡短地回答，「另一邊兒有另一座果菜園兒，再過去兒有一座果樹園兒。」

「我可以進去嗎？」瑪莉問。

「妳想進去就進去吧，但裡邊兒沒什麼好看的。」

瑪莉沒有回答。她沿著小徑走進了第二扇綠色的門，裡面有更長的圍牆、更多冬天的蔬果和玻璃框架，她在牆上看到了另一扇綠色的門，那扇門是關著的，或許這扇門後面就是那座十年都沒人踏足過的花園。瑪莉不是個膽怯的小孩，總是我行我素，因此，她走到那扇綠色的門前伸手轉動把手。她希望自己打不開那扇門，那樣她就能如她所願地找到那座神祕的花園了——但她輕易地打開了那扇門。她穿越綠色的門，走進了一座果樹園，果樹園的四周也一樣矗立著圍牆，樹木整齊地沿著圍牆生長，遍地枯黃的小草上種著好幾棵光禿禿的果樹——但這裡沒有綠色的門。瑪莉開始尋找下一扇綠色的門。走到圍牆邊緣的時候，她發現這座圍牆似乎繼續延伸到果樹園圍牆之外，圍住了牆壁另一邊的空間，她可以從圍牆上方看見幾棵樹的樹冠。在她靜靜地站在那裡時，突然看到了一隻胸前有亮紅色斑塊的小鳥。小鳥站在牆後一棵樹最高的枝椏上，嘹亮地唱起了冬季的歌曲——就好像牠感覺到瑪莉的視線後便開始呼喚她一樣。

她站在那裡聽牠唱歌，那陣愉悅而友善的囀鳴讓她覺得開心——討人厭的小女孩也是會寂寞的，這個又大又封閉的房子、又大又荒涼的荒原和又大又荒涼的花園讓她更覺得全世界似乎只剩下她一個人，讓她更加寂寞。如果她是個以前有人深愛過的溫柔小孩的話，她早就心碎了。不過，雖然她是被遺棄的「彆扭的瑪莉小姐」，她還是被胸前色澤明亮的小鳥牽動心弦，刻薄的小臉上露出了近似於微笑的表情，她就這樣聆聽直到牠飛走為止。牠跟印度的鳥很不一樣，瑪莉喜歡牠，猜想著以後能不能再見到牠。或許牠就住在神祕的花園裡，熟知那座花園裡的一草一木。

或許是因為無事可做，瑪莉不斷地想著那座被拋棄的花園。她很好奇，想看看裡面是什麼樣子，為什麼克雷文先生要把鑰匙埋起來呢？如果他以前那麼喜歡他妻子的話，為什麼現在會那麼討厭那座花園？她不知道自己以後會不會看到他，但她知道自己應該不會喜歡他，而他也一樣不會喜歡她。雖然她極度想要問他為什麼要做那麼奇怪的事情，但她知道，她在見到他時只會站在一旁盯著他看，一句話都不說。

她心想，大家都不喜歡我，我也不喜歡他們，我永遠都沒辦法用克勞福德家小孩講話的方式說話。他們一天到晚都在講話、大笑和發出各種聲響。

她想起了那隻知更鳥，還有牠對她唱歌的樣子。在想起知更鳥棲息的樹頂枝椏時，她突然停下腳步。

「我相信那棵樹就長在祕密花園裡——我覺得一定是，」她說，「那個地方被牆圍起來了，而且沒有門。」

她走回剛剛進來時第一個進入的菜園，看到那位老先生在那裡挖土。她走過去，站在他身旁，用她向來冷漠的態度看著他好一陣子。他沒有理她，所以最後她只好對他開口。

「我去過其他花園了。」她說。

「沒有人兒要阻止妳啦。」他粗聲粗氣地回答。

「我還去了果樹園。」

「反正門口兒也沒有會咬妳的狗兒。」他回答。

「果樹園裡沒有進去下一個花園的門。」瑪莉說。

「什麼花園？」他暫時停下了挖土的動作，用刺耳的聲音問。

「圍牆另一邊的那座花園。」瑪莉小姐回答，「那邊有很多樹——我看得到樹冠，有一隻胸部紅紅的鳥停在其中一棵樹上唱歌。」

她驚訝地發現那張飽經風霜的臉竟然露了別的表情，一抹微笑緩緩勾起，讓園丁看起來完全不一樣了。這讓她好奇地開始思考，原來人在微笑的時候看起來竟會變得好看得多，她從沒有想過這件事。

他轉身面向果樹園的方向，開始吹口哨，音調低沉而輕緩。她無法理解為什麼這麼粗魯的男人有辦法發出這種巧妙的聲音。

下一秒，美好的事情發生了。她聽到一陣微弱的振翅聲掠過空氣——那隻胸部亮紅的鳥朝他們飛了過來，降落在園丁腳邊的一小堆土塊上。

「牠來啦。」老先生輕笑著，開始用和小孩講話的語氣對小鳥說話。

「沒禮貌的小傢伙兒，你去哪兒啦？」他說，「今天之前我都沒瞧見你呢，才這個季節兒你就要開始求偶了嗎？是不是太早了點兒呀。」

小鳥將小巧的頭歪向一邊，用那雙像黑色露珠一樣溫柔明亮的眼睛看著他，好像牠認識園丁一樣，一點也不害怕。牠向前跳了幾下，輕快地啄食泥土，尋找裡面的種子和昆蟲。牠既漂亮又愉悅，看起來就像人一樣，讓瑪莉的心中湧現出一股奇怪的感覺。牠的身體小巧圓潤，鳥喙精細，鳥爪纖瘦。

「你每次叫牠牠都會來嗎？」她用接近耳語的音量問他。

「是啊，牠都會來兒。牠才剛學會飛兒的時候我就認識牠了。牠在另一座花園樹上的巢兒裡孵化，飛過圍牆兒之後就因為太虛弱飛不回去，於是我們就成了朋友兒。牠飛回去兒的時候發現那窩鳥兒全都飛走了，只剩下牠，所以牠又跑回來兒找我。」

「牠是什麼鳥啊？」瑪莉問。

「妳不知道嗎？牠是紅胸知更鳥，這種鳥最友善也最好奇兒，只要妳學會怎麼跟牠們相處兒，牠們就會表現得跟狗兒一樣友善。妳看，牠現在一直四處啄食又抬頭兒看我們，牠知道我們在討論牠兒呢。」

她覺得這個老人真的是這個世界上最奇怪的景象了，他望著胸口艷紅、小巧圓潤的鳥，一副既替牠驕傲又喜歡牠的樣子。

「牠是隻驕傲的鳥，」老人輕笑著，「喜歡聽別人討論牠。牠也很好奇兒——天啊，再也沒有比牠還好奇兒、還愛管閒事兒的傢伙兒了。牠總是會來這兒看我在種什麼，牠知道所有事兒，包括克雷文老爺因不願自擾而不知道的事兒。牠是首席園丁兒，真的。」

知更鳥跳了幾下，忙著啄食土壤，每隔一陣子就停下來看他們一眼。瑪莉覺得牠那雙像黑色露珠的眼裡滿是好奇，就像牠真的想要了解她一樣。她心中那種奇怪的感覺更強烈了。

「鳥巢裡其他的小鳥飛去哪裡了？」她問。

「沒有人兒知道，老鳥會把那些小鳥趕出巢兒，在妳發現之前牠們就全都分飛各處了。這隻比較聰明兒，牠知道自己很孤單。」

瑪莉小姐往知更鳥跨了一步，雙眼緊盯著牠。

「我很孤單。」她說。

她之前一直不知道，原來孤單是讓她覺得生氣和痛苦的事情之一。在她看向知更鳥，知更鳥也回視她的時候，她終於懂了。

老園丁把帽子往自己光禿的頭頂推了一下，盯著她看。

「妳就是那個從印度來兒的小姑娘嗎？」他問。

瑪莉點點頭。

「難怪妳會覺得孤單，妳在這兒會覺得更孤單的。」他說。

老人再次開始挖土，把他的鏟子深深插進花園肥沃的黑色土壤中，知更鳥在一旁東跳西跳，忙得不亦樂乎。

「你叫什麼名字？」瑪莉詢問。

他站直身體回答她。

「班・韋德史達，」他粗魯地笑了一聲，用拇指指向知更鳥，「除了跟牠在一起的時候之外，我都是獨自一人兒，牠是我唯一的朋友兒。」

「我現在一個朋友都沒有，」瑪莉說，「我以前也沒交過朋友，我的保母不喜歡我，我從來沒有跟別人一起玩過。」

約克郡人都習慣直言不諱地說出自己的想法，而班・韋德史達就是荒原上的典型約克郡人。

「妳和我有點兒像，」他說，「我們的本質兒差不多，都長得不好看，個性也都和外表兒一樣差。我敢保證，我們倆的脾氣都壞透兒了。」

老園丁十分坦白，瑪莉・蘭尼克斯這輩子從來沒有聽過別人這麼誠實的形容過她。不論她做什麼，印度的傭人只會行額手禮，然後順從她的所作所為，她以前從沒注意過自己的外表，現在她突然開始思考，自己是不是真的像班・韋德史達一樣毫無吸引力，臉上的表情是不是跟看到知更鳥前的老園丁一樣滿是敵意。她開始想，自己是不是真的「脾氣壞透兒了」。她覺得不太舒服。

一陣清靈的聲音在她身旁響起，她轉過身，在幾尺旁有一株小蘋果樹，知更鳥飛到蘋果樹的枝椏上，啁啾起一小段鳥鳴。班・韋德史達馬上大笑了起來。

「牠為什麼要這樣唱歌？」瑪莉問。

「牠決定要跟妳做朋友兒，」班回答，「我敢打賭牠喜歡妳喔。」

「我嗎？」瑪莉輕輕地步向小樹，往上看。

「你願意跟我做朋友嗎？」瑪莉對知更鳥張開手，就像在對人說話一樣，「你願意嗎？」她講話時用的既不是冷酷的聲音也不是印度式的傲慢態度，而是一種輕柔又充滿渴望與誘勸的語調。班・韋德史達對此感到十分驚訝，就像瑪莉聽到他吹口哨時一樣。

「怎麼回事兒？」他大聲說道，「妳說話的語氣很溫和啊，就像妳真的是個小孩兒，而不是個刻薄的老女人一樣，聽起來就像狄肯在荒原兒上對他的野生動物講話兒一樣。」

「你認識狄肯嗎？」瑪莉馬上轉身問他。

「大家都認識他，狄肯總是到處亂跑，連懸鉤子兒和石楠花都認識他，我敢說連狐狸兒都會帶他去看小狐狸兒睡覺的地方，雲雀兒也會讓他知道鳥巢在哪兒。」

瑪莉還想問更多問題，她對狄肯非常好奇，幾乎接近她對被遺棄的花園的好奇了。但就在那一刻，知更鳥唱完牠的歌，輕輕震動並伸展翅膀，飛走了。牠拜訪完他們之後還有別的事情要忙。

「牠飛越那座牆了，」瑪莉大喊，「牠飛越了果樹園、飛越了另一堵牆，進去沒有門的花園裡了！」

「牠住在那兒，」班說，「牠是在那裡孵化的，如果牠要求愛的話，對象兒一定會是住在老玫瑰樹上兒的年輕知更鳥小姐。」

「玫瑰樹？」瑪莉說，「那裡有玫瑰樹嗎？」

班・韋德史達再次拿起鏟子開始挖土。

「那裡在十年之前有玫瑰樹。」他含混不清地說。

「我想看看那些樹，」瑪莉說，「綠色的門在哪裡？一定會有門的。」

班深深地把鏟子插進土中，看起來像瑪莉一開始見到他時一樣不友善。

「十年之前有門，但是現在沒有了。」他說。

「沒有門！」瑪莉喊道，「一定有門的。」

「沒有任何人兒找得到那扇門，而且這件事兒跟任何人兒都無關，別像個愛管閒事兒的小丫頭一樣到處探詢跟妳無關的事兒。現在我要繼續我的工作了，妳自個兒去跟自個兒玩吧，我沒空。」

他停下挖掘的動作，把鏟子扔到肩上便離開了，看都沒有看她一眼，也沒有道別。

第五章　長廊中的哭聲

瑪莉・蘭尼克斯又過了好幾天跟第一天一樣的生活。每天早上她都在掛著繡毯的房間裡醒來，發現瑪莎跪在壁爐前的地毯上生火，每天早上她都在兒童房裡吃下那頓無趣的早餐，緊盯窗外那片巨大的荒原看。荒原似乎沒有盡頭，一路延伸到天空邊緣。緊盯窗外一陣子之後，她便會想到，如果自己不出門的話，就只能無所事事地待在這間房間裡——所以她每天都會出門。她不知道這麼做讓她受益良多，當她快步沿著小徑走路，甚至奔跑到大道的時候，她緩慢的血流會加速脈動；當她對抗荒原橫掃而來的風時，她會變得更強壯。她之所以會跑步是想讓自己變溫暖，她討厭風，風刮在她的臉上呼嘯而過時，會阻擋她前進，像是一位她看不見的巨人。但是大口呼吸對她瘦小的身體其實很好，可以讓吹過石楠灌木的清新空氣充滿肺部，在她的臉頰添上紅潤的色彩，讓昏沉的雙眼綻放光亮。而她對此一無所知。

過了幾天戶外的生活後，她在早上起床時感覺到了飢餓。她坐在早餐前時，沒有像往常一樣用輕蔑的眼神盯著麥片粥並推開碗，反而拿起湯匙開始進食，一口接著一口，直到碗裡一乾二淨為止。

「妳今兒早上的胃口兒不錯喔，對不對？」瑪莎說。

「今天的麥片粥比較好吃。」瑪莉說，其實她自己也覺得有點驚訝。

「是荒原的空氣兒給了妳吃東西的胃口兒，」瑪莎回答，「妳很幸運，有吃東西的胃口兒又有食物可以吃兒，我家的農舍裡有十二個小孩兒，他們有胃口兒卻沒有食物呢。只要妳繼續這樣每天去外頭玩兒，妳就會多長點兒肉，也不會那麼黃兒了。」

「我沒有得玩，」瑪莉說，「又沒有東西可以給我玩。」

「沒有東西給妳玩！」瑪莎驚呼，「我們家小孩兒玩的都是樹枝和石頭兒呢，他們會亂跑亂叫，到處兒觀察喔。」

瑪莉不會亂跑亂叫，但她的確會到處觀察東西，因為也沒有別的事可以做了。她繞著花園走過好幾遍了，也會在園林的小徑上遊蕩，有時候她會去找班・韋德史達，但他常常都忙於工作，看都不看她一眼。有幾次他的態度非常差，還有一次，當瑪莉剛走向他的時候，他便拿起鏟子直接走了，好像是故意這麼做的一樣。

她最常去的地方是一條長長的小徑，那條小徑在被圍牆圍住的花園最外面，走在小徑上可以看到兩旁光禿的花圃，和圍牆上滿滿的常春藤。其中有一段圍牆上的常春藤比別的地方更茂密，葉子的顏色特別深，看起來似乎被忽視了很長一段時間。

其他圍牆上的枝葉都被修剪得很整齊，只有那段圍牆是完全沒有被修剪過的。

在瑪莉和班・韋德史達講過話的幾天後，她注意到了這段圍牆，停下腳步，猜想著這裡為什麼會不一樣。她站在那裡，抬頭看著常春藤隨風搖曳，這時她瞥見了一抹鮮紅的色澤，接著聽見一聲美妙的啁啾，班・韋德史達的紅胸知更鳥出現了，牠降落在圍牆的頂端，微微向前傾斜，歪著小巧的頭看著瑪莉。

「喔！」她大喊，「是你嗎——是你嗎？」瑪莉對知更鳥講話的態度好像很確定知更鳥聽得懂她的話，而且會回答她一樣，她一點也不覺得自己這麼做有什麼好奇怪的。

牠沒有回答，只是發出啁啁啾啾的鳥鳴，沿著圍牆跳躍，好像在對她訴說什麼事情一樣。雖然牠一個字也沒講，但瑪莉小姐覺得自己好像聽得懂牠的話，牠彷彿在說：

「早安啊！今天的風很棒吧？今天的陽光也很棒吧？一切都很棒，不是嗎？讓我們一起歌唱和跳躍吧，快來！快來！」

瑪莉笑了起來，當知更鳥沿著牆壁跳躍和短暫飛行的時候，她跑在牠的後面。原本可憐、瘦小、醜陋而且氣色極差的瑪莉，在這一瞬間看起來竟然十分漂亮。

「我喜歡你！我喜歡你！」她一邊大喊一邊沿著小徑奔跑，不斷模仿鳥鳴聲，她試圖吹口哨，不過因為不知道怎麼吹而沒有成功。知更鳥似乎對此十分滿意，他對瑪莉回以婉轉的鳥鳴，最後展開翅膀，一飛沖天，停在樹頂上開始放聲歌唱。

這讓瑪莉想起了她第一次見到知更鳥的景象。牠那時也在樹頂上跳來跳去，她則站在果樹園裡。而現在，她位於果樹園的另外一邊，站在較矮的圍牆外的一條小徑上，牆內的那株樹跟那天她看到的一模一樣。

「裡面就是沒有人進得去的花園，」她喃喃自語，「裡面就是沒有門的花園，牠就住在這裡。真希望我可以進去看看裡面是什麼樣子！」

她沿著小徑跑回第一天進入的綠門，接著一路跑進另一扇門，抵達了果樹園。她停下腳步往上看，這面牆內的樹就是另一面牆內的那棵樹，知更鳥剛唱完那首歌，正在用鳥喙整理羽毛。

「就是這個花園，」她說，「一定是。」

她沿著果樹園的牆走，更仔細地觀察牆面，但還是跟之前一樣——沒有在牆上發現任何一扇門。她再次往回跑過果菜園，跑到被長長的常春藤覆蓋的圍牆前，沿著牆走到盡頭，一路仔細觀察，但這裡也沒有門。

「真是奇怪，」她說，「班・韋德史達說沒有門，這裡也的確沒有門，但是克雷文先生十年前有埋過鑰匙，所以一定有門才對。」

她不斷地想著這件事情，因而開始覺得這個地方十分有趣，不再覺得來到密蘇威特莊園是件討厭的事。她在印度的時候總是覺得又熱又疲倦，不想理會任何事，現在清新的風從荒原吹過來，把她腦中的蜘蛛網吹走，使她更加清醒。

她幾乎整天都在外面，等到晚上坐在餐桌前時，她覺得又餓又困，十分暢快。她不再因為瑪莎的聒噪而感到不耐，反而喜歡聽她說話。她決定要問她一個問題，在吃完晚飯後，她坐在壁爐前的地毯上開始發問。

「為什麼克雷文先生那麼討厭那座花園呢？」她問。

她要求瑪莎留下來陪她，瑪莎對此一點意見也沒有。她還很年輕，以前都生活在擠滿兄弟姊妹的農舍裡，因此，她覺得樓下的傭人大房很無聊，而且裡面的僕役和高級女傭會圍坐在一起，互相竊竊私語，還會取笑她的約克郡口音，認為她是地位低下的平凡人。瑪莎喜歡講話，而曾經住在印度被黑人服侍的奇怪小孩讓她覺得很新奇，非常有吸引力。

她不等瑪莉邀請便自動自發地跟著坐到壁爐前的地毯上。

「妳還在想那個花園兒嗎？」她說，「我就知道妳會這樣兒，就像我第一次聽說那個花園兒的時候一樣。」

「為什麼他那麼討厭那座花園？」瑪莉鍥而不捨地問。

瑪莎盤起腳，讓自己坐得更舒服一點。

「妳聽，呼嘯的風兒環繞著這棟房子，」她說，「一到了晚上，連站在荒原上都很困難。」

瑪莉原本不知道「呼嘯」是什麼意思，但在她試著側耳傾聽之後，她就懂了。「呼嘯」的意思一定是那陣不斷環繞著房子、空洞又令人毛骨悚然的呼喊聲，就像隱形的巨人正在猛力捶打牆壁和窗戶，想要闖進屋子裡。但瑪莉知道巨人一定進不來，這讓她覺得坐在紅色炭火熊熊燃燒的房間裡是一件非常安全的事情。

「但是為什麼他討厭花園？」她聽完風聲之後繼續追問，堅持要問出瑪莎知道的事。

瑪莎就此放棄了分享她的知識寶庫。

「妳要記得喔，」她說，「梅洛克太太說過不可以提起這件事兒，這棟房子裡有很多不可以提起的事兒，這是克雷文先生的命令，他說他的問題輪不到傭人兒來討論。要不是因為那座花園兒，現在事情也不會變成這樣。那座花園兒是克雷文夫婦結婚後，克雷文太太一手打造的，她非常喜愛那座花園兒，他們總是親自打理裡面的花草兒，從來不允許園丁兒進去。他們每次進去後都會關起門兒，一連待上好幾個小時兒，在裡邊兒讀書和說話。克雷文太太其實有點兒像小孩兒，那時花園裡有株老樹，枝椏的形狀有點兒像座椅，所以她就讓玫瑰兒長到枝椏周圍，常常坐在那上面兒。但是，有一次她坐在上邊兒的時候，樹枝斷掉了，她摔了下來，傷得很重，第二天兒就去世了。這就是克雷文先生討厭這座花園兒的原因，從那時開始，再也沒有人兒進去過那裡，他也不准任何人提起這件事兒。」

瑪莉沒有再問下去，她看著火焰，傾聽風的「呼嘯」。「呼嘯」聲似乎比以往都還要大聲。

在那瞬間，一件非常美好的事情發生在她的身上。事實上，自從她來到密蘇威特莊園後，已經有四件好事發生在她身上了：她覺得自己理解了一隻知更鳥，而知更鳥也理解她；她在風中奔跑，直到血液變得溫暖；她這一生中第一次感覺到因健康而引起的飢餓；現在她察覺到為他人感到遺憾是什麼感覺。她正在不斷進步。

在她專心傾聽風聲的時候，她開始聽到另外一種聲音。她不知道那是什麼聲音，一開始，她甚至沒辦法分辨這種聲音跟風聲有什麼差別，那種聲音很奇怪——聽起來像是有小孩在某個地方哭泣。雖然有時候風聲聽起來也像是小孩的哭聲，但是這次瑪莉小姐很確定，那陣聲音是在房子裡面，而非外面。雖然聽起來很遠，但是的確在房子裡面。她轉頭看向瑪莎。

「妳有聽到有人在哭嗎？」她說。

瑪莎馬上露出困惑的表情。

「沒有，」她回答，「是風兒的聲音，有時候風聲兒聽起來就像有人在荒原迷路時的哭喊聲兒，風聲兒聽起來千奇百怪。」

「可是，妳聽啊，」瑪莉說，「聲音在房子裡——是從其中一條長廊傳來的。」

就在這個時候，樓下的某個門被打開了，一陣強大的氣流沿著走廊吹進房間，門被猛然吹開，讓她們兩人都跳了起來。房內的燭火被吹熄了，那陣哭聲被風帶進長廊，聽起來更加清楚。

「妳聽！」瑪莉說，「我就跟妳說吧！那是有人在哭的聲音——而且不是大人的聲音。」

瑪莎跑到門邊，把門關起來並上鎖。但在她關門之前，兩人都聽到了遠遠的某個走廊裡面，有一扇門被轟然關起的聲音。接著，一切陷入寂靜，連狂風都暫時停止了「呼嘯」。

「那是風聲，」瑪莎頑固地說，「如果不是風聲的話，那就是廚房女傭貝蒂・巴特沃斯的聲音，她今天整天都在牙痛。」

瑪莉小姐直直盯著瑪莎，覺得她的行為舉止有點怪異。她不相信她說的是真話。

第六章「真的有人在哭——真的有！」

第二天又下起了傾盆大雨，瑪莉從窗戶望出去，整片荒原都被灰色的雲霧掩蓋。她今天沒辦法去外面了。

「遇到這種天氣的時候，妳會在妳家農舍裡做什麼？」她問瑪莎。

「大部分的時間都在努力不被別人兒踩到。」瑪莎回答，「啊！我們家的人兒真的很多呢，母親的脾氣兒非常好，但還是常常為我們擔心。比較年長的小孩兒會在這種天氣跑去牛棚玩兒，但狄肯一點兒也不在意被淋溼，他還是跟晴天時一樣跑出去玩兒。他說，雨天的時候可以看到好天氣時看不到的東西。有一次，他在一個洞裡兒找到一隻差點淹死的小狐狸兒，他把小狐狸兒裹在衣服裡保暖，就這樣抱回家。那隻小狐狸兒的母親在洞附近被殺死了，洞裡滿滿的水兒把其他小狐狸兒也淹死了。那隻小狐狸兒現在被他養在家裡。還有一次，他找到了一隻差點兒淹死的小烏鴉，一樣兒把牠帶回家馴服了。小烏鴉全身黑漆漆的，被取名叫煤灰，整天跟在狄肯身邊兒又飛又跳。」

瑪莉已經不再對瑪莎無禮的說話方式生氣了，她開始覺得聽她說話很有趣，有時甚至會因為瑪莎停下來或離開而感到失望。以前她住在印度的時候，保母說的故事和瑪莎說的很不一樣，瑪莎的故事發生在荒原的一座農舍中，裡面有十四個人，但只能擠在四間房間裡，永遠都沒有足夠的食物。農舍裡的小孩子像是一群天性調皮的柯利牧羊犬，會自己跟自己玩，還會到處打滾。最吸引瑪莉的兩個人是瑪莎的母親和狄肯，在瑪莎的故事中，「母親」的所作所為總是令人覺得十分舒適。

「如果我也有一隻烏鴉或一隻小狐狸的話，我就可以跟牠們玩了，」瑪莉說，「但是我什麼都沒有。」

瑪莎的表情有點困惑。

「妳會織毛線兒嗎？」她問。

「不會。」瑪莉回答。

「妳會縫衣裳兒嗎？」

「不會。」

「妳會讀書兒嗎？」

「會。」

「那妳為什麼不讀點書兒或是學寫字兒呢？妳已經夠大了，可以學著讀很多書兒了。」

「我一本書也沒有，」瑪莉說，「我的書都留在印度了。」

「太可惜了，」瑪莎說，「如果梅洛克太太允許妳進書房兒的話就好了，書房兒裡有好幾千本書兒呢。」

瑪莉沒有問她書房在哪裡，因為她突然想到了一個好主意——她決定要自己去尋找書房。她絲毫不擔心梅洛克太太，因為梅洛克太太總是待在樓下舒適的管家起居室裡，在這個奇怪的莊園裡，你很少有機會看到其他人，事實上，你能看到的除了傭人之外也沒有其他人了。只要他們的主人出遠門，他們就可以在樓下過著奢華的生活，他們有一間掛滿閃亮銅器和白鑞器皿的大廚房，還有一間傭人大房，每天有四到五頓豐盛的餐點，梅洛克太太不在的時候，他們會盡情地嬉鬧玩樂。

瑪莉的餐點每天都規律地出現，瑪莎則負責服侍她，除此之外，沒有人會多為她費一絲心力。每隔一、兩天梅洛克太太會來探望她，但是不會有人來問她做了什麼，或是吩咐她該做什麼。她猜想，或許這就是英國人照顧小孩的方式吧，在印度的時候，負責服侍她的保母總是跟在她後面，無微不至地照顧她，她常常厭倦於她的陪伴。現在再也不會有人一直跟著她了，每當她要瑪莎把東西遞給她或是幫她穿上衣服的時候，瑪莎的表情就好像瑪莉又笨又蠢似的，所以她學會了自己穿衣服。

「妳有缺手缺腳嗎？」某次瑪莉呆立著等待瑪莎幫忙戴上手套的時候，她說，「我們家才四歲兒的蘇珊・安比妳精明一倍兒以上呢，有時候妳看起來真像腦子裡裝了水泥兒。」

之後整整一個小時瑪莉都臭著一張彆扭的小臉，不過，這讓她開始思考一些從未想過的事情。

這天早上，在瑪莎最後一次清理完壁爐前的地毯並下樓後，瑪莉花了十分鐘站在窗前，思考她在聽到圖書室時出現的新主意。其實她不太在意圖書室裡面有什麼，畢竟她讀過的書非常少，但是聽到圖書室就讓她回想起一百間上鎖的房間。她猜想著是不是真的所有門都被上鎖了，說不定有幾間房間是進得去的，房子裡真的有一百間房間嗎？或許她可以去算算看總共有幾扇門？如此一來，在這個不能外出的早晨她就有事可做了。從來沒有人教過她做事前要得到別人的許可，她對「許可」這種東西一無所知，所以，就算她遇到了梅洛克太太，她也不會想到要詢問梅洛克太太是否可以在房子裡閒逛。

她打開房門進入走廊，開始她的曲折之旅。這條走廊很長，分岔至更多條走廊，瑪莉沿著走廊走上一小段階梯，又走入了另一條走廊，走廊上有無數扇房門，牆上掛著畫，少數畫作是陰暗詭異的風景，大部分還是人物畫像，上面的男男女女都穿著奇異又華麗的緞面或絲絨衣飾。接著，她踏入了另一條長長的迴廊，牆上掛滿了人物畫像，她不知道一棟房子裡竟然能掛得了這麼多幅人物畫像。她慢慢地邊走邊盯著畫像上的一張張人臉，那些人臉也回視著她，她覺得那些人似乎在想：「這個印度來的小女孩在我們的房子裡做什麼啊？」有些畫像的主角是小孩子——小女孩都穿著長達腳背的厚重緞面洋裝，服裝看起來比人還搶眼；小男孩都留著長髮，不是衣服上帶有燈籠袖和蕾絲衣領，就是在脖子上戴著巨大的輪狀皺領。瑪莉在每一張小孩的畫像前駐足，猜想著他們的名字、他們去了哪裡，還有為什麼要穿這麼奇怪的衣服。其中一幅畫像上畫著一位僵硬而平凡的女孩，看起來跟她很像。女孩穿著綠色的錦緞洋裝，手指上棲息著一隻綠色的鸚鵡，眼神十分生動好奇。

「妳現在住在哪裡呢？」瑪莉大聲問她，「真希望妳現在也在這裡。」

世上沒有任何一個小女孩會像瑪莉一樣，用這麼奇怪的方式度過早晨。在這棟格局凌亂的巨大房子裡，好像除了瑪莉之外一個人也沒有，她到處遊蕩，上樓又下樓，走過狹窄的走道和寬敞的長廊，她覺得或許她是唯一一個這樣在房子裡漫遊的人了。照理來說，房子裡建造了這麼多間房間，應該要有人住在裡面才對，但是每間房間好像都沒人住，這讓瑪莉覺得不可置信。

一直到她爬上了二樓，她才想到要去轉動房門的門把。每扇門都像梅洛克太太說的一樣是關上的，但她還是把手放在其中一扇門的門把上，試著轉動。在她毫無阻礙地轉動門把的瞬間，她嚇了一小跳，她輕推了門一下，門便緩慢而沉重地自動打開。這扇門很大，門後的房間十分寬敞，牆上有不少刺繡壁掛，房裡的家具都帶有鑲嵌裝飾，跟她在印度看過的家具很像。一扇大大的鉛條鑲嵌玻璃窗正對著荒原，壁爐台上掛著剛剛那位僵硬而平凡的小女孩的另一幅畫像，她看向瑪莉的眼神似乎比剛剛更好奇了。

「說不定她以前住過這裡，」瑪莉說，「她看得我心神不寧。」

那間房間之後，她打開了更多、更多扇門，她看了太多房間，以至於有點疲累，開始覺得雖然她沒有計算，但房間一定有超過一百間。每間房間裡都掛有圖案詭異的畫作或繡毯，不少房間裡擺滿了各種稀奇古怪的家具和裝飾品。

在其中一間看起來像是女士起居室的房間裡，牆上掛滿了刺繡絲絨，上百隻象牙雕刻成的大象擺放在櫃子裡，有些背著象夫或轎子，大小都不太一樣，有的特別大隻，有的又小得像是象寶寶。瑪莉在印度曾經看過象牙雕刻品，也對大象知之甚詳，她打開櫃子的門，站上小凳子，花了很長的時間玩這些象牙大象。直到她玩累了，她才把大象依序排好，關起櫃子的門。

瑪莉在長廊和空蕩蕩的房間裡遊蕩的時候，一個活物也沒有看到，但這間房間裡不是只有她而已。就在她關上櫃子的時候，一陣窸窸窣窣的聲音在房間裡響起。她跳了起來，看向火爐旁的沙發，聲音似乎是從那裡傳出來的。沙發上擺著一個靠枕，靠枕表面的絲絨上有個小洞，洞裡面出現了一顆小巧的頭顱和一雙驚恐的眼睛。

瑪莉躡手躡腳地靠近觀察。那雙亮晶晶的眼睛是一隻灰色的小老鼠，牠咬破靠枕，在裡面建造了一個舒適的窩，窩裡有六隻老鼠寶寶依偎在牠身邊睡覺。如果這一百間房間裡真的一個人都沒有，至少這裡還有七隻互相作伴的老鼠。

「如果牠們沒有那麼害怕的話，我就會把牠們帶回去。」瑪莉說。

她今天已經遊蕩很久了，覺得有點累，不想再繼續走下去，於是她啟程回去。她有兩、三次都轉進錯的走廊，迷路了，只好來回亂闖，試圖找到對的那條走廊，最後她終於抵達了她住的那層樓，不過離她住的房間很遠，而且她不太確定自己的位置在哪裡。

「我一定又轉錯彎了，」她站在一個短走道的盡頭，看著盡頭牆上的繡毯說，「不知道要往哪裡走才對，這裡實在太安靜了！」

她才剛說完那句話，屋內的一片寂靜便被打破了。響起的聲音是哭聲，但跟她昨晚聽到的不太一樣，現在的哭聲比較短促，是一種暴躁而孩子氣的嗚咽聲，因為隔著牆所以聲音有點模糊。

「聽起來比上次還要近，」瑪莉的心跳跳得很快，「這個聲音真的是有人在哭。」

這時，她的手背偶然推到繡毯，讓她整個人嚇得往後彈了一下。這張繡毯的後面是一扇門，在她一碰之下打開了，露出了門後的一條走廊，走廊上，梅洛克太太拿著她的一大串鑰匙，正一臉震驚地走過來。

「妳在這裡做什麼？」她抓住瑪莉的手臂，把她拉離那扇門，「我是怎麼跟妳說的？」

「我轉錯彎啦，」瑪莉解釋，「我不知道要走哪邊才對，而且我還聽到了哭聲。」

她覺得梅洛克太太現在真是太討人厭了，下一刻她又覺得更加討厭她。

「妳什麼聲音都沒有聽到，」管家說，「現在就回去妳的兒童房，不然我就要扭妳的耳朵了。」

她抓著她的手臂，一路半推半拖地沿著走道上階梯又下階梯，最後把她推進她的房門裡。

「聽好了，」她說，「妳要乖乖待在我叫妳待的地方，否則妳就會被鎖在房間裡。我看老爺應該要替妳請一位家庭女教師，他也的確說過他會這麼做。妳這種小孩就是需要有人緊緊跟著妳、照顧妳，我要做的事情已經夠多了。」

她走出房間並用力把門帶上後，瑪莉氣得臉色蒼白。她坐在壁爐前的地毯上，咬緊牙關，但沒有哭。

「真的有人在哭——真的有——真的有！」

到目前為止，她已經聽到哭聲兩次了，總有一天她會找出真相的，像今天早上她就發現了不少東西。她覺得整個早上像是一趟漫長的旅行，無論如何，至少她找到可以打發時間的事情了，她不但和象牙大象玩了好一陣子，還在絲絨靠枕裡面看到了灰色的老鼠和老鼠寶寶。

第七章　花園的鑰匙

兩天後的早上，瑪莉一睜開雙眼就在床上坐起身，大叫瑪莎的名字。

「妳看荒原！妳看荒原！」

暴風雨已經結束了，夜晚的風把灰色的霧氣和雲朵一掃而空，風勢減弱，荒原上的天空很高，變成了美麗的深藍色。瑪莉從來、從來都沒有想過天空可以這麼藍，印度的天空總是炎熱而刺眼，而這裡的天空是另一種深邃冷涼的藍色，像清澈無底的湖水一樣發出微光，在高高的藍色穹頂上，一小朵、一小朵像羊毛一樣的雪白雲朵四處飄散，荒原上那片深遠的世界變成了柔軟的藍色，不再有陰鬱的黑紫色和沉悶至極的灰色。

「是哎，」瑪莎開心地露齒而笑，「暴風雨已經結束好一陣兒了，每年兒這個時候荒原都是這樣。暴風雨總是在一夜之間消失得無影無蹤，假裝自己從來沒有出現過兒，好像以後也永遠不會再出現了一樣兒。一切都是因為春天兒要來了，雖然其實春天兒還離得很遠兒，但已經在過來的路上兒了。」

「我以為英國只會下雨，只會是黑色的。」瑪莉說。

「啊！才不是呢！」瑪莎跪坐著直起身，身邊放著不少壁爐刷，「壓根兒不是那麼回事兒！」

「妳在說什麼？」瑪莉認真地詢問。她在印度時常聽到印度人說方言，知道聽得懂方言的人很少，所以當瑪莎說出她不懂的字時，她並不覺得驚訝。

瑪莎笑了，就像她第一天早上這麼做的時候一樣。

「又來了，」她說，「我又用很重的約克郡口音講話了，梅洛克太太說我不能這樣講話。『壓根兒不是那麼回事兒』的意思是『根本不是那樣』，」瑪莎小心翼翼地慢慢說，「但這樣講話很麻煩。在晴天兒的時候，約克郡是世界上最晴朗的地方，我早就跟妳說過妳會慢慢喜歡上荒原的，荒原上會開滿整片金色的荊豆花兒和金雀花兒，石楠灌木也會綻放風鈴兒似的紫色花朵，吸引上百隻翩翩飛舞的蝴蝶兒、嗡嗡作響的蜜蜂兒和翱翔高歌兒的雲雀，到時候妳就知道了，妳每天都會想在太陽剛升起時去荒原，妳會整天都想待在那兒，就像狄肯一樣。」

「我有辦法去荒原嗎？」瑪莉萬分渴望地說。她透過窗戶看向遙遠的藍色，天空看起來清新、廣闊而美好，顏色美不勝收。

「我不知道，」瑪莎回答，「在我看來，妳從出生後就沒有好好用過妳的腿兒，從這兒到我家的農舍要走五英里的路兒，妳應該走不了五英里。」

「我想看看妳家的農舍。」

瑪莎好奇地看了她一眼，接著拿起磨光刷繼續刷起爐架。她覺得那張平凡的小臉不再像第一個早晨那麼討人厭了，在這瞬間，瑪莉的表情有點像蘇珊‧安極度渴望什麼東西的樣子。

「我會幫妳問問看我母親兒，」她說，「她幾乎每次兒都能找到解決事情的辦法兒。今天是我的外出日，我等一下兒就要回家了，啊，真開心！梅洛克太太滿喜歡我母親的，或許她可以跟她說說看兒。」

「我喜歡妳的母親。」瑪莉說。

「我也覺得妳會喜歡她。」瑪莎邊擦拭架子邊說。

「我從來沒有看過她。」瑪莉說。

「對，妳從來沒看過她。」瑪莎回答。

她再次坐直身體，用手背擦了擦鼻尖，似乎是迷惑了一下，接著又露出積極的表情。

「嗯，她很聰明兒，勤於工作，溫厚又愛乾淨，沒有人兒不喜歡她，不管妳有沒有見過她都一樣。每一次外出日回家兒見她，我在跨越荒原時都開心得蹦蹦跳跳兒呢。」

「我喜歡狄肯，」瑪莉又說，「但我也從來沒看過他。」

「這個嘛，」瑪莎耿直地說，「我跟妳說過了，小鳥兒、兔子兒、野綿羊兒、小馬兒和狐狸兒都喜歡他。我在想啊，」瑪莎看著她沉思，「不知道狄肯會覺得妳怎麼樣呢？」

「他不會喜歡我的，」瑪莉用她一慣的僵直冰冷語調說，「沒人喜歡我。」

「那妳喜歡妳自個兒嗎？」瑪莎好像真的對答案很好奇似的問道。

瑪莉停頓了一下，認真思考著。

「一點也不喜歡——真的，」她回答，「但我從來沒有想過這件事。」

瑪莎微微笑著，像是想起了一些家常瑣事。

「母親曾跟我聊過這種事兒，」她說，「那時她在洗衣服，我生氣地跟她講了一些人兒的壞話兒，她轉過身兒跟我說：『妳這個小潑婦兒，就是妳！站在那兒說不喜歡這個人兒也不喜歡那個人兒，那妳喜歡妳自個兒嗎？』我馬上就笑了起來，她讓我立刻恢復冷靜。」

她幫瑪莉擺好早餐後，便興高采烈地離開了。她要橫越五英里的荒原回到農舍，她要回去幫忙她母親洗衣服，準備每週一次的烘焙，好好享受這一天。

瑪莉在意識到她離開了這棟房子之後，感到前所未有的孤寂。她用最快的速度前往花園，一圈又一圈地繞著噴水池花園奔跑，跑了整整十圈。她小心翼翼地算著圈數，覺得跑完之後心情比較好一點了。陽光讓整座花園變得截然不同，瑪莉抬頭向上看，高而深邃的藍色天空覆蓋在密蘇威特和荒原之上，她想像著躺在一小片雪白雲朵上飄蕩的感覺。她走進第一座果菜園，看到班・韋德史達和另外兩個園丁正在工作，天氣的轉變似乎對他產生了好的影響，他主動開啟對話。

「春天兒來了，」他說，「妳聞到了嗎？」

瑪莉嗅了嗅，覺得自己聞到了。

「我聞到新鮮又潮溼的味道，很好聞。」瑪莉說。

「那是肥沃土壤兒的味道，」他繼續挖土，「大地準備兒要生長作物兒啦，種植季節的來到讓大地很高興兒。冬天啥兒都沒得長會讓大地覺得無聊，外面的花園兒在冬天的黑暗中死氣兒沉沉，現在陽光讓花園兒變得溫暖，你會看到綠色的尖芽兒從黑色的土壤兒裡微微冒出頭兒來。」

「尖芽會變成什麼？」瑪莉問。

「番紅花、雪花蓮和黃水仙，妳從來沒看過這些花兒嗎？」

「沒看過，印度在下雨之後會變得又溼又熱，還綠綠的，」瑪莉說，「我覺得東西都是一夜之間長出來的。」

「東西不會在一夜之間長兒出來，」韋德史達說，「妳要等待，它們會在這兒戳出一點點兒，那兒冒出一點點兒，今天兒展開一片葉子，明天兒又一片。妳要觀察它們。」

「我會觀察它們的。」瑪莉回答。

沒多久，一陣輕柔微弱的振翅聲再次響起，她知道是知更鳥又來了。牠輕快又活潑地跳著靠近她腳邊，羞怯地歪頭看著她，她忍不住問了班．韋德史達一個問題。

「你覺得牠記得我嗎？」瑪莉說。

「記得妳！」韋德史達忿忿不平地說，「牠認識花園裡每一株高麗菜的菜心兒呢，更不用說人兒啦。牠從沒看過小女生，所以決定要好好了解妳，妳沒有必要隱瞞牠任何事兒。」

「牠住的花園也會在冬天的黑暗中變得死氣沉沉的嗎？」瑪莉問。

「什麼花園？」韋德史達咕噥著問，態度再次變得惡劣。

「裡面有老玫瑰樹的花園啊，」她太想知道花園的事了，情不自禁地繼續問著，「花都死光了嗎？還是有一些會在夏天活過來呢？現在還有玫瑰花嗎？」

「妳問牠啊，」韋德史達聳動肩膀，示意瑪莉去問知更鳥，「牠是唯一知道的傢伙兒，這十年以來都沒有其他人兒進去過。」

瑪莉心想，十年是一段很長的時間，她就是在十年前誕生的。

她一邊漫步離開一邊緩緩思考著，她開始喜歡這座花園了，就像她開始喜歡知更鳥、狄肯和瑪莎的母親一樣，她也開始喜歡瑪莎了。她把知更鳥也當作其中一人，她喜歡的人太多了——而她還不習慣喜歡別人。她走到布滿常春藤的長圍牆外，站在牆外的小路上可以看到裡面的樹頂。就在她第二次繞回這裡時，一件讓她既開心又激動的事情發生了，這件事的起因是班・韋德史達的知更鳥。

她聽到一聲婉轉鳥鳴，於是看向左側那片光禿的花圃。知更鳥在那片花圃上跳躍，裝出一副在啄食的樣子，想讓瑪莉以為牠沒有跟蹤她，但瑪莉知道牠就是在跟蹤她，這讓她又驚又喜，開心得快發起抖來。

「你真的記得我！」她大喊，「你記得！你比世界上任何東西都還要漂亮！」

她邊學鳥叫邊說話，不斷哄著牠，而牠則不斷跳躍、擺動尾巴並啁啾叫著，就像在講話一樣。牠挺起小小的胸膛，紅色背心像絲綢一樣，看起來那麼俊俏美麗，好像在對瑪莉宣告一隻知更鳥能夠多像人類、多重要。牠允許她越靠越近，彎下腰對牠講話，並試著發出知更鳥的叫聲。瑪莉小姐在這一刻忘記她這輩子曾經那麼彆扭過。

噢！知更鳥竟然願意讓她真的這麼靠近！牠知道這世界上沒有任何東西能讓瑪莉伸手抓牠或者讓牠受到一點驚嚇，牠知道，因為牠是真正的人——唯一不同的地方在於牠比其他人更好，她高興得幾乎要屏住呼吸。

花圃其實不算是完全禿的，雖然上面的多年生植被都為了冬休而被修剪掉了，一朵花都沒有，但是在花圃後方還有一些高高低低的灌木叢。知更鳥在灌木叢下面跳躍，她看著牠跳到剛被翻起的一小堆土堆上，站在那裡尋找小蟲。那堆土堆是前陣子有隻狗為了抓鼴鼠而挖出來的，牠挖了一個滿深的洞。

瑪莉看著那堆土，不太確定為什麼那裡會有一個洞。她發現那堆新挖出來的土堆裡有個東西，看起來像是生鏽的鐵環或銅環。知更鳥飛到旁邊的樹上後，她伸手撿起金屬環。然而那並不只是個金屬環，而是一把老舊的鑰匙，看起來埋在土裡很久了。

瑪莉小姐站了起來，滿臉驚恐地看著掛在手指上的鑰匙。

「這把鑰匙可能已經被埋了十年了，」她悄聲說，「或許這就是那座花園的鑰匙！」

第八章　領路的知更鳥

她盯著鑰匙看了很久，把它放在手中翻來覆去，不斷思考。就像我之前說過的，從來沒有人教過她做事前要先詢問長者或得到允許，她不斷思考著這把鑰匙會不會就是鎖起花園的那把。如果她能找到門的話，或許她就可以打開門，進去看看牆內是什麼樣子，看看老玫瑰樹現在怎麼樣了。那座花園已經被鎖上太久太久，她很想要一探究竟，她覺得那裡一定跟其他地方相差甚遠，裡面在這十年間一定發生過一些怪事。除此之外，若她找到了那扇門，她就可以每天都隨心所欲地跑進去再鎖上門，發明一些屬於她的遊戲，自己和自己玩耍，沒有人會知道她在那裡，大家會以為那座花園的大門依舊深鎖，鑰匙仍被埋在土裡。這個想法讓她喜悅萬分。

她一個人生活在這棟房子裡，伴隨著她的是一百間房門緊閉的神祕房間，沒有任何消遣娛樂，這讓她快生鏽的腦袋開始運作，喚醒了她的想像力。荒原上清新純淨的空氣無疑為她帶來很好的影響，她胃口大開，血液和腦袋都在對抗狂風時不停加速運作。她在印度時只會因為太熱而感到昏沉和虛弱，沒有多餘的力氣在意其他事，但這個地方讓她開始在意新事物，想做些以前沒做過的事。她不再那麼那麼「彆扭」了，但她還不知道為什麼。

她把鑰匙放進口袋內，繼續來回走動。除了她之外，似乎沒有人會來這裡，所以她可以一邊慢慢走一邊觀察圍牆，或者應該說，觀察圍牆上的常春藤。常春藤是一大阻礙，不管她多仔細地檢視，都只能看到生長得厚實光滑的深綠葉片，她因而感到十分沮喪。彆扭的感覺又回來了，她沿著圍牆踱步，越過牆頂看向樹冠。她對自己說，真蠢啊，明明靠得這麼近，卻沒辦法進去那座花園裡。她帶著口袋裡的鑰匙回到房子裡，決定以後只要出門都要帶著這把鑰匙，如此一來，只要她找到被藏起來的門，她就能打開那道鎖。

梅洛克太太允許瑪莎在農舍裡睡一晚，隔天早上她回來工作時精神百倍，臉頰前所未有的紅潤。

「我在四點時起床，」她說，「啊！那時的荒原真美，鳥兒剛醒來，兔子兒四處跳躍，太陽兒緩緩升起。我在回來的路上兒碰到一個駕著貨車的人，他載了我一程兒，所以我不是走回來的，我過得很開心兒喔。」

她度過了一個愉悅的外出日，有好多故事可以講。她的母親見到她時覺得很高興，她們兩人一起烘焙和打掃家裡，她還為每個小孩做了一個加了少量紅糖的蛋糕。

「他們從荒原玩兒回來的時候，我已經準備好冒著熱氣兒的蛋糕了，整座農舍充滿了熱騰騰兒的烘焙香味兒，還生好了溫暖的火，他們開心地大喊大叫。我們家的狄肯說，我們的農舍好得足以讓國王來住兒了。」

到了下午，他們圍坐在火邊，瑪莎和她母親一起縫補扯破的衣服和襪子。瑪莎告訴他們印度來的小女孩的故事，她這輩子都有瑪莎所謂的「黑人」服侍，連襪子都不會自己穿。

「啊！他們很喜歡聽妳的故事兒呢，」瑪莎說，「他們想要知道黑人和妳坐船兒過來的事兒，怎麼聽都聽不過癮兒。」

瑪莉想了一下。

「我可以在妳下次外出日之前告訴妳很多其他事情，」她說，「這樣妳就有更多故事可以告訴他們了，我敢說他們一定很喜歡聽騎大象、騎駱駝還有軍官獵老虎的故事。」

「我的天兒啊！」瑪莎高興地喊著，「這絕對會讓他們耳目一新兒，妳真的願意這麼做嗎，小姐？我們之前聽說約克郡有過一場野獸表演兒，妳說的簡直跟那場表演兒一樣。」

「印度跟約克郡很不一樣，」瑪莉一邊整理思緒一邊慢慢講道，「我從來沒有想過這件事。狄肯跟妳的母親都喜歡聽妳講我的故事嗎？」

「毫無疑問啊，我們家狄肯的眼睛兒睜得好大啊，都快把眼睛兒瞪出眼眶兒了，」瑪莎回答，「但是母親很在意妳似乎一直都是一個人兒，她說：『克雷文先生沒有替她請家庭女教師或保母嗎？』我說：『對，他沒有請人兒。雖然梅洛克太太說他想到的時候會請，但她說他有可能在兩、三年後才想到這件事兒。』」

「我不想要家庭女教師。」瑪莉氣憤地說。

「但母親說妳現在應該要學著讀書兒，應該要有一個女人兒來照顧妳，她還說：『瑪莎，妳現在想想看，如果妳孤孤單單一個人兒在那麼大的地方生活，又失去了母親，妳會有什麼感覺？妳要盡妳所能兒地讓她開心。』我答應她我會兒的。」

瑪莉凝視著她。

「其實妳讓我覺得很開心，」她說，「我喜歡聽妳說話。」

這時瑪莎突然走出房間，回來時，她把手放在圍裙底下。

「妳現在覺得如何呀？」她快樂地笑著說，「我帶了一個禮物兒給妳喔。」

「禮物！」瑪莉小姐驚呼，塞滿了十四個挨餓的人的農舍怎麼有辦法拿出禮物送人呢！

「昨天有個沿路叫賣的人兒經過荒原，」瑪莎解釋，「他在我們家門前兒停下貨車，想賣鍋子和一些雜貨兒給我們，但母親沒有錢買任何兒一樣東西。在他要離開兒的時候，我們家的伊莉莎白・艾倫大喊：『母親，他有紅藍把手兒的跳繩兒。』接著，母親忽然兒高聲說：『等等，先生！跳繩兒要多少錢？』他說：『兩便士。』母親一邊摸索兒她的口袋，一邊告訴我：『瑪莎，妳是個把薪水帶回家兒的好姑娘兒，就算花掉了每一分錢兒還是不夠我們家用，但我決定要從這兒拿出兩便士，幫那個小孩兒買一條跳繩兒。』所以她買下了跳繩兒，而我把跳繩兒帶來了。」

她把跳繩從圍裙下拿了出來，驕傲地拿給瑪莉看。跳繩又細又強韌，兩頭的把手上有紅藍相間的條紋，但是瑪莉從來沒有看過跳繩，她一臉迷惑地盯著跳繩看。

「這可以用來幹麼？」她好奇地問。

「用來幹麼！」瑪莎大聲說，「妳的意思是印度沒有跳繩兒，只有大象、老虎和駱駝嗎？難怪他們大多數人兒都是黑人兒。我跳給妳看。」

她跑到房間中央，兩手各抓住一邊把手，開始不斷地跳、跳、跳。瑪莉坐在椅子上盯著她看，畫作裡一張張好奇的臉也似乎在盯著她，好像在想著，為什麼這個農舍來的傢伙膽敢在他們的面前厚臉皮地跳繩。不過瑪莎根本沒有注意到他們，瑪莉小姐一臉新奇的表情讓她覺得很高興，她一邊跳一邊數，一直數到一百才停下來。

「我以前可以跳更久呢，」她停下來後說，「我在十二歲兒的時候曾跳到五百下過，但我那時兒沒有現在這麼胖兒，而且那時兒常常練習。」

瑪莉興奮地從椅子上站起來。

「看起來很好玩，」她說，「妳的母親真是個好人。妳覺得我可以跳得跟妳一樣好嗎？」

「試試看就知道了，」瑪莎把跳繩遞給她，鼓勵她道，「一開始妳一定沒辦法跳到一百下，但是只要妳多練習，就可以越跳越多下。這是母親告訴我的，她還說：『對她來說，沒有什麼比跳繩兒更好了，這是最適合小孩兒的玩具，在新鮮的空氣兒裡跳繩兒可以讓她伸展手腳，變得更強壯兒。』」

瑪莉小姐剛開始跳繩的時候，手腳看起來都沒什麼力氣，笨手笨腳的。但她很喜歡跳繩，不想放棄。

「把東西兒收拾好，去外面跳繩兒吧，」瑪莎說，「母親交代我要叫妳盡量去戶外兒，就算有點兒下雨的時候也是，只要穿暖一點兒就可以出去兒了。」

瑪莉穿上她的外套和帽子，把跳繩掛在手臂上，在打開門出去之前她突然想起了某件事，又慢慢轉過身來。

「瑪莎，」她說，「那是妳的薪水，兩便士其實是妳的，謝謝妳。」她還不習慣向別人道謝或注意到別人為她付出，所以說話的語氣很僵硬，「謝謝。」她不知道該怎麼做，只好向瑪莎伸出手。

瑪莎有點笨拙地回握住她的手，似乎也不太習慣這種事，接著她笑了出來。

「啊！妳真像個老女人啊，奇怪的小傢伙兒，」她說，「我們家的伊莉莎白．艾倫道謝時兒會親我一下呢。」

瑪莉表現出前所未有的緊張。

「那妳要我親妳一下嗎？」

瑪莎再次放聲大笑。

「別兒，不用親我，」她回答，「如果妳不是這種個性兒的話，妳或許會想要親我，但是妳就是這種個性兒。去外面玩妳的跳繩兒吧。」

瑪莉小姐走出房間時覺得有點尷尬，約克郡的人好像都有點奇怪，瑪莎對她來說像是謎團一樣，雖然一開始她很不喜歡瑪莎，但現在已經不討厭她了。

跳繩是很棒的玩具，她邊算邊跳、邊跳邊算，直到她的臉頰發紅。她從出生到現在從沒有覺得任何東西這麼有趣過，太陽在頭頂閃耀，微風徐徐吹來——不是狂風，而是令人愉悅的微風，隨之而來的是新鮮土壤的氣味。她沿著噴水池花園跳了一圈，從這條小路跳過去，又從另一條小路跳回來，最後，她跳進了果菜園裡，看到班．韋德史達邊挖土邊和他的知更鳥講話，知更鳥則繞著他跳來跳去。她沿著小路往他那裡跳去，他抬起頭，一臉好奇地看著她，她剛剛一直在想，不知道他會不會注意到她，她希望韋德史達看到她跳繩。

「哇！」他驚呼，「我的天兒！妳有可能兒真的是個小孩兒，血管裡流的可能真的是小孩兒的血，而不是發酸兒的牛奶，妳發紅的臉頰兒是真的，就跟我叫做班．韋德史達一樣真，我之前根本不相信妳會做這種事兒。」

「我以前沒有跳過跳繩，」瑪莉說，「我才剛學會而已，現在只能跳二十下。」

「妳會越跳越多下的，」班說，「跳繩兒能鍛鍊年輕人的身體，而且妳以前還和未開化的人兒住在一起過。妳看牠盯著妳的樣子，」他將頭偏向知更鳥，「牠昨天就一直跟著妳，今天也會跟著妳，牠一定會弄清楚跳繩兒是什麼東西的，牠以前沒見過跳繩兒，哈！」他對著鳥搖搖頭，「如果你不小心一點，總有一天會被你自個兒的好奇心害死。」

瑪莉繞著花園和果樹園跳了幾圈，每隔幾分鐘就休息一下，跳了好久之後，終於抵達了她專屬的小路。她決定要試試看自己能不能沿著圍牆從頭跳到尾，雖然她一開始跳得很慢，但還是在不到一半的地方就因為太熱又太喘，不得不停下來。她不太介意自己跳不到一半，因為她已經數到三十下了。她在停下來的時候發出了小小的愉悅笑聲，剛剛向前跳時，她一直感覺到口袋裡有個沉甸甸的東西，她每跳一次就震動一下。啊，你看，知更鳥正停在一旁的常春藤枝條上呢，牠又在跟蹤她了。知更鳥輕輕叫了一聲，向她打招呼，她在看到知更鳥的時候又笑了出來。

「你昨天帶我找到鑰匙，」她說，「所以你今天應該要帶我找到那扇門啊，不過，我不相信你知道門在哪裡！」

知更鳥從搖晃的常春藤枝條上振翅起飛，飛到牆頂，張開鳥喙高聲唱起美妙的鳥鳴，想要好好炫耀一番。世上再也沒有比知更鳥的炫耀之歌更美妙動聽的曲子了——而牠們幾乎無時無刻都在炫耀。

瑪莉．蘭尼克斯從前常常聽保母在故事中提到魔法，她後來總是說，那一刻發生的事情就是魔法。

一陣舒適的風沿著小路吹來，那陣風比之前的風都要強大，強大到搖動了樹木的枝椏，晃動了牆上未曾修剪的常春藤四處蔓生的枝條。瑪莉提步走向知更鳥，突然之間，一陣風吹動了懸掛在她面前牆上的枝條，這時，她立刻跳向牆壁，抓住其中一根枝條。因為她看到了枝條下的東西——一個被葉子遮掩住的球狀物。那是門的把手。

她把手伸到葉子下面，開始把枝條撥開。雖然常春藤很厚，但只有少部分攀爬在木頭和鐵片上，其他都鬆散地垂掛著。瑪莉的心臟怦怦作響，手也因為愉悅和興奮而微微顫抖。知更鳥繼續婉轉啁啾著，不時歪著頭，好像也跟她一樣興奮。她面前那片四方形的鐵製品是什麼？還有上面的那個洞又是什麼？

那是深鎖十年的門的鎖孔。她把手放進口袋裡，拿出鑰匙，發覺鑰匙跟鎖孔的形狀契合。她把鑰匙插了進去，轉動門把，雖然她要用兩隻手才轉得動門把，但她還是成功轉開了。

她深吸了一口氣，轉頭觀察長長的小路上有沒有人。一個人也沒有，這裡好像從來都不會有人來。她不由自主地再次深吸了一口氣，把懸掛在牆上的常春藤門簾撥到一旁，將門往外推開。門慢慢地、慢慢地打開了。

她穿越門縫後便把身後的門關上，背靠門站著，環視一圈，興奮、驚訝而愉快地快速呼吸著。

她現在就站在祕密花園裡面。

第九章　世上最奇怪的房子

那座花園比你所能想像的還要更美麗而神祕，封閉花園的高牆上爬滿了無葉的玫瑰藤蔓，厚厚一層纏繞在一起。瑪莉・蘭尼克斯在印度看過無數種玫瑰，所以她認得出牆上的藤蔓就是爬藤玫瑰。花園的整片草皮都因冬季而枯黃，上面種了幾叢灌木，如果灌木還活著的話，就會在春天綻放玫瑰花。幾株樹玫瑰因為枝椏茂密，看起來幾乎像是真的小樹，除此之外，花園裡還種了不少其他的樹種。而這個地方看起來奇妙又迷人的最大原因非爬藤玫瑰莫屬，這種玫瑰遍布整座花園，到處垂下長長的枝條，形成隨風輕擺的簾幕，在樹與樹之間用枝條或者纖長的樹枝相互攀附，連接成可愛的小橋。枝條上既沒有葉子也沒有花，瑪莉不知道爬藤玫瑰是否還活著，那些灰色或咖啡色的細長枝條像是薄薄的披風一樣，自連接處垂落，蔓生至地面，蓋住了圍牆、樹木、枯黃的草皮，蓋住了一切，樹木之間模糊的紛亂枝節讓這個地方更顯神祕。瑪莉曾想像過，這座被遺棄這麼久的花園一定和其他有人整理的花園不同，現在看來，事實的確如此，這裡和她從前看過的地方都不一樣。

「這裡多麼安靜啊！」她輕聲細語道，「多麼安靜啊！」

她靜止不動，聆聽並等待。知更鳥停在樹頂上，牠和花園中的其他事物一樣毫無動靜，不再振翅，只是動也不動地棲息在枝椏上看著瑪莉。

「其實這麼安靜也不足為奇，」她絮語著，「畢竟我是十年來第一個在這裡講話的人。」

她離開門邊，輕輕地向前走，好像怕會驚擾到某個沉睡的人一樣。她很慶幸自己踩在草地上時沒有發出任何聲音，她走到樹木間其中一條如夢似幻的拱橋下，抬頭看著形成拱橋狀的枝條與藤蔓。

「不知道它們是不是全都死去了，」她說，「這是一座死去的花園嗎？真希望不是。」

如果她是班・韋德史達的話，她就能單憑觀察樹枝判斷植物是否還活著，但她不是，她只看得出那些枝條和樹枝都是灰色或咖啡色的，毫無生機，連一片嫩葉都沒有。

但她已經走進這座美妙的花園了，以後隨時都可以穿過常春藤下的門進來，她覺得好像找到了一個只屬於她的世界。

陽光照進這四堵圍牆之中，這個地方是特別的，連頭上那片湛藍的天空似乎都比外面更加壯麗、更加柔軟。知更鳥自樹頂飛落，在她身後的灌木間跳躍飛舞，不斷吱吱喳喳地鳴叫，譜出一首忙碌的樂曲，似乎在告訴她什麼事情。一切都既怪異又寂靜，她似乎距離其他人上百英里遠，但她一點也不覺得孤單。現在唯一縈繞在她腦中的念頭，是希望知道這邊的玫瑰是不是都死了，會不會其中一些還活著，能在天氣變暖之後長出葉子和花。她希望這不是座死去的花園，若這座花園充滿生命會是一件多美妙的事情啊，到時候就會有上千朵玫瑰在各處綻放。

走進花園時，她把跳繩掛在手臂上，在花園裡漫步一陣子後，她決定要用跳繩繞一圈，看到她想觀察的東西時再停下來。花園裡似乎到處都有草皮路徑，每一、兩個轉角就會有一座涼亭，裡面有常綠植物、石椅和覆滿苔蘚的石製花盆。

在跳到第二座涼亭旁的時候，她停了下來。第二座涼亭裡面有一個花圃，她看到有東西從土裡面冒了出來——是一株株淺綠色的小小植物尖芽。她還記得班說過的話，因此她跪下來，開始觀察那些綠芽。

「嗯，這些小東西正在發芽，有可能會長成番紅花、雪花蓮或黃水仙。」她細語。

她彎腰貼近植物，嗅聞潮溼土壤的氣味，覺得很喜歡這種味道。

「說不定其他地方還會有更多綠芽，」她說，「我要走遍整個花園找找看。」

她沒有繼續跳繩，而是用走的，一邊慢慢走一邊盯著地上。她沿路觀察路旁老舊的花圃和草皮，想要滴水不漏地找到每株綠芽。在走完一圈後，她發現數量眾多的淺綠色尖芽，讓她異常興奮。

「這不是一座死去的花園，」她小聲地驚呼，「就算玫瑰都死了，還有其他東西活著。」

她對園藝一無所知，但是綠芽旁邊的雜草看起來太多了，努力生長的綠芽似乎沒有繼續生長的空間，因此，她四處搜尋，找到一支尖銳的樹枝，跪下來把各種雜草挖除，直到在綠芽周圍清理出一片乾淨的空地。

「看來他們現在可以呼吸了，」她清理完第一片空地後說，「我要繼續幫綠芽除草，把綠芽附近看得到的草都除掉，如果今天除不完，我可以明天再繼續。」

她從這個地方走到那個地方，到處除草，沉浸於喜悅之中，除完一個花圃的草之後繼續下一個花圃，然後又到樹下的草地除草。這些動作讓她的體溫上升，因此她脫掉了外套，接著又摘下了帽子，而且沒有發現自己一直在對草地和淺綠色的嫩芽微笑。

一旁的知更鳥這時忙得不可開交，很高興看到有人開始耕耘牠的土地。牠以前常常在班・韋德史達附近遊蕩，因為在他耕耘土地之後，新挖開的土壤裡有各式各樣的美食可以吃，這個新來的小東西還不到班一半高，竟然知道要來牠的花園耕耘。

瑪莉小姐在她的花園裡除草，直到午餐時間才停下來，事實上，她想到該吃飯的時候已經有點晚了。她穿上外套、戴上帽子並拿起她的跳繩，不敢相信自己居然連續鋤了兩、三個小時草，而且這兩、三個小時的時間她都很開心，好幾十株嫩綠色的小芽都有了乾淨的生長空間，相較於之前快被雜草悶死的時候，這些綠芽看起來更加高興了。

「我下午還會再回來。」她環顧她的新王國，對著樹和玫瑰樹叢說話，就像它們能聽得懂她在說什麼一樣。

接著，她輕快地跑過草地，緩緩推開老舊的門，從常春藤下面溜了出去。她的雙頰紅潤，眼神明亮，吃了大量的午餐，讓瑪莎覺得很開心。

「兩片肉和兩個米布丁兒！」她說，「啊！等我告訴母親跳繩兒對妳有什麼影響時，母親一定會很高興兒。」

上午瑪莉在用尖銳的樹枝挖草的時候，挖起了一顆白白的根，看起來有點像洋蔥，她將那顆白色的根放回原本的位置，再小心翼翼地把土蓋回去。現在她在猜想，或許瑪莎可以告訴她那是什麼東西。

「瑪莎，」她說，「那些長得像洋蔥的白色的根是什麼？」

「那是球莖，」她說，「會長出很多春天兒的花兒喔，最小的球莖是雪花蓮和番紅花兒，大一點兒的是水仙花兒、丁香水仙兒和黃水仙兒，最大的是百合和紫花鬱金香。啊！這些花兒都很漂亮呢，狄肯在我們的花園裡種了不少喔。」

「狄肯很會照顧這些花嗎？」瑪莉腦中突然靈光一閃。

「我們家狄肯能讓花兒從磚牆裡長出來，母親說他是用悄悄話兒把植物從土壤裡叫出來的。」

「球莖可以活很久嗎？它們可以在沒有人幫助的狀況下活很多年嗎？」瑪莉緊張地詢問。

「這些花兒會自立自強，」瑪莎說，「所以窮人才有辦法種植這些花兒啊。只要妳別干擾它們兒，它們就會在土裡自行生長兒，散布小苗，這裡的其中一座園林裡有成千上萬株雪花蓮兒，在春天兒的時候可以說是約克郡裡最美麗的景象兒了，沒有人知道一開始是誰種下這些花兒的。」

「真希望現在就是春天，」瑪莉說，「我想要看英國的植物會變成什麼樣子。」

她吃完午餐後，便跑去坐在她最喜歡的壁爐地毯上。

「我想要——我想要一把小鏟子。」她說。

「妳想要小鏟兒做什麼呀？」瑪莎笑著問，「妳想要開始挖土兒嗎？我一定要把這件事兒也告訴母親。」

瑪莉凝視著火焰，默默在心中思索，如果她想要保護她的祕密王國的話，她一定要很謹慎。她做的事沒有壞處，但要是被克雷文先生發現那扇門被打開了的話，他一定會怒髮衝冠，用一把新的鑰匙把門重新鎖上。她不能忍受這種事。

「這個莊園很大又很寂寞，」她放慢語調，似乎在反覆思索，「這棟房子很寂寞，外面的園林也很寂寞，花園也都很寂寞，很多地方都關起來了。我在印度沒有什麼事可以做，不過有很多人可以觀察——印度人和士兵常常會經過那裡——有時候還會有樂團演奏歌曲，我的保母也會講故事給我聽。但是在這裡，除了妳和班・韋德史達之外，就沒有人會跟我講話了，而妳要工作，班・韋德史達又不常跟我說話。我在想，如果我有一把小鏟子的話，我就可以跟他一樣找個地方挖土，如果他能給我一些種子的話，說不定我可以自己建造一座小花園。」

瑪莎的眼睛亮了起來。

「這就對了！」她大聲道，「這就是母親說過的話兒，她說：『那個地方兒那麼大，又有那麼多空間兒，他們為什麼不騰出一小塊地兒給她呢？就算她什麼都不會種，也可以種西洋芹和蘿蔔啊，她可以挖洞兒或耙土兒，這會讓她比較兒快樂。』我母親就是這麼說的。」

「是這樣嗎？」瑪莉說，「她真的知道很多事情，對不對？」

「啊！」瑪莎說，「就像她說過的：『帶大十二個小孩兒可以讓妳學會不少東西，小孩兒就像算數一樣，可以讓妳看清很多事情。』」

「那一把鏟子要多少錢？我要小的那種。」瑪莉問。

「嗯，」瑪莎回憶道，「威特村莊裡有間小店兒，我之前有看到他們在賣小的園藝用品組兒，包括鏟子、草耙和土叉，要價兩先令兒，那些工具應該夠妳用了。」

「我錢包裡的錢比兩先令還多，」瑪莉說，「莫里森太太給了我五先令，梅洛克太太也有把克雷文先生要給我的錢轉交給我。」

「他竟然還記得妳呀？」瑪莉驚訝地問。

「梅洛克太太說我每個星期都會拿到一先令，她每個星期六會把錢拿給我，但我不知道要把錢花在哪裡。」

「我的天兒！真是有錢，」瑪莎說，「妳可以買到這世界上任何妳想買的東西兒了，我們家農舍的租金是一先令兒又三便士，但我們簡直要從牙縫裡生出錢兒來才夠。這讓我想起一件事兒。」瑪莎把手放在腰際。

「什麼？」瑪莉熱切地問。

「威特的那間小店裡有賣花兒的種子喔，每包一便士，我們家狄肯知道哪種最漂亮，也知道怎麼種。他每隔幾天兒會走去威特一次，沒有什麼目的，只是因為好玩兒。」這時瑪莎突然問道：「妳有辦法寫印刷體英文兒嗎？」
「我知道怎麼寫字啊。」瑪莉回答。
瑪莎搖搖頭。
「我們家狄肯只會讀印刷體兒，如果妳有辦法寫印刷體兒的話，我們就可以寫信兒請他幫忙買園藝用具兒和種子了。」
「噢！妳人真好！」瑪莉大喊，「妳真好，真的，我從不知道妳人這麼好。只要我試著寫，我就能寫出印刷體，我們去問問梅洛克太太有沒有紙筆吧。」
「我自己就有紙筆兒了，」瑪莎說，「我把紙筆兒帶來這兒，這樣才能在星期天寫信兒給母親，我現在就去拿來。」
她跑出房間，留下瑪莉站在火堆旁，喜不自勝地扭著她瘦小的雙手。
「如果我有鏟子，」她悄悄說，「我就能把土壤挖得又鬆又軟，還可以把雜草挖掉。如果我有種子，我就可以種花，如此一來花園就不會死氣沉沉的——花園會變得生機盎然。」
那天下午她沒有出門，因為瑪莎帶著紙筆回來之後，要先清理桌子，並把碗盤拿到下樓，接著她又在廚房裡被梅洛克太太叫去做別的事情，所以瑪莉只能等她回來，她覺得自己等了很長一段時間。瑪莎回來後，兩人便開始認真地寫信給狄肯。

瑪莉之前的家庭女教師非常不喜歡她，每位都教她沒多久就離職了，所以她受的教育很少，不算很會寫字，但至少在嘗試之後，她能寫得出印刷體。瑪莎口述讓她寫下了這封信：

我親愛的狄肯：

願你展信時如我現在一樣一切安好。瑪莉小姐有不少錢，希望你能去威特幫她買一些花的種子和一組可以耕種花圃的園藝工具。她從來沒有種過花，一直住在與這裡相差甚遠的印度，所以希望你能挑最漂亮又最好種的花。替我對母親和你們每個人傳達我的愛。瑪莉小姐會告訴我很多故事，下一次外出日你們可以聽的故事有大象、駱駝和獵捕獅子與老虎的人。

愛你的姊姊

瑪莎・菲比・索爾比

「我們可以把錢放在信封裡兒，然後我去找肉販的小孩兒把信兒帶上貨車，他是狄肯的好朋友。」瑪莎說。

「那狄肯買到東西之後要怎麼給我呢？」瑪莉問，

「他會親自帶來給妳，他喜歡到處兒走走。」

「噢！」瑪莉驚呼，「那我就可以看到他了！我從來沒想過我能跟狄肯見面。」

「妳想跟他見面兒嗎？」瑪莎突然一臉開心地詢問。

「想，當然想，我從來沒見過狐狸和烏鴉都喜歡的男生，我很想跟他見面。」

這時，瑪莎突然臉色微變，似乎突然記起了某件事。

「我現在才想到，」她驚呼，「我竟然把這件事兒忘了，我本來打算要在早上就告訴妳這件事兒的。我問過母親了——她說她會親自去問梅洛克太太。」

「妳是說——」瑪莉話沒說完就被打斷了。

「就是我星期四說的事兒，問她可不可以找一天兒讓妳來我們的農舍，吃母親自製的燕麥蛋糕和奶油，喝一杯牛奶兒。」

瑪莉覺得似乎所有好玩的事情都在一天之內發生了，想想看，可以在白天天空還是藍色的時候穿越荒原！想想看，可以去十二個小孩一起住的農舍！

「她覺得梅洛克太太有可能讓我去嗎？」她緊張地問。

「是哎，她覺得梅洛克太太會讓妳去，因為她知道母親是個愛乾淨兒的女人，總是把農舍打掃得很整潔兒。」

「如果我去了，我就可以見到妳的母親跟狄肯了。」瑪莉想像了一下，覺得這讓她心花怒放，「妳的母親好像跟印度的母親很不一樣。」

上午的勞動和下午的興奮讓瑪莉覺得心情平和，瑪莎陪著她直到下午茶時間，兩人舒適而安靜地坐著，沒有說太多話。但就在瑪莎準備下樓拿下午茶的托盤時，瑪莉問了一個問題。

「瑪莎，」她說，「廚房女傭今天又牙痛了嗎？」

瑪莎停頓了一下。

「為什麼這麼說？」她說。

「剛剛我等妳等了好久，所以我就打開門，走到走廊上想看妳回來了沒，就在那個時候我又聽到那陣遙遠的哭聲了，就像那天晚上我們聽到的一樣。今天沒有風，所以一定不會是風聲。」

「啊！」瑪莎慌張地回答，「妳不應該跑到走廊上去亂聽兒，克雷文先生會生氣兒的，沒有人知道他生氣兒之後會怎麼樣。」

「我沒有亂聽，」瑪莉說，「我只是在等妳的時候剛好聽到，這是第三次了。」

「我的天兒！梅洛克太太在搖鈴了。」瑪莎說完後幾乎是用跑的離開房間。

「這真是一棟世上最奇怪的房子。」瑪莉睏倦地說完後，便一頭倒在旁邊扶手椅的靠墊上。新鮮的空氣、挖土和跳繩讓她感到舒適而疲倦，馬上就睡著了。

第十章　狄肯

陽光連續照耀祕密花園整整一週。瑪莉在心中稱呼這個地方為「祕密花園」，她喜歡這個名字，也喜歡沒半個人知道老舊圍牆將她包圍在花園裡的感覺，這座花園像是遺世獨立的童話世界。她以前曾讀過幾本書，最喜歡的那本都是童話故事，她在其中幾個童話故事裡面看過祕密花園，有些人會在祕密花園裡面沉睡好幾百年，她覺得這實在很愚蠢，因為她在這裡時完全不想睡覺。抵達密蘇威特後，她一天比一天還要清醒，她漸漸喜歡上在戶外玩耍，不再討厭強風，反而變得享受。她跑得更快、更遠，跳繩的次數可以達到一百下。祕密花園裡的球莖十分驚訝，它們得到了所需的呼吸空間和更寬廣的環境，它們在黑暗的土壤下真的變得更加開心、生長得更加賣力了，但瑪莉對此一無所知。現在太陽能輕易地照耀並溫暖它們，雨水一降落就能直接碰觸到它們，因此它們變得更加生機勃勃。

瑪莉是個奇怪而固執的小孩，現在她找到感興趣的事物了，她對此固執地全心投入。她努力不懈地挖土除草，毫不疲累，反而越做越開心，這對她來說像是一種令人著迷的遊戲。她找到了更多正在萌芽的淺綠色嫩芽，數量多到超乎她的想像，這些嫩芽似乎布滿了整座花園，她每天都會找到不少新的嫩芽，有些甚至連頭都還沒冒出來。嫩芽的數量極多，她不禁聯想到瑪莎說的「成千上萬株雪花蓮」，那些球莖會蔓延得越來越多。祕密花園裡的球莖已經被棄置十年了，或許他們跟雪花蓮一樣，會蔓延至成千上百株之多。她猜想著這些球莖還要多久才會開花，有時候她會停下挖掘的動作，環顧花園，想像成千上百朵花綻放覆蓋花園的樣子。

在這陽光普照的一週內，她跟班・韋德史達變得更親近了。他被她嚇到好幾次，因為她常常突然出現在旁邊，像是從土裡冒出來似的。之所以會有這種狀況，是因為瑪莉擔心被他看到她走過來的話，他會收拾工具直接離開，所以她總是盡其所能地躡手躡腳靠近他。但其實他已經不像初次見面時那麼討厭她了，或許有一部分的原因是因為，他對瑪莉渴望他這位長者的陪伴而暗自感到虛榮，另一個原因則是因為她的態度變客氣了。他不知道，其實瑪莉第一次見到他時是用對待印度人的態度在跟他說話，而她當時不知道這位固執暴躁的約克郡老頭並沒有向主人行額手禮的習慣，也很少被主人叫去做事。

一天早上，他一抬起頭就看到瑪莉站在一旁，他說：「妳就像知更鳥兒似的，我永遠不知道什麼時候會看到妳從什麼地方兒冒出來。」

「牠現在是我的朋友了！」瑪莉說。

「牠就是這樣，」班・韋德史達高聲說道，「為了輕浮的虛榮心討好所有女性，只要是為了誇耀顯弄他的尾羽，牠就什麼事都做得出來，就像雞蛋裡滿是蛋液一樣，這隻知更鳥的身體內也滿是驕傲。」

他通常不會說太多話，有時瑪莉問問題，他不是不回答，就是「嗯」一聲了事，但這個早晨他說的話比往常還多。他站直身體，一腳把釘靴踏在鏟子上，盯著瑪莉。

「妳到這兒多久了？」他突然出聲詢問。

「我想應該有一個月吧。」她回答。

「密蘇威特開始對妳產生好的影響兒了，」他說，「妳比之前還要胖一點兒，也沒那麼黃兒了。妳第一次踏進花園的時候看起來像隻被拔了毛兒的烏鴉，我那時暗自想兒，真是從來沒看過臉兒比妳更臭、更醜的小孩兒了。」

瑪莉不是個虛榮的小孩，她從來沒有想過自己長得怎麼樣，所以也沒有因為這段話而生氣。

「我知道我變胖了，」她說，「我的襪子變緊了，以前穿的時候會皺皺的。班・韋德史達，知更鳥來了。」

她說得沒錯，知更鳥來了，她覺得牠今天看起來比以前都還要漂亮，牠的紅色背心像絲緞一樣柔亮，牠不斷擺動翅膀和尾羽，偏著頭四處跳躍，動作活潑而優雅。牠似乎決定要讓班・韋德史達喜歡上牠，但班卻回以諷刺。

「是哎，你來了。」他說，「之前沒有有趣的人兒時，你已經忍受我好一陣子了，這兩個星期你把背心變得更紅兒，把羽毛兒整理得閃閃發光，我知道你在打什麼如意算盤兒，你想要去追求活潑的年輕小姐，欺騙她說你是密蘇荒原上最傑出的雄知更鳥兒，會打敗所有其他知更鳥兒。」

「噢！你看！」瑪莉驚呼。

知更鳥現在顯然既活潑又想吸引人注意，牠越跳越靠近，看著班・韋德史達的眼神越來越感興趣，接著飛到一旁的醋栗樹叢上，歪著頭對他唱了一曲短短的歌。

「你以為這樣我就會讓步兒嗎？」班的臉皺了起來，瑪莉覺得他一定是在克制自己開心的表情，「你以為沒人能跟你做對兒——你就是這麼想的。」

接下來發生的事令瑪莉難以置信——知更鳥展開了翅膀，飛到班・韋德史達的鏟子上方，輕輕降落在把手上。老園丁的臉又皺成了另一種表情，他文風不動，不敢呼吸似的——好像只要他驚動任何事物，知更鳥就會嚇跑一樣，他悄聲說道：

「好吧，我真該死。」他的語氣溫柔婉轉，就像在說別的事情一樣，「你的確知道該怎麼打破僵局——你的確知道！你簡直不是普通的鳥兒，太善解人意兒了！」

他動也不動地站著——連大氣也不敢喘一下——直到知更鳥再次振動翅膀飛離。他又呆立了一陣子，盯著鏟子的把手看，好像那裡有什麼魔法似的，接著便繼續挖土，好幾分鐘都一語不發。

不過，他不時勾起淺淺的微笑，這讓瑪莉不害怕跟他說話。

「你有自己的花園嗎？」她問。

「沒有，我是個單身漢兒，跟馬丁一起住在大門兒。」

「如果你有花園的話，」瑪莉說，「你會種什麼？」

「高麗菜、馬鈴薯跟洋蔥兒。」

「那如果是一座都是花的花園呢？」瑪莉鍥而不捨地問，「你會種些什麼？」

「球莖跟有香味的花兒吧——但大多數會是玫瑰。」

瑪莉的眼睛亮了起來。

「你喜歡玫瑰嗎？」她說。

班・韋德史達在回答前拔起一株草，丟到一旁。

「啊，對，我喜歡玫瑰。我是跟一位年輕的小姐學兒的，我以前曾幫那位小姐打理花草兒，她在她心愛的地方種了很多玫瑰兒，很疼愛那些花兒，就像疼愛小孩兒或知更鳥兒一樣，我還看過她彎腰親吻花兒呢。」他又拔起了一株雜草，對那株草怒目而視，「那至少是十年前的事兒了。」

「她現在去哪裡了？」瑪莉興致盎然地問。

「天堂。」他把鏟子深深插進土壤中，「至少其他人兒是這麼說的。」

「現在那些玫瑰怎麼樣了？」瑪莉更加感興趣地問道。

「被丟著自生自滅了。」

瑪莉變得很興奮。

「它們會死掉嗎？玫瑰被丟著自生自滅會死掉嗎？」她放膽問他。

「嗯，我喜歡玫瑰——我喜歡那位小姐，那位小姐喜歡玫瑰，」他不情不願地承認，「所以我每一、兩年兒會去照顧那些玫瑰一次——修剪枝葉兒和鬆土，那兒已經變得很荒蕪了，但玫瑰長在肥沃的土壤兒裡，有一部分兒會活下來。」

「如果玫瑰沒有葉子，看起來是灰色和咖啡色的，你要怎麼知道玫瑰是死的還是活的？」瑪莉詢問。

「妳要等到春天兒降臨到玫瑰身上——等到陽光兒照耀在雨水上，雨水兒灑落在陽光兒上，那時候妳就會知道了。」

「怎麼知道的——怎麼知道的？」瑪莉大聲問著，把謹慎之心拋到九霄雲外了。

「要觀察樹枝兒和藤蔓，如果妳在上面看到隆起的腫塊的話，就在下過溫暖的雨兒之後觀察腫塊的變化。」他突然停了下來，好奇地看著她的臉，盤問說：「妳為什麼突然之間對玫瑰花兒這麼感興趣？」

瑪莉小姐覺得自己的臉變紅了，她有點害怕回答這個問題。

「我、我想要玩那個、玩一個自己建造花園的遊戲，」她結結巴巴地說，「我、這裡沒有什麼事好做，既沒有玩具也沒有人陪我。」

「嗯，」班・韋德史達看著她慢慢說，「那倒是真的，妳的確沒什麼事兒好做。」

他講話的語氣很奇怪，瑪莉不禁猜想他是不是因此而替她感到一點點遺憾。她太討厭所有人事物了，所以她從來沒有為自己感到遺憾過，只會感到厭煩和生氣。但現在世界似乎變得不一樣了，變得更好了，只要沒人發現那座祕密花園，她就可以時時刻刻和自己玩得很開心。

她又留在他身邊十多分鐘，用盡膽量盡可能多問了幾個問題。他用他那種陰沉的咕噥聲一一回答，似乎沒有生氣，而且也沒有拿起他的鏟子就走。在她要離開之前，他又講了些關於玫瑰的話，讓她想起他之前說過他喜歡玫瑰這件事。

「你現在還會去看那些玫瑰嗎？」她問。

「今年沒有去，風溼讓我的關節兒變得太僵硬了。」

他含糊不清地回答，接著他好像忽然之間被她惹怒了，但她搞不清楚他為什麼要生氣。

「妳搞清楚了！」他厲聲說道，「妳不准再問問題兒了，妳真是我遇過最愛問問題兒又最討人厭的小女孩兒了，自個跟妳自個兒玩兒去，我已經把今天該說的話兒都說完了。」

他的語氣非常生氣，因此她認為無論再停留多久都不會有什麼用。她慢慢地沿著外面的走道離開，邊跳繩邊回想他的言行舉止。出乎意料之外，她竟然十分喜歡他，雖然他的脾氣暴躁，但她還是很喜歡班・韋德史達。是的，她的確很喜歡他，她總是想要讓他多講幾句話，而且開始相信他知道世上所有花的知識。

祕密花園外面的走道轉角有一排月桂樹，一路連接到另一扇門，門外是另一座園林中的樹林。她打算要沿著走道跳繩，去看看森林裡有沒有跳來跳去的兔子。跳繩讓她覺得很開心，但她在經過小門的時候打開門溜了進去，因為她聽到了一陣奇怪又細小的笛音，想要一探究竟。

眼前這一幕太奇怪了，她停下動作，屏住呼吸觀察了起來。一位男孩背靠著樹幹坐在樹下，正在吹奏一支粗糙的木笛。他看起來很有趣，年齡大約十二歲，外表十分整潔，鼻尖上翹，雙頰和罌粟花一樣紅，一雙眼睛比瑪莉小姐過去看過的任何男孩的眼睛還要圓、還要藍。一隻松鼠攀附在他背後的樹幹上看著他，灌木叢後面有一隻雄雉雞小心翼翼地探出頭偷看，一旁還有兩隻兔子在離他極近的地方用兩腳站立，不斷抖動鼻子嗅聞——這些動物似乎都很想要靠過去觀察他，傾聽笛子發出的奇異又細微的聲響。

他在看到瑪莉的時候舉起一隻手，用和笛子一樣小的聲音跟她說話。

「妳別動兒，」他說，「不然會嚇到牠們。」

瑪莉維持靜止不動。他垂下手，繼續吹奏笛子，開始從地上站起身。他的動作緩慢至極，讓人幾乎看不出來他有在移動，不過他最後還是站直了身體，接著松鼠便竄回樹冠的枝椏上，雉雞縮回灌木叢中，兔子將前足落地，跳著離開，不過他們看起來都沒有被嚇到。

「我是狄肯，」男孩說，「我知道妳是瑪莉。」

瑪莉這時突然發現自己早就知道他是狄肯了。還有誰能像印度人馴服蛇一樣馴服兔子和雉雞呢？他的嘴唇極寬，又紅又翹，一勾起嘴角便滿面笑容。

「我站起來的動作很慢兒，」他解釋，「因為如果妳動作太快兒的話會嚇到牠們，有野生動物在附近的話兒，身體的移動一定要很慢兒，而且要輕聲細語。」

他跟她講話的態度不像是從沒見過面，反而像是兩人相識已久。瑪莉跟男孩不太熟，講話時因為害羞而有點僵硬。

「你收到瑪莎的信了嗎？」她說。

他點了點頭，赭色的鬈髮隨之晃了晃。

「所以我才會過來。」

他從地上的笛子旁拿起一些器具。

「我買到園藝工具了，有小鏟兒、草耙兒、土叉和鋤頭兒。啊！這些工具兒都很不錯呢，還有一把泥鏟兒。我買了種子兒之後，店裡的女店員還多給了一包白罌粟和藍色飛燕草的種子兒。」

「我可以看看那些種子嗎？」瑪莉說。

她真希望能像他那樣說話，講起來又快又省力。她覺得他說話的語氣聽起來像是喜歡她，而且不怕被她討厭，他絲毫不在意自己是個身穿補釘上衣、長相有趣、一頭赭紅色亂髮的平凡荒原男孩。她靠近他之後發現，他身上有種清新的氣息，聞起來像石楠灌木、草地和葉片揉合在一起的味道，就像他是這些植物組成的一樣，她很喜歡這種味道。她在看向他雙頰通紅的臉和藍色的渾圓眼睛時，忘記了一開始那種害羞的感覺。

「我們一起坐在這截樹幹上看看種子吧。」她說。

兩人坐在樹幹上後，他從外套的口袋中拿出一個棕色紙張包起的簡陋小包裹。

他解開繩子，包裹裡面有數包好看的小袋子，每個小袋子上都有花的圖案。

「這兒有很多木犀草兒和罌粟的種子兒，」他說，「木犀草兒是味道最甜蜜的植物，不管妳把種子兒灑在哪裡它都會兒長起來，有些罌粟也是。就算妳只對這些種子兒吹口哨兒它們也會長大，這兩種植物是最棒的。」

這時，他突然停下話頭，快速地轉頭，雙頰紅潤的臉亮了起來。

「有知更鳥在叫我們，牠在哪裡？」他說。

那陣鳥鳴是從結了鮮紅果實的冬青灌木中傳出來的，瑪莉認為自己知道那是誰。

「牠是在叫我們嗎？」她問。

「是哎，」狄肯理所當然地回答，「牠在叫牠的朋友兒，同時也在說：『我在這裡，快看我，我想要跟你聊天兒。』牠就在那叢灌木裡。那是誰的鳥？」

「牠是班・韋德史達的鳥，但我想牠應該也認識我。」瑪莉回答。

「是哎，牠的確認識妳，」狄肯的聲音又變得輕聲細語，「而且牠喜歡兒妳，覺得妳是自己人兒，牠馬上就會告訴我所有關於妳的事兒。」

他以極為緩慢的動作靠近灌木，就像瑪莉之前看到的那樣，然後他發出了幾乎跟知更鳥的叫聲一模一樣的聲音。知更鳥專注地聆聽了幾秒後，像回答問題一樣鳴叫回應。

「是哎，牠的確是妳的朋友兒。」狄肯笑著說。

「你這麼認為嗎？」瑪莉驚呼，她太渴望能知道答案了，「你覺得牠真的喜歡我嗎？」

「如果牠不喜歡兒妳的話，牠就不會靠近妳了，」狄肯回答，「鳥是很挑剔的喔，知更鳥兒比人兒還知道怎麼嘲諷人兒。牠想要跟妳培養感情，牠在跟妳說：『難道妳沒看到妳的朋友在這兒嗎？』」

他說的似乎是真的，知更鳥跳上樹叢之後，便開始悄悄靠近她，一邊啁啾一邊擺動尾巴。

「你聽得懂鳥說的每一句話嗎？」瑪莉說。

狄肯微笑的弧度越來越大，又紅又翹的寬大嘴唇讓笑容遍布臉龐，他抓了抓凌亂的頭髮。

「我想應該懂吧，牠們也覺得我懂。」他說，「我在荒原上兒跟牠們一起生活兒好久了，我看著牠們啄破蛋殼兒、孵化、長出羽毛兒然後學飛，接著開始唱歌兒，我就像牠們中的一份子一樣。有時候，我會覺得說不定兒我其實是一隻鳥、一隻狐狸兒、一隻兔子、一隻松鼠或甚至是一隻甲蟲，我也不確定。」

他大笑著走回那截樹幹上坐著，繼續教導瑪莉有關花朵種子的知識，他告訴她這些植物開花之後是什麼樣子，他告訴她要如何種植、如何照顧、如何施肥和如何澆水。

「所以說，」他突然轉過頭看著她，「我會親自幫妳種這些植物，花園在哪兒？」

瑪莉握緊了放在大腿上的細瘦雙手，她不知道該如何回答，有整整一分鐘都一語不發。她從來沒想過他會這麼說，心中異常驚慌，覺得自己的臉似乎漲得通紅，然後又變得慘白。

「妳至少有一小塊兒花圃，對嗎？」狄肯問。

她的臉蛋的確先漲得通紅，然後又變得慘白，狄肯看得一清二楚，但她依然一聲不吭，他開始覺得有點疑惑。

「他們沒有給妳一小塊地兒嗎？」他問，「妳一塊地兒都沒有？」

她把雙手攥得更緊，抬眼看向他。

「我一點也不了解男生，」她緩緩地說，「如果我告訴你一個祕密的話，你可以守密嗎？這是個天大的祕密，我不知道如果這個祕密被發現的話會發生什麼事，我覺得說不定我會死掉！」她用力強調最後一句話。

狄肯再次摸了摸他凌亂的頭髮，表情更疑惑了，但他還是友好地回答她。

「我一直都在守密喔，」他說，「如果我沒有好好保守祕密兒的話，狐狸兒、小狐狸兒、鳥巢兒和野生動物的洞在哪兒就會被我的其他玩伴兒知道，那動物們就沒辦法在荒原安全地生活了。所以，是哎，我可以守密。」

瑪莉小姐不知不覺地伸手抓住他的袖子。

「我偷了一座花園，」她說話的語速很快，「那座花園不是我的，不是任何人的，沒有人想要那座花園，沒有人在意，也沒有人會進去，說不定裡面的東西都死了，我不知道。」

她變得很激動，覺得自己這輩子從沒這麼彆扭過。

「但是我不管——我不管！沒人有權力把花園從我這裡收回去，因為只有我在意這座花園，他們都不在意，他們把花園丟著不管，讓它自生自滅，慢慢死掉。」她激烈地說完之後，便用手臂蓋住臉，放聲大哭——可憐的瑪莉小姐。

狄肯把他好奇的藍色眼睛睜得更大更圓了。

「噢——！」他把驚呼聲拖得長長的，兼有驚訝與同情的意涵。

「我沒有事情可做，」瑪莉說，「沒有任何事物是屬於我的，但是這個花園是我自己找到、我自己開門進去的，我就跟那隻知更鳥一樣啊，他們又不會從知更鳥那裡收回花園。」

「花園在哪裡？」狄肯降低音量問道。

瑪莉小姐從樹幹上站起來，她知道自己又開始感到固執和倔強，但她不在乎，她感覺非常急切，同時既激動又傷心。

「跟我走，我帶你去。」她說。

她引領他沿著月桂樹小徑走到長滿厚重常春藤的牆邊。狄肯跟在她後面，臉上的表情怪異，幾乎像是憐憫，他覺得自己好像正被引領著走向一窩奇怪的鳥巢，一定要動作輕緩。瑪莉走近圍牆並掀起常春藤時，他愣住了。牆上有一扇門，而瑪莉慢慢地拉開門，他們兩人走進門內後，瑪莉停了下來，目空一切地環顧四周。

「就是這裡，」她說，「這裡就是祕密花園，我是這個世界上唯一希望它能活著的人。」

狄肯環顧一圈又一圈。

「啊！」他用近乎於耳語的音量道，「真是個奇怪卻美麗的地方，這座花園就像一個睡著了的人一樣。」

第十一章　密蘇畫眉的窩

瑪莉看著他，而他靜靜地花了兩、三分鐘觀察四周，接著用輕緩的腳步走進花園裡，比瑪莉第一次進入這四面圍牆時還要輕巧。他的眼睛似乎將一切都看得一清二楚——爬滿了灰色爬藤的灰色樹木、從枝椏垂落的枝條、圍牆和草地上糾纏的藤蔓，還有裡面擺著石椅、高高的石製花盆和長綠植物的涼亭。

「我從來沒想過我可以進到這裡面來。」他最後用氣音說。

「你本來就知道這個地方嗎？」瑪莉問。

她說話的音量很大，因此他對她比了個手勢。

「我們講話一定要小聲點兒，」他說，「否則被人聽見的話，別人會覺得花園裡有人兒。」

「啊！我忘了！」瑪莉嚇得馬上用手摀住嘴巴，回過神之後再次問道，「你本來就知道這座花園嗎？」

狄肯點點頭。

「瑪莎告訴我這裡有一座沒人兒進去過的花園，」他回答，「我們那時曾一起猜想過這兒的樣子。」

他突然停頓了一下，仔細看了看周圍糾纏在一起的可愛灰色枝條，接著圓滾滾的眼睛裡充滿了奇異的喜悅。

「啊！春天時這兒會有很多鳥巢兒，」他說，「這裡是全英國最安全的築巢兒地點，從來不會有人兒靠近這兒，樹上糾纏的玫瑰藤蔓是築巢兒的好地方，真奇怪，照理來說整個荒原的鳥兒都應該來這兒築巢兒才對。」

瑪莉小姐再次不知不覺地把手搭在他的手臂上。

「春天時還會有玫瑰嗎？」她悄聲問道，「你看得出來嗎？我擔心他們可能全都死了。」

「啊！不！玫瑰不會死——不會全部死掉！」他回答，「看這兒！」

他走到最近的樹旁，那是棵很老很老的樹，樹幹上覆滿了灰色的苔蘚，樹枝上垂掛著糾纏成簾幕般的枝條與藤蔓。他從口袋裡拿出一把小刀，切開一根枝條的尖端。

「花園兒裡有很多死掉之後應該被砍掉的枝條兒，」他說，「但也有很多老枝條，它們在去年長出了一些新枝條兒，像這個就是新生的。」他伸手碰了碰枝條，那根枝條並不是灰暗的棕色，反而隱約透出點綠色。

瑪莉熱切而虔誠地跟著伸手摸了摸。

「這個嗎？」她說，「這個真的是活的嗎——真的嗎？」

狄肯彎起他寬寬的嘴唇微笑。

「它跟妳我一樣有生氣兒。」他說。瑪莉記得瑪莎曾經告訴她，「有生氣兒」的意思就是「有活力」或「活潑」的意思。

「它是有生氣兒的真是太好了！」她用氣音驚呼，「我希望它們全都很有生氣兒。我們來繞花園一圈吧，數數看有多少有生氣兒的玫瑰。」

她急切得心跳加速，狄肯也跟她一樣急切，他們從這株樹觀察到那株樹，從這叢灌木觀察到下一叢灌木，狄肯手中拿著他的小刀，向瑪莉展示一些讓她覺得棒極了的東西。

「花園變得很荒蕪，」他說，「但強壯的植物兒會越來越茂盛。脆弱的植物兒會死去，但活下來的會不斷生長、不斷蔓延兒，直到變成奇景。你看這兒！」他拉下一根看似乾枯的灰色枝條，「有的人兒可能會覺得這根枝條兒死了，但我不這麼認為——至少根還活著，我會割一刀兒確認。」

他跪下來，用小刀沿著看似毫無生氣的枝條向下切割，直到接近土壤的地方。

「看這兒！」他歡欣鼓舞地說，「我就跟妳說兒吧，枝條裡兒有綠色的部分，妳看兒。」

瑪莉在他開口前就已經跪下了，專心致志地看著。

「如果枝條看起來像這樣有點綠綠的又溼潤兒，就表示它是有生氣兒的。」他解釋，「如果裡面很乾又易碎兒，像我切下來的這條一樣的話，那就是死的。這裡的巨大根系兒是很多活枝條的源頭兒，如果我們把老枝條切掉，好好鬆土並照顧這些植物的話，這兒——」他抬頭往上看向四周懸掛攀爬的枝條，「這兒會在今年夏天長滿噴泉似的玫瑰。」

他們走過一叢叢灌木和一株株樹木，他拿著他的小刀，看起來強壯又聰明，他知道要怎麼把死掉的枯枝砍掉，也知道怎麼分辨毫無希望的樹枝和依然生機盎然的枝條。

在接下來的一個半小時中，瑪莉覺得她也漸漸會分辨了，他在枝條上切下一刀後，她會在瞥見一點點溼潤的綠色時高興地輕聲驚呼。鏟子、鋤頭和土叉非常實用，他告訴她在挖根的時候如何使用土叉，在鬆動土壤讓空氣進入土中時如何使用鏟子。

在他們圍著一株最大的樹玫瑰勤奮地工作時，他突然因為看見旁邊的景象而發出驚呼。

「天啊！」他指著幾英尺外的一塊草地喊道，「那是誰弄的？」

他指的是瑪莉清理出來的其中一塊圓形空地，中間有幾株嫩綠色的尖芽。

「是我。」

「老天，妳不是不懂園藝兒嗎？」他驚呼。

「我不懂啊，」她回答，「但它們好小喔，旁邊的雜草看起來又多又強壯，害它們好像都沒有空間呼吸了，所以我幫它們清出了一點空間，我連那是什麼植物都不知道。」

狄肯走到尖芽旁跪了下來，彎起他寬大的嘴巴微笑。

「妳做得很好兒，」他說，「就算是園丁兒也不見得能做得比妳更好。它們現在會像傑克的魔豆兒一樣長大，這些是番紅花和雪花蓮，這兒的是水仙，」他轉向另一塊空地，「這兒的是黃水仙。啊！它們到時候會變得很漂亮喔。」

他從這塊空地跑到另一塊空地旁。

「以一個瘦弱的小女孩兒而言，妳真的做了不少努力呢。」他看著她說。

「我變胖了，」瑪莉說，「而且也變強壯了，我以前總是覺得很累，但現在我在挖土的時候一點也不累，我喜歡土壤被翻起來時的氣味。」

「這對妳很好，」他明智地點頭，「除了雨水兒落在新長出來的植物上的味道兒外，沒有什麼味道兒比清新的土壤兒更好了。荒原爾偶會下雨兒，我會在雨天兒跑去躺在灌木下，聽雨點兒落在石楠花兒上的輕柔聲音，不停地聞了又聞。母親說我的鼻子動得像兔子一樣。」

「你都沒有感冒過嗎？」瑪莉不可思議地看著他問，她從來沒看過這麼有趣又和善的男孩。

「沒有，」他露齒而笑，「我從出生兒到現在都沒有感冒過，我沒有被養得那麼嬌弱。我像兔子一樣，不管什麼天氣都會在荒原上到處亂跑。母親說我這十二年來吸進了太多新鮮空氣兒了，所以沒有空隙兒留給感冒。我跟長滿白刺的圓頭棍棒一樣強韌兒。」

他一邊說話一邊工作，瑪莉則跟在他身旁，用土叉和泥鏟幫忙。

「這兒還有很多工作要做呢！」他興致盎然地環顧四周。

「你之後還會來這裡幫我嗎？」瑪莉請求說，「我也可以幫你的忙。」

「如果妳希望我來的話，不論晴雨我都會來的。」他堅定地回答，「鎖上門兒後想辦法喚醒一座花園兒——這是我這一生中做過最有趣的事兒。」

「只要你來這裡，」瑪莉說，「只要你幫我讓花園活過來，我就可以——我不知道我可以為你做什麼事。」她的語氣十分無助。有什麼事是你可以為這樣的男孩做的呢？

「我告訴妳要為我做什麼吧，」他愉悅地微笑，「妳要變胖，妳要有年輕狐狸兒一樣的胃口，妳要學會如何像我一樣跟兔子說話兒。啊！我們可以一起享受很多好玩兒的事兒。」

他開始四處走動，用深思熟慮的表情看著樹木、圍牆和灌木叢。

「我不希望這兒變得像是一般園丁兒照顧的花園一樣兒，他們總是把一切修剪兒得整整齊齊的，妳覺得呢？」他說，「現在這樣好看多兒了，植物隨意生長，互相纏繞在一起兒。」

「不要把花園整理整齊，」瑪莉緊張地說，「整齊的話看起來就不像祕密花園了。」

狄肯一臉困惑地抓抓他赭紅色的頭髮。

「這兒的確是一座祕密花園，」他說，「但現在看起來，這十年間兒一定有知更鳥之外的傢伙進來過這兒。」

「但是門是鎖著的，鑰匙也被埋起來了，」瑪莉說，「沒有人進得來。」

「沒錯，」他回答，「這兒真是奇怪，在我看來，這十年間兒一定曾有人兒進來修剪各處的枝椏兒。」

「但怎麼可能有人進得來呢？」瑪莉說。

他仔細檢視著玫瑰樹的樹枝，搖搖頭。

「是哎！怎麼可能呢！」他喃喃自語，「門兒是關著的，鑰匙兒也埋起來了。」

瑪莉小姐一直覺得，不管過了多少年她都不會忘記花園開始生長的第一個早晨，對她來說這座花園是從那天才開始生長的。狄肯開始整理出空間種植種子的時候，她想起了貝索以前嘲笑她時唱的歌。

「有沒有長得像鈴鐺的花呢？」她詢問。

「鈴蘭兒像鈴鐺呀，」他一邊用泥鏟挖土一邊回答，「還有彩鐘花和風鈴草也滿像的。」

「那我們種一些像鈴鐺的花吧。」瑪莉說。

「花園裡已經有鈴蘭兒了，我剛剛有看到，它們長得太靠近兒了，我們要把它們分開兒一點，但總之有很多鈴蘭兒。另外兩種花兒種下去之後，要兩年後才會開花兒，不過我可以從我家農舍的花園兒裡帶一些已經長大的過來。妳為什麼想種這些花兒呢？」

瑪莉告訴他印度的貝索和他的兄弟姊妹都叫她「彆扭的瑪莉小姐」，而且她很討厭他們。

「他們以前會圍著我跳舞，然後唱這首歌：

『瑪莉小姐真彆扭，

妳的花園今何如？

貝殼和銀鈴花樹，

金盞花整路遍布。』

我一直記得這首歌，所以一直在想會不會真的有花長得像銀鈴。」

她微微皺起眉頭，狠狠地用她的泥鏟鏟進土裡。

「我才沒有他們說的那麼彆扭呢。」

狄肯大聲笑了出來。

「啊！」他鏟碎土壤，瑪莉看著他嗅聞土壤的氣味，「這兒有這麼多花兒、這麼多植物，還有這麼多友善的野生動物四處奔波著組織家庭兒、建造窩巢兒、歌唱鳴叫，不會有任何人兒需要覺得彆扭的，不是嗎？」

跪在他旁邊拿著種子的瑪莉看向他，眉頭漸漸平順。

「狄肯，」她說，「你跟瑪莎說的一樣和善，我喜歡你。你是第五個人，我從來沒想過我會喜歡上五個人。」

狄肯跪坐的姿勢跟瑪莎擦拭爐架的姿勢一樣。瑪莉心想，他圓滾滾的藍色眼睛、紅色的臉頰和歡樂地上翹的鼻子都讓他看起來有趣而開心。

「妳只喜歡五個人兒？」他說，「另外四個是誰？」

「你的母親和瑪莎，」瑪莉用手指一個個算著，「還有知更鳥與班・韋德史達。」

狄肯忍不住笑了，笑聲太響他不得不用手臂摀住嘴巴。

「我知道妳覺得我是個奇怪的傢伙兒，」他說，「但我真的覺得妳是我這輩子見過最奇怪的小女孩兒。」

接著，瑪莉做了一件她鮮少會做的事。她靠向他，問了他一個問題。她從來沒想過自己會問任何人這個問題，印度人總是會在你聽得懂他的語言時感到高興，而狄肯的語言是約克郡方言，所以瑪莉試著用這種方言詢問他。

「你喜歡兒我嗎？」她說。

「啊！」他誠摯地回答，「喜歡兒啊，我非常喜歡妳喔，我敢確定知更鳥兒也很喜歡妳。」

「那就有兩個囉，」瑪莉說，「有兩個人喜歡我。」

接著他們繼續工作，比剛剛更努力、更開心。直到瑪莉聽到庭院的大鐘響起，她嚇了一跳，已經到吃午餐時間了，這讓瑪莉覺得很可惜。

「我應該要走了，」她傷心地說，「你還會再來的，對不對？」

狄肯露齒一笑。

「我的餐點是可以隨身攜帶的喔，」他說，「母親總是讓我在口袋裡放一些食物。」

他從草地上抓起外套，從口袋裡拿出一小包用乾淨的藍白粗布手帕包起來的東西，裡面是兩片厚厚的麵包，中間夾了一片肉。

「我的餐點兒常常只有麵包兒，沒有別的，」他說，「但今天的麵包兒裡面有一片肥美的培根。」

瑪莉覺得這頓餐點看起來很奇怪，但他似乎已經準備好要好好享受了。

「妳快回去吃妳的午餐兒吧，」他說，「我會先吃完我的午餐兒，然後多做一點兒工作再回家兒。」

他靠著樹坐了下來。

「我會把知更鳥叫來，」他說，「給牠吃培根的皮兒，牠們喜歡美味的油脂兒。」

瑪莉很不想離開他，忽然之間，她覺得他有可能是某種樹木精靈，她下次進來花園時，他就會消失得無影無蹤，他美好得不像是真的。她往圍牆上的門走去，半路又停了下來，折返回去。

「不管發生了什麼事，你——你都不會告訴別人嗎？」她說。

雖然他罌粟花一樣紅潤的臉頰已經被第一口麵包和培根塞得滿滿的，但他還是彎起一抹鼓勵的微笑。

「如果妳是一隻帶我去看妳的巢穴兒的密蘇畫眉兒，妳覺得我會告訴別人妳的巢穴兒在哪兒嗎？我不會的，」他說，「妳和密蘇畫眉兒一樣安全。」

這段話讓瑪莉鬆了一口氣，她相信自己的確和密蘇畫眉兒一樣安全。

第十二章　「可以給我一點土壤嗎？」

瑪莉一路狂奔，跑到房間的時候幾乎都喘不過氣了。她的頭髮凌亂地貼在前額上，兩頰變成了淺粉紅色。她的餐點已經擺在桌上了，瑪莎站在旁邊等著她。

「妳有一點晚兒囉，」她說，「妳去哪兒啦？」

「我遇到狄肯了！」瑪莉說，「我遇到狄肯了！」

「我知道他今兒會來，」瑪莎歡欣鼓舞地說，「妳覺得他怎麼樣呀？」

「我覺得──我覺得他很漂亮！」瑪莉果斷地回答。

瑪莎的表情既吃驚又高興。

「嗯，」她說，「他的確是世界上最棒的小孩兒啦，但我們從不覺得他很英俊啊，他的鼻尖兒太翹了。」

「我喜歡他的鼻尖翹翹的。」瑪莉說。

「他的眼睛兒也太圓了，」瑪莎幽默地質疑，「雖然顏色很美。」

「我喜歡他的圓眼睛，」瑪莉說，「而且那是荒原上的天空的顏色。」

瑪莎滿意地面露微笑。

「母親說那是因為他總是向上看鳥兒和雲。但他的嘴兒很大呀，不是嗎？」

「我就是愛他的大嘴巴，」瑪莉頑固地說，「我希望我的嘴巴也跟他的一樣大。」

瑪莉開心地輕聲笑著。

「大嘴巴在妳的小臉蛋兒上會變得有趣又稀奇，」她說，「但我早就知道妳見到他之後會喜歡他了，那妳喜歡種子和園藝工具嗎？」

「妳怎麼知道他有帶那些東西來？」瑪莉問。

「啊！我知道他不可能會沒帶東西就來兒的，只要那些東西在約克郡買得到，他就一定會帶來兒，他是個可靠的小孩兒。」

瑪莉有點害怕她會開始問一些難以回答的問題，但她沒有問。她對種子和園藝用品很感興趣，兩人的對話中，只有一小段談到他們把花種在哪裡的對話讓瑪莉忐忑不安。

「妳跟誰去要種花兒的地呀？」她詢問。

「我還沒問。」瑪莉遲疑地說。

「嗯，是我的話，絕不會去問園丁總管兒，羅契先生太傲慢了。」

「我從來沒見過他，」瑪莉說，「我只看過低階園丁和班・韋德史達。」

「如果我是妳的話，我就會問班・韋德史達，」瑪莎建議，「雖然他看起來兒很兇，但其實是面惡心善，只是個性比較拗。克雷文太太還活著的時候很喜歡他，他常常逗她發笑兒，所以現在克雷文先生讓他做他自己想做的事兒。或許他能想辦法兒找到一個角落給妳。」

「如果我想要的是一個偏僻、沒人想要又沒人在意我是否擁有的地方呢？可以嗎？」瑪莉緊張地問。

「沒有理由不可以啊，」瑪莎回答，「妳又不會做什麼壞事。」

瑪莉用最快的速度吃完飯後，馬上站起身，打算要跑回房間，戴上帽子出門，但瑪莎把她攔了下來。

「我有事兒要跟妳說，」她說，「我剛剛就打算等妳吃完飯再講。克雷文先生今天早上回來了，他想要見妳。」

瑪莉嚇得面無血色。

「噢！」她說，「為什麼？為什麼？我來的時候他明明就不想見我啊，比契斯有說過他不想見我。」

「這個嘛，」瑪莎解釋道，「梅洛克太太說這是因為母親的關係兒。她在去威特鎮兒的路上遇到他了，母親以前從來沒有跟他說過話兒，但克雷文太太曾來過我們家的農舍兩、三次。克雷文先生已經忘記了，但母親沒忘兒，她大膽地把他攔住了。我不知道母親跟他說了妳的什麼事兒，但總之他決定要在明天離開之前兒見妳一面。」

「噢！」瑪莉大喊，「他明天就要走了嗎？太令人開心了！」

「他要離開很長一段時間兒，可能到秋天兒或冬天兒還不見得會回來，他要去國外旅遊兒，他總是這樣兒。」

「噢！太令人開心了——真棒！」瑪莉由衷感激道。

如果他一直到冬天或秋天都不會回來的話，他們就會有足夠的時間讓祕密花園恢復生機，就算他到時候發現了，並把花園從她手中收回，至少她擁有花園活過來的那段時間。

「妳覺得他什麼時候會想要見——」

她的話還沒說完房門就被打開了，梅洛克太太走了進來。她穿著最好的一件黑色洋裝，戴著黑色帽子，領子上別著一個大大的胸針。胸針上的圖案是一個男人的臉，那是多年前逝世的梅洛克先生的彩色照片，她總是在盛裝打扮的時候別上這個別針。她看起來既緊張又興奮。

「妳的頭髮很亂，」她急促地說，「去把頭髮梳好，瑪莎，趕快幫她穿上最好的那件洋裝，克雷文先生要我來帶她去書房見他。」

瑪莉雙頰上的粉色消失無蹤，心跳越來越快，她覺得自己又要變回那個拘謹、蒼白、安靜的小孩了。她沒有回答梅洛克太太，只是轉身走回自己的臥房，瑪莎則跟在他的後面。她在換衣服和梳頭髮的時候沉默不語，打扮整潔後，她就跟著梅洛克太太安靜地通過走廊。她有什麼話可以說呢？她被叫去見克雷文先生，他不可能會喜歡她，而她也一樣不會喜歡他，她知道他會對她有什麼看法。

她被帶到了這棟房子中她從沒去過的地方，梅洛克太太敲了敲門，有人回答：「進來。」她們兩人便一起走進房間裡。有一個男人坐在壁爐前的扶手椅中，梅洛克太太開口對他說話。

「先生，她就是瑪莉小姐。」她說。

「妳可以走了，讓她留在這裡，需要妳來帶她離開的時候我會搖鈴。」克雷文先生說。

她走出去關上門後，瑪莉只能站在那裡乾等，不斷扭轉著瘦小的雙手，看起來平凡又渺小。她覺得坐在椅子上的男人駝背並不是很嚴重，他的肩膀高聳，一邊高一邊低，黑髮中帶著些許斑白。他轉過頭開口對她說話。

「過來！」他說。

瑪莉走過去。

他一點也不醜陋，若不是他的表情太過痛苦的話，應該看起來十分英俊。他好像因為她而感到煩憂，完全不知道究竟要怎麼跟她相處。

「妳過得還好嗎？」他問。

「還好。」瑪莉回答。

「他們有好好照顧妳嗎？」

「有。」

他一邊審視她，一邊焦躁地按著前額。

「妳很瘦。」他說。

「我有變胖。」瑪莉知道自己的語氣非常生硬。

他的臉看起來多麼不快樂呀！他黑色的眼睛好像看不見她，似乎看到了什麼別的東西，沒辦法把注意力集中在她身上。

「我把妳忘了，」他說，「我怎麼會記得妳呢？我本來想要幫妳雇一位家庭女教師或保母，至少找個人來照顧妳，但我忘記了。」

「請你，」瑪莉開口說，「請你——」然後她覺得好像喉嚨卡住了似的，說不出話來。

「妳想說什麼？」他問。

「我……我已經長大了，不需要保母，」瑪莉說，「請你……請你先不要幫我雇用家庭女教師。」

他再次按了按前額，盯著她看。

「索爾比家的女人也是這麼說的。」他心不在焉地自言自語。

瑪莉鼓起勇氣。

「你是、你是說瑪莎的母親嗎？」她結結巴巴地問。

「對，應該是吧。」他回答。

「她很懂小孩子，」瑪莉說，「她家有十二個小孩，她很懂這些事。」

他好像稍微打起了精神。

「妳想要做什麼呢？」

「我想要去外面玩，」瑪莉回答時暗自希望自己的聲音沒有發抖，「我在印度時不喜歡去外面玩。現在去外面玩讓我胃口比較好，我有變胖了。」

他看了看她。

「索爾比太太說在外面玩會對妳有幫助，或許真的是這樣。」他說，「她覺得在請家庭女教師前，要先讓妳變強壯比較好。」

「我在外面玩的時候，荒原吹過來的風會讓我變強壯。」瑪莉試圖說服他。

「妳都去哪裡玩？」他接著問。

「什麼地方都去，」瑪莉深吸了一口氣，「瑪莎的母親送了一條跳繩給我，我會在外面跳繩和跑步——還會到處找土壤裡長出來的芽，我不會做什麼壞事的。」

「別這麼害怕，」他用擔憂地語氣說，「妳也沒辦法做什麼壞事啊，妳不過就是個小小孩！妳可以做妳想做的事情。」

瑪莉手放在喉嚨上，生怕他會看出她剛剛其實有點說不出話來。

「真的可以嗎？」她畏懼地問。

「別這麼害怕呀，」他高聲說，「當然可以，雖然我能給予小孩的東西不多，但至少我是妳的監護人呢。我病得太重了，總是既不舒服又心不在焉，我沒辦法花太多時間去關心妳，但我希望妳能過得快樂而舒適。我不太懂小孩，但梅洛克太太會替我確保妳衣食無缺的。我今天會找妳來，是因為索爾比太太說我應該要見妳一面，她認為妳需要新鮮空氣和自由地到處奔跑。」

「她很懂小孩子。」瑪莉不由自主地重複了一遍。

「她的確很懂，」克雷文先生說，「我本來覺得她在荒原上攔住我是魯莽之舉，但她說……克雷文太太對她很和善。」他似乎要費盡全力才能說出死去太太的名字，

「她是個值得尊敬的女人。我現在見到妳之後，覺得她說的話很明智，妳就盡情在外面玩耍吧，這裡很大，妳可以去任何妳想去地方、玩妳想玩的遊戲。妳有什麼想要的東西嗎？」他好像突然想起了什麼似的，「妳想不想要玩具、故事書或洋娃娃？」

「可以、」瑪莉用顫抖的聲音問道，「可以給我一點土壤嗎？」

她太渴望他能答應了，沒有注意到她用的字眼聽起來有多麼奇怪，並不是她想要表達的意思。克雷文先生看起來十分訝異。

「土壤！」他重複了一遍，「什麼意思呢？」

「可以種下種子、讓它們長大、看到它們展現生機。」瑪莉結結巴巴地說。

他凝視著她好一陣子後，突然用手掩住眼睛。

「妳有——妳有這麼在意花園嗎？」他的語速很慢。

「我在印度的時候一點也不懂花園，」瑪莉說，「我那時候一直生病，總是覺得累，天氣又很熱。我有時候會用沙子堆成花圃，在裡面插一些花。但這裡的花園很不一樣。」

克雷文先生站起身，繞著房間慢慢踱步。

「一點土壤。」他自言自語著。瑪莉覺得她可能讓他回想起了別的事情。待他停下腳步和她說話時，他黑色的眼睛變得溫柔而和善。

「妳想要多少土壤都可以，」他說，「妳讓我想起了一個曾經跟妳一樣喜歡土壤和種植的人。只要是妳想要的土壤，」他露出了一個近似於微笑的表情，「都可以隨意使用，孩子，讓土壤展現生機吧。」

「任何地方的土壤都可以嗎——如果是沒人想要的那種呢？」

「任何地方都可以。」他回答，「好啦！妳現在該走了，我累了。」他拿起搖鈴叫來梅洛克太太，「再見，接下來整個夏天我都不會在這裡了。」

梅洛克太太馬上就出現了，瑪莉不禁猜想她是不是一直在走廊上等著。

「梅洛克太太，」克雷文先生對她說，「我在見過小孩之後，就知道索爾比太太的意思了。她應該在開始上課前變得更強壯一點，給她吃健康簡單的食物，讓她在花園裡隨意奔跑，不要過度照顧她，她需要的是自由和新鮮空氣，她應該到處玩耍。索爾比太太偶爾會來探望她，她也可以每隔一段時間去農舍看看。」

梅洛克太太看起來很高興，不用過度「照顧」瑪莉讓她鬆了一口氣，她一直認為照顧瑪莉是個麻煩的責任，能越少看到她越好。除此之外，她很開心能和瑪莎的母親見面。

「謝謝你，先生。」她說，「蘇珊・索爾比是我的同窗，就像你那天碰到她的印象一樣，她是個明理而善良的人。我一直沒有孩子，而她家有十二個，世上沒有比他們更好、更健康的孩子了，他們不會對瑪莉小姐造成任何不好的影響，我在照顧孩子時也常常聽取蘇珊・索爾比的建議。她是那種你會稱之為心智健全的人——你懂我的意思。」

「我懂。」克雷文先生回答，「現在把瑪莉小姐帶走吧，請比契斯來見我。」

梅洛克太太帶她回到她房間的走廊盡頭處便離開了，她飛奔回房間，一進去便看到瑪莎在裡面等她。瑪莎在整理完餐具後便立刻回來房間了。

「我可以擁有一座自己的花園了！」瑪莉大喊，「只要是我喜歡的地方都可以！這段時間都不會有家庭女教師來管我！妳的母親可以來看我，我也可以去妳家的農舍！他說我這種小女孩沒辦法做什麼壞事，我可以做任何我想做的事——去任何我想去的地方！」

「啊！」瑪莎開心地說，「他是個好人兒呀，對不對？」

「瑪莎，」瑪莉認真地說，「他真的是個好人，但是他的表情好痛苦啊，而且一直皺著前額。」

接著她用最快的速度跑到花園。她離開的時間比原本預期的還久，她知道狄肯會提早出發，因為他要走五英里的路回家。她穿過常春藤後面的門，沒有在他之前工作的地方看到他。園藝工具被擺在樹下，她跑過去，但環顧四周後還是沒有看到狄肯。他已經走了，現在祕密花園空空蕩蕩的，只有知更鳥飛越圍牆，停在玫瑰樹上看著她。

「他走了，」她難過地說，「噢！他會不會、他會不會──他會不會只是樹木精靈呢？」

這時，她注意到了玫瑰樹叢上綁著一個白色的東西，是一小片紙──是從她和瑪莎寫給狄肯的那封信上撕下來的。紙張被綁在玫瑰叢上的尖棘上，她馬上看出來這是狄肯留給她的。紙上有幾個潦草的字和一小張圖，她一開始不知道那張圖是什麼，仔細看了看才發現那是一個鳥巢，裡面有隻鳥，圖片下面是幾個印刷體英文字：

「我會再回來的。」

第十三章　「我是柯林。」

瑪莉回去吃晚餐的時候，把圖片拿回房間給瑪莎看。

「啊！」瑪莎與有榮焉地說，「我從來沒發現我們家狄肯這麼聰明呢，那是密蘇畫眉兒停在巢裡的圖片，和活生生的鳥兒一樣大，而且還更加逼真。」

瑪莉聽瑪莎這麼說，便知道狄肯想要藉由這張圖傳達什麼訊息。他是在說她可以相信他，他會保守祕密的，她的花園就像是巢穴，而她就像是那隻密蘇畫眉。噢，她真是太喜歡那個奇怪而平凡的男孩了！

她希望他明天就會出現，在墜入夢鄉時萬分期待早晨的到來。

但你永遠無法預測約克郡的天氣，尤其是在春天的時候。她在晚上被雨點敲擊窗戶的聲響吵醒，大雨傾盆而下，狂風在這棟巨大的老房子的每個角落和煙囪中「呼嘯」。瑪莉在床上坐起身，覺得既難過又生氣。

「這場雨就像我以前一樣彆扭，」她說，「它知道我不希望下雨才來的。」

她用力躺回枕頭上，把臉埋在裡面。

她沒有哭，只是怪罪那一陣陣討人厭的雨聲，她也討厭狂風和「呼嘯」的聲音。陰沉的風雨聲讓她覺得意志消沉，所以她睡不著，如果她心情好的話，或許風雨可以讓她再次平靜地入睡，但今天不行。

狂風「呼嘯」而過，大雨傾盆而下，重重打在窗戶上，聽起來多麼令人鬱悶啊！

「聽起來的確像是在荒原迷路的人發出的哭喊聲。」她說。

她躺在床上翻來覆去，輾轉難眠。約莫一個小時後，她突然坐了起來，把頭轉向房門仔細聆聽。她聽了又聽。

「現在的聲音不是風，」她大聲地自言自語，「那不是風，聽起來不一樣，現在的聲音是我之前聽過的哭聲。」

她的房門半掩著，那陣令人煩惱、遙遠而微弱的哭聲從走廊傳進來，她靜靜聽了幾分鐘，每過一分鐘就更加確定那是哭聲。她覺得她應該要去找到哭聲的源頭，這比祕密花園和埋起來的鑰匙還要怪異。或許是叛逆的心情讓她變得勇敢，她將腳跨出床沿，站到地板上。

「我要找出那陣哭聲到底是哪裡來的，」她說，「反正每個人都上床睡覺了，我才不管梅洛克太太呢——我才不管！」

她拿起床邊的蠟燭，躡手躡腳地走出房間。走廊看起來又黑又長，但她太興奮了，一點也不在意，她認為自己記得要在哪裡轉彎，才能走到那個掛了繡毯的門後面的短廊——那天她迷路時，梅洛克太太從那邊走出來，哭聲就是從那裡傳出來的。她靠著手上昏黃的燭光認路，幾乎是跟著感覺在走，她的心跳大聲到她覺得好像聽得到一樣。遙遠而微弱的哭聲沒有停止，引領著她向前，有時候哭聲會暫時停下來，但很快又繼續響起。從這個轉角轉過去是對的嗎？她停下來想。對，是對的，沿著走廊繼續走，接著左轉，步上兩階寬闊的階梯，接著再右轉。沒錯，她找到掛著繡毯的門了。

她輕巧地推開門，進去之後再靜靜關上它。哭泣的聲音不大，但她站在走廊上就能聽得非常清楚，聲音是從她左側的牆內傳出來的。左手邊不遠處有一扇門，門縫透出一點昏黃的光線，有人在那間房間裡面哭，而且是個小孩。

她抬步走到門邊，推開門，走進了房間裡！

房間很大，擺滿了富麗堂皇的古老家具，壁爐裡的火焰微微閃爍著，房間裡還有一張雕有花紋的四柱床，上面掛著錦緞床幔，旁邊放著一盞亮著的夜燈。一個男孩躺在床上，正可憐兮兮地哭著。

瑪莉不知道這是不是真實的房間，或者其實她已經再次睡著了，而她不知道這是一場夢。

男孩的五官精緻，輪廓立體，膚色像象牙一樣，一雙眼睛似乎有點太大了。他的頭髮散亂在前額上，看起來十分厚重，讓他纖瘦的臉看起來更小了。他似乎生病了，不過看起來並不像是因為覺得痛苦而哭，比較像是因為厭倦與煩躁而哭泣。

瑪莉拿著蠟燭站在門邊，屏住呼吸。接著，她躡手躡腳地穿越房間，當她靠近到手上的光源引起了男孩注意時，他從枕頭上轉過頭盯著她看，一雙灰色的眼睛睜得極大，似乎沒有邊界一樣。

「妳是誰？」他最終驚恐地悄聲問道，「妳是鬼嗎？」

「我不是鬼，」瑪莉細聲回答，語氣也有點驚恐，「那你是鬼嗎？」

他一直、一直、一直盯著她，瑪莉不由自主地注意到他那雙奇怪的眼睛。他的眼睛是灰色的，像瑪瑙一樣，但眼睛周圍的睫毛讓眼睛看起來太大了。

「我不是，」他停頓了一段時間後才回答，「我是柯林。」

「誰是柯林？」她遲疑地問。

「我是柯林．克雷文，那妳是誰？」

「我是瑪莉．蘭尼克斯，克雷文先生是我姑丈。」

「他是我父親。」男孩說。

「你的父親！」瑪莉倒抽了一口氣，「從來沒人跟我說過他有兒子啊！為什麼沒人提過呢？」

「過來。」他那雙奇怪的眼睛還是盯著她看，臉上的表情有點緊張。

她走到床邊後，他伸出手碰了碰她。

「妳是真的，對不對？」他說，「我常常做一些很真實的夢，妳有可能只是我的夢而已。」

瑪莉離開房間時在身上套了一件羊毛外套，她抓起一角外套放在他的指間。

「你可以摸摸看這件外套有多厚、多溫暖，」她說，「如果你需要我的幫忙，我也可以捏你一下，讓你感受我有多真實。我剛剛也有一瞬間覺得你只是一場夢。」

「妳是從哪裡來的？」他問。

「從我的房間，風的呼嘯聲讓我睡不著，所以我聽到有人在哭時就決定要出來找找看是誰。你為什麼要哭呢？」

「因為我也睡不著，而且我的頭很痛。再告訴我一次妳叫什麼名字。」

「瑪莉・蘭尼克斯。都沒有人告訴過你我住進來的事嗎？」

他還在用手指摸索她的外套，不過看起來似乎比較相信她是真實的了。

「沒有，」他回答，「他們不敢講。」

「為什麼？」瑪莉問。

「因為我應該會害怕被妳看到，我從不讓人看到我或跟我講話。」

「為什麼？」瑪莉追問道，她覺得越聽越困惑。

「因為我總是這樣，只能臥病在床，我父親也不准別人跟我講話，傭人也不能談論我的事情。如果我能活下來的話，我有可能會變成駝子，但我不會活得太久，我父親每次只要想到我可能會變得跟他一樣，他就不高興。」

「噢，這間房子真是太奇怪了！」瑪莉說，「真是間奇怪的房子！什麼東西都是祕密，房子被鎖起來，花園也被鎖起來——還有你！你也被鎖起來了嗎？」

「沒有。我是因為不想出去所以才會待在房間裡的，出去對我來說太累了。」

「你父親會來探望你嗎？」瑪莉放膽詢問。

「偶爾會來，但通常都是在我睡著後才過來，他不想要見到我。」

「為什麼？」瑪莉無法自制地繼續追問。

男孩臉上閃過一絲憤怒之色。

「因為我的母親在生我的時候死了，所以他每次看到我都覺得很痛苦。他以為我不知道這件事，但我早就聽別人說過了，他對我的感覺幾乎可以說是憎恨。」

「他憎恨那座花園，因為她死了。」瑪莉自言自語地說道。

「什麼花園？」男孩問。

「噢！就只是、就只是她以前很喜歡的那座花園。」瑪莉結結巴巴地說，「你以前一直都待在這裡嗎？」

「算是吧，以前偶爾會有人帶我去海邊，但是我不喜歡待太久，因為其他人會一直看我。我有一陣子穿過一個鐵製的工具，把背拉直，但是後來有一位名醫從倫敦來看我，他說那個工具很蠢，叫我把工具脫掉，多去外面呼吸新鮮空氣。但是我討厭新鮮空氣，我也不想去外面。」

「我一開始也不想來這裡。」瑪莉說，「你為什麼要像那樣一直盯著我啊？」

「因為我剛剛說過的那種很真實的夢，」他焦躁地回答，「那些夢害我在睜著雙眼的時候，都不太相信我是醒著的。」

「我們都是醒著的，」瑪莉環顧房間裡高高的天花板、陰暗的角落和微弱的火光，「這間房間看起來很像夢境，而且現在又是午夜，整座房子裡的人都睡著了——只有我們除外，我們都很清醒。」

「希望這不是一場夢。」男孩不安地說。

瑪莉突然想到了一件事。

「你說你不喜歡被人看到，」她開口，「那你希望我離開嗎？」

他輕輕拉住了依然握在他手上的外套。

「不要，」他說，「如果妳離開了，我會以為這是一場夢，如果妳是真的，那就坐在凳子上跟我講話，我想多聽一點妳的事。」

瑪莉把蠟燭放在床邊的桌上，坐在軟墊凳子上。她一點也不想離開，她想要留在這間被藏起來的神祕房間中，跟神祕的男孩說話。

「你想要我告訴你什麼事？」她說。

他想要知道她來密蘇威特多久了；他想要知道她的房間在哪一條走廊；他想要知道她做過哪些事；她是不是跟他一樣討厭荒原；她在來約克郡之前住在哪裡。她一一回答了這些問題還有其他各種問題，他在她回答的時候躺回枕頭上專心傾聽，又要她講了很多印度和海上航程的事。瑪莉發現，因為他總是病懨懨的，所以他一點也不懂其他小孩通常會知道的事。在他還很小的時候，他的一位保母教他讀書，從那時起他總是在看精裝書中的文字和圖畫。

雖然柯林的父親很少在他醒著的時候來探望他，但是他提供了各種能夠娛樂他的高級物品，然而，他從來都不覺得這些東西有趣。只要他開口要求，他就可以得到任何東西，也從來沒人能強迫他做他不想做的事。

「每個人都必須滿足我的要求，」他淡漠地說，「因為生氣會讓我病得更重，反正沒人認為我會活到變成大人的時候。」

他說話的態度就像他對這件事習以為常，以至於毫不在乎。他似乎很喜歡瑪莉的聲音，在她講話的時候顯得昏昏欲睡，看起來十分有趣。瑪莉有一、兩次都以為他會慢慢開始打瞌睡，但最後他問了一個問題，將對話引導到另一個主題上。

「妳幾歲？」他問。

「我現在十歲，」瑪莉忘我地回答，「你也是十歲。」

「你怎麼知道？」他驚訝地問。

「因為花園是在你出生的時候被鎖上的，鑰匙也是那時埋起來的，距離花園被鎖上已經十年了。」

柯林半坐起身，用手肘撐著身體轉向她。

「哪座花園的門被鎖上了？誰鎖的？鑰匙被埋在哪裡？」他似乎突然對這個話題很感興趣。

「是、是那座克雷文先生很討厭的花園，」瑪莉緊張地說，「他把門鎖起來了，沒人、沒人知道鑰匙被他埋在哪裡。」

「是怎樣的花園？」柯林熱切地繼續問道。

「那座花園已經十年來沒有人可以進去了。」瑪莉謹慎地回答。

但現在才開始小心已經太遲了，他很喜歡她，再加上他平日都無所事事，現在這座被藏起來的花園讓他興致勃勃，就像她當初的感覺一樣。他開始追問一連串問題，花園在哪裡？她難道從沒有去尋找過那扇門嗎？她沒有問過園丁嗎？

「他們都不告訴我，」瑪莉說，「我想他們應該被禁止回答這些問題吧。」

「我可以叫他們回答呀。」柯林說。

「真的嗎？」瑪莉遲疑地問，開始覺得有點擔心。如果他能強迫他們回答問題的話，天知道到時候會發生什麼事！

「我剛剛說過了，每個人都必須滿足我的要求，」他說，「如果我能活下去的話，這個地方以後就會是屬於我的，他們都知道這點，所以我可以叫他們告訴我。」

瑪莉並不知道自己就是個被寵壞的小孩，但她看得出來，眼前神祕的男孩顯然已經被寵壞了，他覺得整個世界都是他的。他真是太奇怪了，而且在說到活不了的時候，他顯得非常冷靜。

「你覺得你沒辦法活很久嗎？」她詢問的目的半是因為好奇，半是為了轉移他對花園的注意力。

「我不覺得我可以活很久，」他像之前一樣漠不關心地回答，「從我有記憶以來，身邊的人都說我活不長，小時候他們以為我聽不懂，現在他們以為我沒聽到，但我聽得懂，也聽得到。我的醫生是父親的表親，醫生很窮，如果我死了，他就可以在我父親死後繼承整個密蘇威特，我覺得他不希望我活得太久。」

「你想要活著嗎？」瑪莉詢問。

「不想，」他面色煩憂地回答，「但我也不想死。我身體不舒服的時候會躺在這裡想著死亡，然後一直哭、一直哭。」

「今天是我第三次聽到你哭了，」瑪莉說，「但我之前一直不知道是誰在哭。你是因為不想死所以哭的嗎？」她追問的目的是希望他能忘記那座花園。

「應該是吧。」他回答，「我們來聊點別的事情，來聊那座花園吧。妳難道不想要進去看看嗎？」

「想。」瑪莉輕聲回答。

「我也想，」他繼續說道，「我以前從來沒有真的想要看什麼東西過，但現在我想要看看那座花園。我希望有人能找出鑰匙，我希望有人能把門打開，我會叫他們推著輪椅帶我過去，我就可以呼吸到新鮮空氣了。我要叫他們把門打開。」

他變得十分興奮，那雙奇異的眼睛開始像星星一樣閃爍，看起來比剛剛還要更大。

「他們要滿足我的要求，」他說，「我會叫他們帶我進去花園，我也會准許妳進去那裡。」

瑪莉的雙手緊握。一切——一切都完蛋了！狄肯再也不會回來了，她則再也不會是那隻擁有安全巢穴的密蘇畫眉。

「喔，不要、不要、不要、不要那麼做！」她大喊。

他盯著她看，似乎覺得她瘋了。

「為什麼？」他抗議道，「妳明明就說妳也想要進去看啊。」

「我想，」她回答的聲音像是哽在喉嚨中的一聲嗚咽，「但如果你叫他們打開那扇門，又那樣帶你進去的話，那座花園就再也不是祕密了。」

「祕密，」他說，「什麼意思？告訴我。」

瑪莉說出口的話顛三倒四。

「你想想看、你想想看，」她緊張地說，「如果除了我們之外沒人知道——如果有一扇門藏在常春藤下面——如果真的有那扇門——如果我們能找到那扇門，如果我們能一起進去，然後把門關上，就不會有人知道我們在裡面，我們可以把花園當作是我們的，假裝、假裝我們是密蘇畫眉，而花園就是我們的巢穴，我們可以每天都在裡面玩耍、挖土、種種子，讓花園活過來——」

「花園是死的嗎？」他打斷她。

「如果沒有人在意的話，花園很快就會死掉了，」她繼續說，「球莖會活下來，但是玫瑰——」

他再次打斷她，看起來和她一樣興奮。

「什麼是球莖？」他快速地插嘴道。

「就是黃水仙、百合和雪花蓮，球莖現在還在土壤裡面——它們正努力把嫩綠色的新芽長出來，因為春天快要到了。」

「春天快要到了嗎？」他說，「春天是什麼樣子？如果妳因為生病只能待在房間裡的話，是看不到春天的。」

「春天就是陽光照耀在雨水上，雨水又落在陽光上，植物從土壤裡努力發芽。」瑪莉說，「如果花園是個祕密，我們又能進去的話，我們就可以在裡面觀察各種植物一天天長大，看看有多少玫瑰是活著的。噢，你難道不覺得花園是個祕密會美好得多嗎？」

他躺回枕頭上，臉上的表情十分古怪。

「我沒有什麼祕密，」他說，「我唯一的祕密就是知道自己沒辦法活到長大。他們都不知道我知道這件事，所以也算是祕密吧。但我比較喜歡妳說的那種祕密。」

「如果你不叫他們帶你去花園的話，」瑪莉懇求道，「說不定——我幾乎可以確定我總有一天會找到進去花園的方法，到時候——如果醫生希望你出去時要坐在你的輪椅上，如果你可以做任何你想做的事的話，說不定——說不定我們可以找到另一個男孩來推你，我們三個人可以自己去那座花園，如此一來，那就會是一座祕密花園。」

「我應該會——喜歡——那樣。」他說話的速度非常慢，眼神如夢似幻，「我應該會喜歡那樣，我應該不會討厭在祕密花園裡呼吸新鮮空氣。」

保守祕密似乎讓他覺得開心，瑪莉因此安下心來，慢慢恢復呼吸。她很確定，如果她繼續講下去，讓他在心中想像出花園的樣子的話，那麼他就會喜歡上那座花園，並因此無法忍受別人能隨心所欲地闖進去花園裡。

「我要告訴你我想像中的花園，我想像我們如果能進去的話會看到什麼，」她說，「花園被關起來很長一段時間了，裡面的植物說不定會糾纏在一起。」

他靜靜地躺著聽她說話，她說玫瑰可能會攀爬到一株株樹木上，垂下枝條，她說那裡很安全，所以應該會有很多鳥進去築巢。接著，她又告訴他知更鳥和班・韋德史達的事，她有好多關於知更鳥的事可以說，而且講起來既輕鬆又安全，讓她忘卻了恐懼。知更鳥讓他覺得很開心，他因此微微笑了，看起來幾乎可以說是個漂亮的小孩。瑪莉一開始還因為他的大眼睛和厚重的頭髮，覺得他其實跟她自己一樣不好看。

「我不知道原來鳥也會做出那些事情，」他說，「如果妳只能待在房間裡，妳就永遠不會知道這些事。妳知道好多事情啊，就好像妳已經進去過那座花園了一樣。」

她不知道要怎麼回答，只能保持沉默，而他似乎也不預期她會回答。接著，他給了她一個驚喜。

「我要讓妳看一個東西，」他說，「妳有看到掛在牆邊壁爐上的那個玫瑰色絲綢簾幕嗎？」

瑪莉本來沒有注意到，但她一抬頭就看到了，那片簾幕的材質是柔軟的絲綢，似乎被覆蓋在一幅畫上面。

「有。」她回答。

「簾幕上有一條細繩，」柯林說，「妳去拉一下那條繩子。」

瑪莉站起身，困惑地找到那條細繩，她一拉，簾幕就順著環圈向後捲，露出一幅畫像。畫像上有一位開心笑著的女子，她明亮的頭髮用藍色的緞帶綁了起來，可愛又愉快的灰色眼睛和柯林一模一樣，都因為眼周的睫毛讓眼睛看起來更大。

「她是我母親，」柯林抱怨道，「我不懂她為什麼要死，有時候我會因為她的死而討厭她。」

「好奇怪喔！」瑪莉說。

「如果她還活著的話，我就不會像現在一樣總是生病了，」他不滿地說，「而且我也會活得更久，我父親也不會那麼討厭看到我，而且我的背一定會比現在更強壯。把簾幕拉回來吧。」

瑪莉照做後又坐回她的凳子上。

「她比你漂亮多了，」她說，「但是她的眼睛和你的一樣——至少形狀和顏色一樣。為什麼他們要用簾幕遮住她呢？」

他略感不適地動了動。

「是我叫他們這麼做的。」他說，「有時候我不喜歡看到她盯著我，她在我又病又痛苦的時候笑得太開心了，而且她是我的，我不想讓每個人都看到她。」

兩人沉默不語了一陣子，接著瑪莉率先開口。

「梅洛克太太如果知道我來這邊的話，她會怎麼樣？」她詢問。

「她會依照我的吩咐行事，」他回答，「我會告訴她，我希望妳每天來陪我講話，妳來這裡讓我覺得很開心。」

「我也是，我會盡量在有空的時候過來，」瑪莉猶豫了一下，「但我應該也要每天去找找看花園在哪裡。」

「沒錯，妳的確應該這麼做，」柯林說，「妳可以之後再告訴我花園的事情。」

他像先前一樣躺下來思考了幾分鐘，接著再次開口。

「我應該也把妳當成一個祕密，」他說，「在他們自己發現之前，我都不會告訴他們妳來過。我隨時都可以叫保母離開房間，跟他們說我想要獨處。妳認識瑪莎嗎？」

「認識啊，我跟她很熟。」瑪莉說，「她負責照顧我。」

他微微將頭側向外面的走廊。

「她現在就睡在隔壁房間裡。昨天晚上保母去跟她的姊姊一起睡，她總是在離開的時候找瑪莎代替她陪我。瑪莎會告訴妳什麼時候該過來。」

瑪莉這時突然理解，為什麼瑪莎會在她詢問哭聲的時候露出為難的表情了。

「瑪莎一直都知道你在這裡嗎？」她問。

「對啊，她常來陪我。保母總是不喜歡待在這裡，她會找瑪莎來代替她。」

「我已經待在這裡滿長一段時間了，」瑪莉說，「我是不是該走了？你的眼睛看起來快閉上了。」

「我真希望我能在妳離開前睡著。」他有點不好意思地說。

「閉上眼睛，」瑪莉把凳子往床拉得更近一點，「我可以像印度的保母哄我睡覺一樣輕拍你的手，小聲唱歌。」

「我應該會喜歡妳這麼做。」他昏昏欲睡地說。

她莫名地覺得他有點可憐，不希望他一直躺在床上卻睡不著，因此她傾身靠近床鋪，開始輕拍他的手，小聲地唱起一首印度斯坦的歌謠。

「真好聽。」他更想睡了，她繼續一邊唱歌一邊輕拍他的手。她再次低頭看他的時候，他黑色的睫毛已經靠在臉頰上了，他的雙眼緊閉，已經睡著了。她輕輕地站起身，拿起她的蠟燭，一聲不響地悄然離開。

第十四章　貴族少爺

清晨的荒原被籠罩在一片白霧中，雨水依舊傾盆而下。她不可能出門了，瑪莎整個早上都很忙，瑪莉沒有半點機會跟她講話，到了下午，她要求她跟她一起在兒童房裡坐下來，她便帶著每次無所事事時編織針織品的工具來了。

「妳怎麼啦？」她們一坐下來她就馬上問道，「妳看起來有話兒想對我說。」

「對，我找到那個哭聲的源頭了。」瑪莉說。

瑪莎驚恐地瞪著她，手上的針織品都掉到腿上了。

「妳在開玩笑兒吧！」她驚呼，「不可能的！」

「我昨天晚上又聽到哭聲了，」瑪莉繼續說，「所以我就下床去找哭聲是從哪裡來的。是柯林，我找到他了。」

瑪莎嚇得漲紅了臉。

「啊！瑪莉小姐啊！」她帶著哭腔說，「妳不應該這麼做兒的——妳真不應該這麼做兒！妳會替我惹上麻煩兒的，我從來沒有跟妳說過任何有關他的事兒——但妳替我惹上麻煩兒啦，我會丟掉工作的，母親要怎麼辦呀！」

「妳不會丟掉工作，」瑪莉說，「他很高興我跑去找他，我們說了很多話，他說他很高興我去找他。」

「他真的這麼說？」瑪莎喊道，「妳確定兒嗎？妳不知道他生氣時兒是什麼樣子，他是個大孩子了，但還會像嬰兒一樣哭鬧兒。他大發脾氣時會突然大聲尖叫兒，目的只是想要嚇嚇我們，他知道我們對他無可奈何兒。」

「他昨天晚上沒有生氣，」瑪莉說，「我問他要不要我離開，他卻叫我留下來。他還問了我好多問題，我坐在一張大凳子上跟他說了印度、知更鳥和花園的事。他不想讓我走，還讓我看他母親的畫像，我走之前還唱了一首歌哄他睡覺。」

瑪莎驚奇地抽了一口氣。

「我簡直不敢相信妳說的話兒！」她不贊同地說，「妳昨晚做的事就像一腳踏進獅子的窩兒裡一樣，他平常若碰到這種事兒一定會大發脾氣，吵醒整棟房子裡的人兒，他向來不喜歡陌生人兒看他。」

「他讓我看他呀，我一直看著他，他也一直看著我，我們大眼瞪小眼！」瑪莉說。

「我真不知道該如何是好！」瑪莎激動地喊道，「如果這件事兒被梅洛克太太發現的話，她一定會認為是我違背命令告訴妳柯林的事兒，然後我就只能打包行李兒回去找母親了。」

「他現在不會告訴梅洛克太太任何事，目前這件事還是一個祕密，」瑪莉堅定地說，「他說每個人都必須滿足他的要求。」

「是哎，那倒是真的——那個小壞蛋兒！」瑪莎嘆了一口氣，用圍裙擦了擦前額。

「他說梅洛克太太一定會聽他的話。他希望我每天都去陪他講講話，要妳負責告訴我什麼時候過去。」

「我！」瑪莎說，「我會丟了我的工作兒的——絕對會的！」

「如果每個人都必須服從他的話，妳做了他叫妳做的事才不會讓妳丟掉工作呢。」瑪莉反駁。

「妳的意思兒是說，」瑪莎雙眼圓睜地高聲說道，「他對妳很好囉！」

「我想我幾乎可以說他喜歡我。」瑪莉回答。

「那妳一定是在他身上變了什麼戲法兒。」瑪莎深吸了一口氣後果斷地說。

「妳是說施法術嗎？」瑪莉問，「我在印度有聽說過法術，但是我不會。我只是走進房間裡，驚訝地站在那裡盯著他看，然後他就轉過來盯著我，他一開始還以為我是鬼或者是一場夢呢，我一開始也是這麼以為的。兩個對彼此一無所知的人在午夜獨處感覺真奇怪，接著我們開始問對方問題，我問他我是不是應該離開的時候，他叫我不要離開。」

「世界末日兒要到啦！」瑪莎倒抽了一口氣。

「他到底是怎麼回事啊？」瑪莉問。

「沒有人知道他到底是怎麼回事兒，」瑪莎說，「他出生兒的時候克雷文先生其實有點神智不清兒，醫生本來還以為他會被送進精神病院兒呢。克雷文先生之所以會那樣是因為克雷文太太死了，我之前就告訴過妳了。他看都不看小嬰兒一眼兒，一直語無倫次地說這個小孩兒會像他一樣是個駝子，最好死了算了。」

「柯林是駝子嗎？」瑪莉問，「看起來不像啊。」

「他現在還不是，」瑪莎說，「但他從小生活的環境兒就很糟。母親說這棟房子裡的問題和仇恨太多兒了，這種環境對小孩兒來說很糟糕。他們擔心他的背太虛弱，所以想方設法地保護他——要他躺在床上兒，不讓他走路兒。之前還有一次他們要他穿矯正器兒，但他因為太討厭矯正器兒而大病一場。後來有位名醫來替他看病兒，他要他們把矯正器兒拿掉，並直接了當——但態度禮貌——地告訴其他醫生，他們讓他吃太多藥兒，而且太縱容他了。」

「我覺得他是被寵壞的男孩。」瑪莉說。

「他是最壞心眼的男孩兒啦！」瑪莎說，「我也不是說他從沒生過病兒。他有兩、三次都因為咳嗽兒和感冒差點兒死掉，還得了一次風溼熱和一次傷寒。啊！那次梅洛克太太差點兒嚇死了，他那時陷入了昏迷兒，梅洛克太太在跟保母講話時以為他不省人事兒，所以她說：『他這次一定會死的，這對他和對我們來說都是最好的結果兒。』接著她轉頭看他，沒想到他正睜著那雙大眼睛兒瞪著她，看起來和她一樣清醒。他對她說：『把水拿給我，閉上妳的嘴巴。』」

「妳覺得他會死嗎？」瑪莉問。

「母親說沒辦法呼吸到新鮮空氣兒、什麼都不做、只會躺在床上看圖畫書兒和吃藥兒的小孩兒是活不下來的，他很孱弱，覺得外出是件既討厭又麻煩的事兒，而且他太容易著涼了，他總是說外出會讓他生病兒。」

瑪莉靜靜地看著火堆。

「我在想，」瑪莉緩緩地說，「或許到外面的花園裡看看植物會對他有好處，至少我因此變健康了。」

「他最誇張的一次，」瑪莎說，「是因為他們帶他去看噴水池旁的玫瑰兒。他以前曾讀到人會感染兒一種他稱之為『玫瑰感冒』的病兒，他那時打了幾個噴嚏，就說他染上那種病兒了，那時剛好有個新來的園丁兒不懂規矩兒，好奇地看了他一眼，他馬上怒氣沖天兒地說，那個園丁是因為他是駝子才看他的，那天他哭到整晚都在發高燒兒。」

「如果他對我發脾氣的話，我就再也不會去見他了。」瑪莉說。

「只要他想見妳他就會叫妳過去兒，」瑪莎說，「妳一開始就應該知道了。」

搖鈴在沒多久後響起，她收拾好針織工具。

「應該是保母想叫我去陪他一會兒了，」她說，「希望他現在的心情兒不錯。」

她才出房門十分鐘，就又一臉困惑地折返回來。

「我說，妳真的在他身上變了戲法兒啦，」她說，「他現在竟然拿著圖畫書坐在沙發上兒。我剛剛在隔壁房等著，他叫保母六點之前都不要回來，保母一走他就叫我過去，他說兒：『我要瑪莉・蘭尼克斯來陪我講話。記住，不要告訴別人這件事。』妳最好盡快過去。」

瑪莉也很樂意盡快過去，雖然她想見柯林的感覺沒有像想見狄肯一樣那麼強烈，但她還是很想見他。

她走進他的房間時，壁爐裡的火焰燒得很旺。在白天的光線照耀下，她覺得房間看起來十分漂亮，地毯、掛毯、牆上畫像和書籍的色彩十分繽紛，房間因此顯得華美而舒適，窗外的灰暗天空和雨水都無損於此。柯林看起來就像一幅畫一樣，他穿著絲絨晨袍，倚靠在緞面的大靠墊上，雙頰紅潤。

「過來，」他說，「我整個早上都在想妳的事。」

「我也一直在想你的事，」瑪莉回答，「你不知道瑪莎有多害怕，他說梅洛克太太會以為是她把你的事情告訴我的，她會因此被開除。」

他皺起眉頭。

「妳去叫她過來，」他說，「她在隔壁房間裡。」

瑪莉到隔壁房間把她帶過來，可憐的瑪莎不停地發抖，而柯林依舊皺著眉頭。

「妳該做讓我滿意的事還是讓我不滿意的事？」他質問道。

「我該做讓你滿意的事，先生。」瑪莎滿面通紅地顫抖著聲音回答。

「梅洛克是不是也該做讓我滿意的事呢？」

「每個人都該這麼做的，先生。」瑪莎回答。

「好，那麼如果我叫妳把瑪莉小姐帶過來，梅洛克怎麼可能會因為發現這件事就開除你？」

「請不要讓她開除我，先生。」瑪莎懇求道。

「如果她膽敢對這件事有異議，我就會開除她。」克雷文少爺趾高氣揚地說，「我告訴妳，她不會希望發生那種事的。」

「謝謝你，先生。」她屈膝行禮，「我希望能繼續做這份工作，先生。」

「妳的工作就是滿足我的需求，」柯林頤指氣使地說，「我會保妳周全，妳可以走了。」

瑪莎關上門後，柯林發現瑪莉小姐正盯著他看，好像他做了什麼令人費解的事一樣。

「幹麼那樣看著我？」他問她，「妳在想什麼？」

「我在想兩件事。」

「哪兩件事？坐下來告訴我。」

「第一件事，」瑪莉坐在一張大凳子上說，「我以前在印度看過一個貴族少爺，他身上穿戴著無數紅寶石、綠寶石和鑽石，他跟別人講話的語氣就像你對瑪莎講話一樣。人人都要照他說的做——立刻就要照做，我猜他們如果沒有馬上照做的話，會被他殺掉。」

「我等一下要妳講那個貴族的故事，」他說，「但妳先告訴我第二件事是什麼。」

「我在想，」瑪莉說，「你和狄肯真的很不一樣呢。」

「狄肯是誰？」他說，「這名字真奇怪。」

她想要告訴他狄肯的事，她覺得自己有辦法略過祕密花園不說，單純說狄肯的事就好。她以前很喜歡聽瑪莎談論狄肯，而且她自己也想談論他，這樣會讓她覺得自己跟狄肯比較親近。

「狄肯是瑪莎的弟弟，他現在十二歲，」她解釋，「這世界上沒有人跟他一樣，他就像印度能馴服蛇的弄蛇人，可以馴服狐狸、松鼠和鳥，他會用笛子吹輕柔的音樂，動物們會跑過來聽。」

他身旁的桌上擺著一些大本的書籍，他突然把一本拖到面前。

「這裡有弄蛇人的圖片，」他高聲說，「妳過來看。」

那本精緻的書上有不少華美的插圖，他翻到某一頁的插圖。

「他可以這麼做嗎？」他熱切地問。

「他吹笛子的時候動物會跑來聽，」她解釋，「但他說那不是魔法，他說那是因為他在荒原上住得太久了，所以他很懂動物。他說，他有時候會覺得自己其實是鳥或者兔子，因為他太喜歡牠們了。他的笛聲就像他們在用輕柔的叫聲交談一樣。」

柯林把背倚在靠墊上，越聽眼睛睜得越大，雙頰變得更加通紅。

「再多跟我說一些他的事。」他說。

「他知道所有的鳥蛋和鳥巢在哪裡，」瑪莉繼續說，「他知道狐狸、獾和水獺住在哪裡，但他替牠們保守祕密，不把這些事告訴其他男孩，如此一來這些男孩就不會跑去動物的巢穴、不會嚇到動物。他了解所有在荒原上生活的生物。」

「他喜歡荒原嗎？」柯林問，「他為什麼會喜歡這麼空曠、光禿又無趣的地方呢？」

「荒原應該是最漂亮的地方才對，」瑪莉反駁，「有上千種可愛的生物在荒原上長大，上千隻生物在荒原上忙著築巢、挖洞、鳴叫和唱歌，牠們在土壤裡、樹木上或石楠灌木中快樂地忙碌著，荒原是牠們的世界。」

「妳怎麼知道這些事的？」柯林用手肘撐著身體轉向瑪莉。

「其實我從來沒有去過荒原，」瑪莉突然想起了什麼似地說，「只有晚上坐車經過一次，我那時覺得荒原很討人厭。一開始告訴我荒原有多好的是瑪莎，後來狄肯也這麼說。狄肯在描述荒原的時候，會讓你覺得你好像就站在石楠灌木之間，親眼看到、親耳聽到他說的事，那裡陽光普照，荊豆聞起來有蜂蜜的味道——而且到處都是蜜蜂和蝴蝶。」

「但是如果生病的話就永遠看不到這些東西，」柯林焦躁地說。他看起來就像一個聽到遠方傳來陌生聲音的人，不斷猜想著那是什麼。

「如果你一直待在房間裡的話就不可能看得到。」瑪莉說。

「我沒辦法去荒原。」他忿忿不平地說。

瑪莉整整沉默了一分鐘後才放膽開口。

「說不定你可以——未來的某一天。」

柯林像嚇了一跳似的動了動。

「去荒原！怎麼可能？我會死掉的。」

「你怎麼知道你會死？」瑪莉絲毫不留情面地說。她不喜歡他用那種態度講起死亡，她不怎麼同情他，總覺得他好像在誇耀這件事。

「噢，我有記憶以來就聽人家這麼說了，」他不滿地說，「他們一天到晚在竊竊私語，還以為我沒注意到呢。他們根本也希望我死掉。」

瑪莉小姐覺得很彆扭，她抿起嘴唇。

「如果有人希望我死掉的話，」她說，「我就偏不死掉。是誰希望你死掉？」

「那些傭人——當然克雷文醫生也這麼希望，如果我死了他就可以得到密蘇威特，從窮鬼變身成有錢人。雖然他不敢這麼說，但每次我的狀況不好他都一副很開心的樣子，上次我得風溼熱的時候，他的臉竟然變胖了。還有我覺得我父親也希望我死掉。」

「我才不相信他會這麼想。」瑪莉堅定地說。

這讓柯林轉頭再次盯著她看。

「是嗎？」他說。

接著他倒回靠枕上，動也不動，似乎在思考。有很長一段時間房間裡都悄然無聲，或許他們兩人都在思考一些小孩子通常不會想的事。

「我喜歡倫敦來的那個名醫，他讓他們把那個鐵做的東西拿走了，」瑪莉最後說，「他有說你會死掉嗎？」

「沒有。」

「那他說了什麼？」

「他沒有竊竊私語，」柯林回答，「可能是因為他知道我討厭別人竊竊私語吧，我聽到他很大聲地說一件事，他說：『只要小傢伙決定要活下來，他就可以活下來，讓他保持心情愉快。』他那時聽起來像在生氣。」

「我可以告訴你誰有可能讓你保持心情愉快。」瑪莉若有所思地說，她覺得無論如何她都希望能解決這件事，「我相信狄肯可以讓你保持心情愉快。他總是在談論有生命的東西，不會說那些死掉的或生病的東西。他總是抬頭看著天空裡飛翔的鳥——不然就是低頭觀察土壤裡生長的植物。他的藍眼睛又圓又大，總是在觀察周遭。他的嘴巴很寬，一笑起來春風滿面——他的臉頰很紅——紅得像櫻桃一樣。」

她把凳子拉到沙發旁邊，因為想起了狄肯又寬又翹的嘴巴和大大的眼睛而表情一變。

「就像這樣，」她說，「我們不要討論死亡，我不喜歡死亡，我們來討論活的東西，一起聊天，聊聊狄肯，然後再一起看你的圖畫。」

這是她說過最好的一段話了。談論狄肯就等於談論荒原、一週租金十六先令的農舍和十四個住在裡面的人——還有因為像野馬一樣在荒原奔跑而變得健壯的小孩。她還可以談論狄肯的母親——還有跳繩——還有陽光閃耀的荒原——還有從黑色土壤中探出頭來的嫩綠色尖芽。這些話題如此生意盎然，讓瑪莉講的話前所未有地多——柯林則是有時聽有時說話，他以前從來沒有這麼做過。兩人像常見的小孩一樣開心地聚在一起，毫無原因地大笑，他們笑得非常開心，像是健康又普通的十多歲小孩一樣吵鬧——他們不再像是沒心沒肺的瘦小女孩和一心覺得自己快死了的患病男孩。

他們自顧自地玩得非常開心，忘記了書上的圖畫，也忘記了時間，為了班・韋德史達和他的知更鳥捧腹大笑，柯林甚至像忘了他虛弱的背部似的坐起身，然後突然想起某件事情。

「妳知道嗎？有件事我們從來沒想到過，」他說，「我們是表親呢。」

他們說了那麼多話，卻沒有注意到這一點顯而易見的事實，這件奇怪的事讓他們笑得更兇了，他們笑到無論講到什麼事都想發笑。就在他們笑成一團的時候，門突然被打開了，克雷文醫生和梅洛克太太走了進來。

克雷文醫生驚恐得跳了起來，梅洛克太太則因為被克雷文醫生撞到而差點往後跌倒。

「我的老天爺啊！」可憐的梅洛克太太失聲驚呼，眼珠都快跳出眼眶了，「我的老天爺啊！」

「這是怎麼回事？」克雷文醫生向前跨了幾步，「這是什麼狀況啊？」

接著瑪莉又想起了那個貴族少爺，柯林回答時的態度讓人覺得醫生的驚恐和梅洛克太太的懼怕都是芝麻綠豆大小的事，他被驚擾到的程度就像見到了一隻老貓或老狗走進了房間一樣。

「她是我的表親，瑪莉・蘭尼克斯，」他說，「我要求她來這裡和我聊天，以後只要我叫她來，她就必須來這裡。」

克雷文醫生責備地看了梅洛克太太一眼。

「噢，先生，」她緊張地說，「我不知道這是怎麼回事，這兒沒有任何一個傭人膽敢提到他——他們都被告知過不能這麼做。」

「沒人告訴她任何事，」柯林說，「她聽到我的哭聲就自己找到這裡了，我很高興她來找我。梅洛克，別那麼愚蠢。」

瑪莉覺得克雷文醫生看起來不太高興，但顯然他也不敢違抗他的病人。他在柯林身邊坐下來，測量他的脈搏。

「恐怕你剛剛有點太過激動了，這對你沒有好處啊，我的孩子。」他說。

「若果她沒辦法來陪我，我就會更激動，」柯林的眼睛裡閃爍著危險的光芒，「我現在好多了，她讓我覺得好多了。叫保母把她的茶和我的一起端上來，我們等一下要一起喝茶。」

梅洛克太太和克雷文醫生困擾地對看一眼，但顯然對此束手無策。

「他的確看起來好多了，先生。」梅洛克太太放膽說道，接著想了想又道，「不過今天早上她還沒來的時候他的狀況就不錯。」

「她昨天晚上就來過了，陪了我很長一段時間，還唱了一首印度的歌謠哄我睡覺。」柯林說，「所以我起床的時候才會覺得好多了，還吃了早餐。我現在想要喝茶了，梅洛克，去跟保母說吧。」

克雷文醫生沒有逗留太久，他在保母進來後跟她說了幾分鐘的話，又叮嚀柯林一些事情。他不能講太多話；不能忘記他還在生病；也不能忘記他很容易感到疲倦。瑪莉覺得他似乎有數不清個不能忘記又煩人的事情。

柯林一臉煩躁，用那雙圍著一圈黑色睫毛的奇怪眼睛直直盯著克雷文醫生的臉。

「我想把這些全忘掉，」他最後說，「她能讓我忘記這些事，所以我才會想要她過來。」

克雷文醫生離開房間時看起來不太高興，他困惑地看了一眼坐在大凳子上的小女孩。她在他剛剛走進房間的瞬間變回了拘謹而沉默的小孩，讓他看不出她有什麼吸引人的地方。但無論如何，男孩的精神的確變好了——他沿著走廊離開時重重地嘆了一口氣。

「他們一天到晚要我吃我不想吃的東西，」柯林在保母把茶放在沙發旁的桌上時說，「但是現在只要妳吃我就會吃，那些熱騰騰的鬆餅看起來真好吃。快跟我說說那個貴族的事吧。」

第十五章　築巢

在下了整整一週的雨後，高遠的藍天終於再次出現，陽光熱辣辣地照在荒原上。雖然瑪莉小姐這週都沒辦法去祕密花園，也見不到狄肯，但她還是很開心。對她來說，這週並不算漫長，她每天都會去柯林的房間告訴他貴族、花園、狄肯或者荒原上農舍的故事。他們看了幾本精裝書籍和書中的圖片，有時候瑪莉會朗讀給柯林聽，有時候他會朗讀給她聽。他們玩得非常開心而盡興，她覺得若不是他的臉色那麼蒼白又總是坐在沙發上的話，他看起來一點也不像是個病人。

「妳真是個淘氣的小孩，那天晚上聽到哭聲後居然下床跑出去到處找，」梅洛克太太曾對她說，「但我也不得不說，這對我們這些人來說是件好事，自從妳和他變成朋友之後，他還沒有大發脾氣或是高聲哭喊過。保母本來對他很厭煩，已經想要放棄這個工作了，現在她說只要值班時妳也在的話，她就不那麼介意待在這裡了。」

瑪莉在和柯林講話的時候，總是在提到祕密花園時特別小心，她想知道某些與他有關的事情，但是她認為自己不能單刀直入地詢問。瑪莉慢慢喜歡上他了，所以首先她要弄清楚的就是，他是不是個有辦法保守祕密的男孩。他和狄肯有如天壤之別，不過他顯然很樂意擁有一座沒人知道的花園，她覺得或許她可以信任他，但是她認識他的時間還不夠長，沒辦法完全確定。第二件她想知道的事情是：如果她可以信任他——真正信任他的話——有沒有辦法在不被人發現的情況下帶他去祕密花園呢？英國的那位名醫說他應該多呼吸點新鮮空氣，柯林則說他不介意去祕密花園裡呼吸新鮮空氣。說不定只要他多呼吸一些新鮮空氣、去認識狄肯和知更鳥，然後觀察萬物生長，他就不會總是想著死亡。近日來，瑪莉常常盯著自己在玻璃中的倒影，發現自己和剛從印度過來時變得很不一樣，像是變了一個人似的，現在倒影中的小孩看起來比較和善一點了，連瑪莎都發現了她的轉變。

「荒原的空氣兒已經對妳產生好的影響了，」她說，「妳已經變得比較不黃兒、也沒那麼瘦兒了，連頭髮兒都不再像以前一樣扁塌地貼在頭兒上，變得比較有生氣兒、比較蓬鬆一點兒了。」

「頭髮就像我一樣，」瑪莉說，「變得更強壯、更胖，而且之後一定會變得越來越好。」

「看起來的確是這樣，」瑪莎捋了捋她的頭髮，「妳以前那樣醜多兒了，而且現在臉頰兒也比較紅潤。」

如果花園和新鮮空氣對瑪莉有好處，那麼應該也會對柯林有好處。但話又說回來，如果他不喜歡被別人盯著看的話，或許他不會想要和狄肯見面。

「為什麼被人看的時候你會覺得生氣？」她有一天問了他這個問題。

「我一直都很討厭被別人盯著看，」他回答，「從很小的時候就這樣了。以前他們帶我去海邊的時候，我通常會躺在輪椅上，那裡的每個人都盯著我看，有的女生會停下來跟保母講話，講一講就開始竊竊私語，我知道他們是在說我活不到長大。有時候有的女生會拍拍我的臉頰說：『可憐的孩子。』所以我有一次在某個女生這麼做的時候大聲尖叫，還咬了她的手，她馬上被我嚇跑了。」

「她一定覺得你像隻瘋狗一樣。」瑪莉不贊同地說。

「反正我又不在意她覺得怎麼樣。」柯林皺著眉頭說。

「那你為什麼沒有在我進你房間的時候尖叫然後咬我呢？」瑪莉說完後緩緩露出一抹微笑。

「我那時以為妳是鬼或是一場夢，」他說，「妳是沒辦法咬到鬼和夢的，就算妳尖叫，鬼和夢也不會在意。」

「你會不會介意——介意被其他男孩看到？」瑪莉遲疑地問。

他躺回靠枕上，沉思了幾秒。

「有一個男孩，」他講話的速度非常慢，好像在仔細斟酌每一個字，「有一個男孩看我的話，我可能不會介意，就是知道狐狸在哪裡生活的那個男孩——狄肯。」

「我就知道你不會介意他看你。」瑪莉說。

「因為鳥不介意，其他動物也不介意，」他依然在思考，「所以或許我也不用介意。他會吸引所有動物，而我是個男孩動物。」

他笑了出來，她也跟著笑了。兩人到最後覺得男孩動物躲在洞裡這件事十分有趣，一起笑了好一陣子。

這件事之後，瑪莉便覺得自己沒有必要擔心狄肯了。

天空再次轉藍的那天早上，瑪莉很早就醒了。太陽的光線斜斜傾灑在百葉窗上，瑪莉一睜眼看到這景象便開心得跳下床，跑到窗戶前。她拉起百葉窗並打開窗戶，一陣清新的空氣迎面拂來，荒原看起來一片湛藍，整個世界就像是被施了魔法一樣。四處都是輕柔的鳴叫聲，鳥兒們似乎在為了一場演奏會預先排演。瑪莉把手伸到窗外，沐浴在陽光下。

「是暖的——暖的！」她說，「這種天氣會讓綠芽長高、長高再長高，還會讓球莖和根都從土壤下努力長出來。」

她跪在窗臺，盡可能地將身體傾向窗外，大口呼吸，嗅聞空氣，接著她想起狄肯的母親說他的翹鼻子像是兔子，大聲笑了起來。

「現在一定還很早，」她說，「那些小朵的雲都是粉紅色的，我從沒看過這樣的天空，大家都還沒醒，我連馬童的聲音都沒聽到。」

這時她靈光一閃，立刻站起身。

「我等不及了！我要趕快去看花園！」

她現在已經學會自己換衣服了。她花了五分鐘換好衣服，從一扇她拉得動門栓的小門溜出去，穿著襪子飛奔下樓，到了大廳才穿上鞋。她解開大門的鎖鍊，拔開門栓，打開門後跳下台階，站在草地上。草地已經轉成綠色的了，陽光灑落在她身上，一陣溫暖甜蜜的風吹拂過來，婉轉啁啾的歌聲從每一叢灌木和每一株樹中傳出。她喜不自勝地緊握雙手並抬頭看向天空，藍色、粉色、藍灰色與白色在天空上交織，春光明媚，她覺得自己快要情不自禁地大聲唱起歌來了，而畫眉、知更鳥和雲雀也一定跟她有同感。她跑過灌木與小徑，直奔祕密花園而去。

「一切都已經不一樣了，」她說，「草變得更綠，萬物都在生長，綠色的葉芽也舒展開來了，今天下午狄肯一定會來。」

這場溫暖的雨下了很久，讓走道邊緣的綠色草床發生了奇怪的變化，嫩芽從一叢叢植物的根部下萌發，番紅花的莖部出現了紫紅色和黃色的斑點。在六個月之前，瑪莉小姐只會對世界的甦醒視而不見，但現在她不會錯失任何美景。

她走到常春藤後的門時，被一道奇怪的聲音嚇了一跳。那是一聲嗚叫——是烏鴉的嗚叫，來自圍牆上面。她抬頭向上看，只見一隻羽翼發亮的藍黑色大鳥坐在牆頭，用睿智的眼神朝下看著她。她從來沒有在這麼近的距離看過烏鴉，這讓她有點緊張，但下一刻牠馬上展開翅膀，振翅飛越了花園。她一邊推開門一邊想著牠會不會跑進花園裡，並暗自希望牠不要跑進去。她走進花園裡後，看到牠降落在一棵低矮的蘋果樹上，便知道牠想要留在花園裡。蘋果樹下有一隻長著毛茸茸尾巴的紅色動物，烏鴉與紅色動物一起盯著樹下一頭赭紅色頭髮、彎著腰的狄肯看，他正跪在草地上挖土。

瑪莉在草皮上朝他飛奔過去。

「噢！狄肯！狄肯！」她大喊，「你怎麼有辦法這麼早到！怎麼做到的！太陽才剛剛起床呢！」

他笑容滿面地站起身，臉色紅潤、頭髮凌亂，眼睛像是一小片天空似的。

「啊！」他說，「我起床兒的時間比太陽早多了，我怎麼可能兒躺得住呢！整個世界兒都在這個早上兒重新復活了，真的，四處兒都在不斷生長、嗡嗡作響、抽長、嗚叫、築巢、吐露芬芳兒，這時你一定要起床兒，不能繼續躺在床上兒了啦。太陽兒升起時，荒原開心得像瘋了似的，我那時兒正走到石楠灌木中，便瘋了似的跑了起來兒，一邊大喊一邊唱歌兒。我就直接跑來這兒了，我非來不可，天啊，花園正在這裡等著我呢！」

瑪莉把手放在自己的胸膛上，喘著氣，好像她自己也跟著狄肯一起奔跑了一樣。

「噢，狄肯！狄肯！」她說，「我太開心了，都快喘不過氣了。」

兩隻動物看到狄肯跟陌生人講話後紛紛做出反應，長著毛茸茸尾巴的動物從樹下跑到他身邊，剛才嘎嘎叫的白嘴鴉也從枝頭上飛下來，悄然無聲地停在他肩上。

「牠是隻小狐狸兒，」他摸摸紅色小動物的頭，「名字叫做船長，牠則是煤灰。我剛剛一路跑過來的時候兒，煤灰也跟著我一起飛過來兒，船長也是，跑得像是後面有獵犬兒在追一樣，他們都和我有同感兒。」

兩隻生物看起來似乎一點也不害怕瑪莉，狄肯走動時，煤灰穩穩地停在他的肩膀上，船長則亦步亦趨地跟在他身旁。

「妳看這兒！」狄肯說，「看看這些植物長得多好啊，還有這兒跟這兒！還有，啊！看看這兒！」

他跪了下來，瑪莉也在他旁邊跟著跪下，兩人面前是一叢開滿了紫色、橘色和金黃色花朵的番紅花，瑪莉傾身靠近，不斷、不斷地親吻它們。

「你永遠也不會這樣親任何人，」她抬起頭後說，「花朵是獨一無二的。」

他一臉困惑，但還是笑了。

「啊！」他說，「有時候我從荒原上閒晃回家兒之後，看到我母親愉快而舒適地站在門前兒，沐浴在陽光下兒，我就會這樣親她。」

他們從花園的這一頭跑到另一頭，樂不可支，必須強自壓抑才能維持小聲說話。他向她指出看似死去的玫瑰花枝上肥碩的葉苞，還有成千上萬從土中冒出頭的綠芽，兩人急切地把他們年輕的鼻子靠近土壤，嗅聞溫暖的春日芬芳，他們四處挖掘摘採，痴痴地低聲笑著，直到瑪莉的頭髮和狄肯一樣蓬亂，兩頰也和他一樣紅潤。

那天早晨，祕密花園中充滿了喜悅，沉浸在這種喜悅中的美好感覺讓他們更加快樂，心情越來越好。這時，一道影子敏捷地飛越圍牆，急速飛過樹木，降落在一旁的角落。那是一隻耀眼的紅胸小鳥，喙上還啣著東西。狄肯靜悄悄地站定，把手搭在瑪莉肩上，好像他們突然發現自己身處於一座教堂中一樣。

「我們必得兒要靜止不動兒，」他用很重地約克郡口音說，「我們必得要小心呼吸兒，我上次看到牠就知道牠在尋找伴侶兒，那是班・韋德史達的知更鳥。牠正在築巢兒，只要我們不要嚇到牠，牠就會留在這兒。」

他們動作輕巧地蹲下並坐在草地上，一動也不動。

「我們一定兒不能讓牠發現我們在注意牠，」狄肯說，「如果牠覺得我們在干擾牠的話兒，牠就不會再信任我們了。在這段期間兒牠會有點兒不一樣，牠會守護牠的家兒，變得比以前害羞兒，也比以前更警戒兒，沒有時間到處閒晃兒或者拜訪我們。我們現在一定兒要動也不動地假裝兒自己是草、樹或者灌木叢兒，等牠習慣我們的存在兒之後，我會吹個口哨兒，這樣牠就會知道我們不會妨礙牠了。」

瑪莉小姐不太確定她能不能像狄肯一樣，讓自己看起來像草、樹或灌木叢。他在講出這些奇怪的話語的時候，彷彿這是再自然而然不過的小事了，她認為這對他而言應該是很簡單的事，接著她小心翼翼地觀察了他幾分鐘，猜想著他會不會變成綠色的或者在身上放一些樹枝和葉子。但他做的只是文風不動地坐著，在講話的時候聲音輕柔至極，她以為自己會聽不清楚他的話，但她聽得一清二楚。

「築巢兒是春天兒的過程之一，」他說，「我敢保證，從世界形成兒到現在的每一年都是這樣的，他們的思考模式和所作所為自有他們的規矩兒，我們最好不要去干涉。如果妳太好奇兒的話，在春天失去朋友的機率比其他季節兒高多了。」

「但是，我們談到牠的時候我就會忍不住看牠，」瑪莉盡其所能地輕聲細語，「我們一定要說點別的事。我有一件事想告訴你。」

「我們說點別的事兒的確會讓牠比較開心，」狄肯說，「妳要說什麼事兒？」

「嗯——你知道柯林嗎？」她悄聲說道。

他轉頭看向她。

「妳有多了解他的事兒？」他問。

「我見過他，這個星期開始，我每天都去跟他聊天，是他希望我去的，他說我能讓他忘記他生病和快死掉的事情。」瑪莉回答。

狄肯的圓臉上訝異的表情褪去，似乎鬆了一口氣。

「我很高興妳知道他的事兒了，」他回答，「真的很高興，這讓我鬆了一口氣，我知道不能對妳洩漏他的事情兒，但我不喜歡隱瞞。」

「你不喜歡隱瞞花園的事嗎？」瑪莉說。

「我絕對不會洩漏花園的事兒，」他說，「但我跟母親說：『母親，我要保守一個祕密，妳知道的，這不是不好的祕密兒，跟鳥巢的位置一樣是個無害的祕密兒，妳不會介意的，對嗎？』」

瑪莉總是喜歡聽他們母親的事。

「那她說什麼？」她毫無所懼地問。

狄肯露出了溫和而甜蜜的微笑。

「她說的話兒跟她的為人一樣，」他回答，「她摸摸我的頭兒，笑著說：『啊，孩子，你可以想保守幾個祕密兒就保守幾個祕密兒，我可是認識你十二年了呢。』」

「你怎麼會知道柯林的事？」瑪莉問。

「只要是認識克雷文老爺的人都知道這兒有個有殘障的小孩兒，也都知道克雷文老爺不喜歡有人兒談論他。大家都很替克雷文老爺感到遺憾兒，因為克雷文太太是個很漂亮兒的年輕女士，他們兩人深愛對方。梅洛克太太每次去威特的路兒上都會來我們家農舍拜訪兒，她和母親講話時兒從不會避諱我們，因為她知道我們被教得很好，值得信任兒。妳是怎麼發現他的？瑪莎上次回家兒的時候非常苦惱，她說妳聽到他在使性子，還問了一些問題兒，讓她不知道該怎麼回答。」

瑪莉告訴狄肯事情的經過，她半夜被呼嘯的風吵醒，被遙遠而微弱的聲音吸引到走廊，拿著蠟燭走進光線昏暗、角落有張雕花四柱床的房間。在她描述那張象牙白的小臉和奇特的烏黑眼睛時，狄肯搖搖頭。

「大家都說他的眼睛兒和他母親的幾乎一模一樣兒，唯一的不同是他母親的眼睛兒總是笑著，」他說，「他們說克雷文先生沒法兒在他醒著的時候去看他的原因，就是因為他的眼睛兒太像他母親了，不過在他臉上看起來反倒十分悲慘兒。」

「你覺得他自己會想死嗎？」瑪莉耳語道。

「不會，但他希望自己從沒有被生兒下來。母親說這是世界上對小孩兒最不好的事兒了，沒人要的小孩兒很難正常成長。克雷文老爺買下所有用錢能買到的東西給那個可憐的小孩兒，但他又想要將他拋諸腦後，因為他很害怕哪天會發現柯林變成了一個駝子。」

「柯林很害怕這件事，怕到不敢坐起來，」瑪莉說，「他說他總是認為，如果真的出現了腫塊的話，他就會發瘋，尖叫到死去為止。」

「啊！他真不該躺在那兒想著這種事兒，」狄肯說，「一天到晚想著這種事兒的小孩兒是不會健康成長的。」

狐狸躺在他的腳邊，不時抬起頭來要求他拍拍牠，狄肯傾身輕輕摩娑牠的脖子，沉默地思考了幾分鐘。接著他抬起頭，環顧花園一周。

「我們第一次進來這兒的時候，」他說，「一切都是灰色的，妳現在觀察周遭兒，然後告訴我有沒有什麼不一樣兒的地方。」

瑪莉看了一圈，輕輕抽了一口氣。

「天啊！」她驚呼，「灰色的牆變了，就像有一團綠色的霧氣爬上去了一樣，簡直就像一層綠色的薄紗。」

「是哎，」狄肯說，「圍牆還會越來越綠兒，直到灰色統統不見兒為止。妳可以猜猜看我在想什麼事兒。」

「我覺得一定是好事，」瑪莉熱切地說，「而且跟柯林有關。」

「我在想，如果他可以到外邊兒來，他就不會一心關注背上的隆起兒了，他會轉而關注玫瑰樹叢的花苞兒如何綻放，這樣有可能可以讓他變得健康一點兒，」狄肯解釋，「我在想我們有沒有可能讓他自己想要來外邊兒，把輪椅兒推到樹下讓他坐著。」

「我也在想這件事，幾乎每次跟他講話的我都這麼想，」瑪莉說，「如果他能守住祕密的話，說不定我們可以在不被人看到的情況下帶他進來這裡，或許能由你來推他的輪椅。醫生說過他一定要呼吸新鮮空氣，如果他希望我們帶他出來的話，不會有人敢違背他。他不會為了其他人出門，如果他願意跟我們出門的話，或許其他人會很高興。他可以命令園丁都離開，這樣我們就不會被發現了。」

狄肯一邊抓搔船長的背一邊努力思索。

「我敢保證這對他一定會有好處兒，」他說，「我們不用去想他希不希望自己被生下來，我們只是兩個觀察花園兒的小孩兒，他是第三個，兩個小男孩兒和一個小女孩兒一起觀察春天兒的樣子，我敢保證這比任何醫生的治療都還要好。」

「他躺在房間裡太久了，總是在擔心他的背，讓他變得有點奇怪。」瑪莉說，「他知道很多書裡的故事，但是對書本之外的事情一無所知，他說他病得太重了，沒辦法注意到別的事，而且他討厭出門，也討厭花園和園丁。但因為花園是個祕密，所以他喜歡聽我講花園的事，我不敢講太多，但是他說他想要看看這座花園。」

「我們以後一定要想辦法讓他來這兒，」狄肯說，「我可以好好地把他用輪椅兒推過來。妳有注意到嗎？我們坐在這兒的時候，知更鳥跟牠的伴侶兒一直在忙碌地工作，妳看，牠正停在樹梢兒，想著到底該把嘴裡兒的樹枝放在哪兒才好。」

他發出了一陣輕柔的哨聲，知更鳥轉頭好奇地看著他，嘴裡依然啣著那根樹枝。狄肯像班・韋德史達一樣跟他講話，但語調比較像是友善的忠告。

「不管你把樹枝放在哪兒，」他說，「都是很好的。你在破殼兒而出之前就已經知道要如何築巢兒了，繼續工作兒呀，孩子，別讓時間兒白白流逝了。」

「噢！我喜歡聽你跟牠講話！」瑪莉開心地笑了，「班・韋德史達之前責怪牠、嘲笑牠，但牠還是在他面前跳來跳去，似乎能聽得懂每一個字，而且我知道牠喜歡這樣。班・韋德史達說牠太過驕傲了，牠寧願被石頭砸也不願意被冷落。」

狄肯也跟著笑了起來，接著繼續講話。

「你知道我們不會替你惹麻煩兒，」他對知更鳥說，「我們自己就像是野生動物，我們也在築巢兒，祝你平安，你要幫我們保守祕密兒喔。」

知更鳥的嘴裡啣著東西，所以牠沒有回答便帶著樹枝飛向祕密花園屬於牠的角落中了。雖然牠沒有回答，但瑪莉知道，牠已經用露水一樣明亮的眼珠說了，牠會對整個世界保守這個祕密。

第十六章 瑪莉說：「我偏不！」

那天早上，他們有好多工作要做，瑪莉回到房子裡的時候已經有點晚了，因為太趕著要回去花園裡工作，直到最後一刻才想起他差點忘記柯林了。

「幫我告訴柯林我還不能去看他，」她跟瑪莎說，「我忙著處理花園的事。」瑪莎的表情驚恐萬分。

「啊！瑪莉小姐，」她說。「我告訴他的時候可能會讓他不高興兒啊。」

但瑪莉並不像其他人一樣怕他，而且她也不是那種會犧牲自己的人。

「我不能留下來，狄肯在等我。」她說完後便跑走了。

下午比早上還要更迷人、更忙碌，幾乎所有的雜草都被清除了，他們修剪了花園裡大部分的玫瑰和樹，並一一翻好土。狄肯帶了自己的鏟子來，他已經教會瑪莉如何使用她的工具了，現在看來，花園裡的植物會在春天時狂野地生長，不會成為一座「園丁的花園」。

「之後那兒會開滿蘋果花兒和櫻桃花兒，」狄肯邊全心全意工作邊說，「那兒則是桃子樹兒和梅子樹兒，會在牆邊開花兒，草地上的花兒會開得像地毯一樣兒。」

小狐狸和白嘴鴉和他們一樣又開心又忙碌，知更鳥和牠的伴侶四處飛行，像小型閃電一樣。

有時候白嘴鴉會扇動黑色的翅膀，在園林中的樹頂上翱翔，每次牠飛回來停在狄肯附近時都會嘎嘎叫上幾聲，似乎在訴說牠的冒險，狄肯這時就會和牠講話，一如和知更鳥講話一樣。只要狄肯因為太忙而沒有在第一時間回答煤灰，牠就會飛到狄肯肩上，用牠大大的鳥喙輕柔地啄一下他的耳朵。有時瑪莉想要稍微休息，狄肯就會和她一起坐在樹下，有一次他還從口袋裡拿出短笛，吹奏出奇異而輕柔的音符，吸引了兩隻松鼠出現在圍牆上觀察與聆聽。

「妳變得比之前更強壯一點兒了，」狄肯在她挖土的時候看著她，「妳的樣子真的在慢慢兒改變了。」

瑪莉因為運動較多和精神奕奕而顯得神采煥發。

「我每天都在一點一點變胖，」她欣喜地說，「梅洛克太太還因此為我買了大件一點的洋裝，瑪莎說我的頭髮變蓬鬆了，不再像以前一樣扁塌。」

他們彼此分別時，太陽正逐漸西沉，一道道深金色的餘暉斜斜地揮灑在樹下。

「明天也會是晴天，」狄肯說，「我會在太陽升起時開始工作。」

「我也是。」瑪莉說。

她用最快的速度拔腿跑回房子裡，她想要告訴柯林，她見到了狄肯的小狐狸、白嘴鴉還有春天，她覺得他一定會聽得很開心。但她一打開房門就看到瑪莎一臉愁容地站在那裡等她，這讓她不太愉快。

「怎麼了？」她問，「妳跟柯林說我不能去之後，他怎麼說？」

「啊！」瑪莎說，「我多希望妳下午就過去了，他差點兒就又要大發脾氣兒，我們為了要讓他平靜兒下來，整個下午都忙得昏天暗地兒。他一直盯著時鐘兒看呢。」

瑪莉抿緊雙唇。她和柯林一樣，不是個習慣體諒他人的小孩，所以她不認為一個脾氣很差的小男孩有理由干預她做她喜歡的事。她一點也不了解因病受苦或緊張的人有何可憐之處，也不同情那些不知道自己其實有辦法控制脾氣、不讓別人受苦或緊張的人。過去她在印度感到頭痛的時候，她會盡其所能地讓其他人也跟她一樣感到頭痛，或至少是相同程度的不適。她那時覺得自己是對的，但想當然耳，她現在覺得柯林大錯特錯。

她走進去柯林的房間時，他不在他的沙發上，而是平躺在床上，她進來時他沒有轉頭看她。這是個糟糕的開始，瑪莉動作僵硬地走到他身旁。

「你為什麼不下床？」她說。

「今天早上我以為妳要來的時候就有下床，」他看也不看她地回答，「下午我就叫他們扶我回床上了，我的背和頭都很痛，而且我很累。妳為什麼不來？」

「我和狄肯一起在花園裡工作。」瑪莉說。

柯林皺起眉頭，紆尊降貴地看向她。

「如果妳為了去找那個男孩而不來這裡的話，我之後就再也不會讓那個男孩過來這裡了。」他說。

瑪莉滿腔怒火。她可以不動聲色地說發怒就發怒，變得刻薄、頑固，一點也不把後果放在心上。

「如果你把狄肯趕走的話，我就再也不會進來這間房間了。」瑪莉反駁。

「只要我叫妳來，妳就一定要來。」柯林說。

「我偏不來！」瑪莉說。

「我有辦法讓妳來，」柯林說，「他們會把妳拖過來。」

「是這樣嗎，貴族少爺？」瑪莉怒氣沖沖地說，「他們的確可以把我拖過來，但他們把我拖過來之後沒辦法逼我講話。我會坐在這裡，咬緊牙關，一個字也不跟你說，我會盯著地板，看也不看你一眼！」

他們不約而同地怒目相視，如果他們兩個是一般的小男孩，一定會馬上跳到對方身上扭打起來。但礙於他們不是，只好退而求其次了。

「妳這個自私鬼！」柯林大喊。

「那你呢？」瑪莉說，「自私的人才會這麼講，只要別人不順他的意就會說別人自私，你才比我更自私，你是我看過最自私的男生了。」

「我才不是！」柯林厲聲說道，「我才沒有妳那個好狄肯自私！他明明知道我孤零零的一個人還要叫妳跟他一起玩，他才自私啦，聽不聽隨便妳！」

瑪莉的眼睛裡閃爍著怒火。

「他比全世界的男生都還要好！」她說，「他——他就像天使一樣！」這句話聽起來可能很愚蠢，但是她一點也不在乎。

「真是好心的天使啊！」柯林氣憤地冷笑一聲，「他不過就是個來自荒原農舍中的平凡男生。」

「總比平凡的貴族少爺好！」瑪莉回嘴，「他比你好一千倍！」

瑪莉比他強壯，所以漸漸佔了上風。事實上，他這輩子從來沒有跟和他相似的人吵過架，但整體而言，這場爭吵對他來說是件好事，只是他和瑪莉都不知道這點而已。他轉向枕頭的另一邊，閉上眼睛，眼淚如斷線般流出眼眶，滑落臉頰。他替自己感到既可悲又難過——不是為了別人。

「我才沒有妳自私呢，因為我一直在生病，而且我背上有一個腫塊，」他說，「除此之外，我還快要死了。」

「你才不會死！」瑪莉絲毫不留情面地否定他。

他忿忿不平地睜大眼睛。他從來沒聽過這種話，如果憤怒與開心這兩種感覺能同時存在的話，那就是他現在的感覺。

「我不會死？」他大喊，「我會！妳明明知道我會死掉！每個人都這麼說。」

「我才不相信！」瑪莉乖僻地說，「你只是喜歡靠講這句話讓別人覺得對不起你，你根本以此為榮，我才不相信你。如果你是個好心的男孩的話，這句話就有可能是真的——但你一點也不好心，你壞透了！」

柯林不顧他虛弱的背，憤怒地在床上坐了起來。

「從這間房間滾出去！」他大聲咆哮，抓起他的枕頭丟向她。他不夠強壯，沒辦法把枕頭丟得太遠，只能讓枕頭落在她的腳邊，但瑪莉的表情看起來就像胡桃鉗玩偶一樣緊繃。

「我馬上就走，」她說，「我再也不會回來了！」

她走到門邊，手搭在門上轉動門把，這時她又開口了。

「我本來想告訴你很多很美好的事情，」她說，「狄肯帶了他的狐狸和白嘴鴉來，我本來要告訴你他們的事情的，現在我一件事都不想說了！」

她大步走出房間然後關上門，接著大吃一驚。受過訓練的保母正站在門前，好像聽到了他們的對話，更令她吃驚的是——她竟然在笑。保母是個高大俊美的年輕女子，一點也不像受過訓練的樣子，不但無法忍受病人，還會用盡所有藉口遠離柯林，找瑪莎或其他人來代班。瑪莉一直都不喜歡她，所以只是站在門前看著她拿著手帕掩嘴竊笑。

「妳在笑什麼？」她問她。

「笑你們兩個小孩啊，」保母說，「對被寵壞又生病的小孩來說，有個跟他一樣被寵壞的孩子可以吵架是一件再好不過的事了。」她再次用手帕掩嘴笑了起來，「要是能有個兇悍的年輕小女生跟他爭吵，他就有救了。」

「他會死掉嗎？」

「我不知道，我也不在乎。」保母說，「他會那麼痛苦有一半的原因都是因為他的歇斯底里和壞脾氣。」

「什麼是歇斯底里？」瑪莉問。

「之後只要妳碰到他大發脾氣時妳就會知道了——但無論如何，妳讓他有理由歇斯底里了，我很高興妳這麼做了。」

瑪莉回到房間裡，完全沒有從花園回來時的好心情了。她既煩躁又失望，但一點也不替柯林感到遺憾。她本來很期待能告訴他很多事情，還下定決心，無論安全與否都要信任他能保守那個天大的祕密。她本來決定好要相信他，但現在她徹底改變主意了。她永遠不會告訴他這件事，他可以一輩子待在他的房間裡，永遠呼吸不到新鮮空氣，想死也隨便他！她實在覺得太厭煩、太生氣了，有幾分鐘的時間她甚至忘了狄肯、忘了牆上攀爬的綠色藤蔓，也忘了荒原上吹來的輕柔涼風。

瑪莎正在房間裡等她，臉上原本憂愁的表情暫時變成了感興趣與好奇。桌上有一個木箱子，外包裝已經拆掉了，露出裡面工整的包裹。

「是克雷文先生寄給妳的，」瑪莎說，「看來裡面應該是圖畫書。」

瑪莉想起了那天去他房間時，他問她的話，「妳想要什麼？洋娃娃、玩具還是書？」她一邊拆封一邊猜想她會不會真的寄來洋娃娃，還有若真的是的話，她該拿洋娃娃如何是好。包裹裡面是數本精緻的書籍，就像柯林的那些書一樣，其中有兩本是園藝類的書，裡面都是圖片，另外還有兩、三套遊戲，跟一套精美的書寫套裝，上面有金色的花體字，裡面是一支金色的筆和一個墨水瓶架。包裹裡的所有東西都太美好了，喜悅的感覺把她腦中的氣憤一掃而空，她完全沒有預料到克雷文先生還會記得她，這讓她冰冷的心微微溫熱了起來。

「我的書寫體比印刷體好看多了，」她說，「我用這支筆寫的第一份文件就會是寫給他的信，我要告訴他我很感謝他。」

如果她現在跟柯林是朋友的話，她就會馬上把這份禮物拿去給他看，他們會一起看圖片和讀園藝的書，或許還可以玩那幾套遊戲，他會開心得忘記他覺得自己快要死了，也不會想起要把手放在脊椎上，摸摸看背後會不會出現一塊隆起。他這麼做的態度總是讓瑪莉覺得難以忍受，因為他總是會露出驚恐的表情，連帶讓瑪莉也覺得驚恐不適。他說，只要哪天他摸到一點點隆起，他就會知道自己要開始變成駝子了。他的這種想法來自於偷聽到梅洛克太太偷偷告訴保母的一句話，梅洛克太太說，他的父親在小時候就是這樣開始背部彎曲的，柯林聽到之後就不斷地反覆想著，直到這件事在他的腦海裡根深柢固。他知道自己之所以會像他人所說的「大發脾氣」，其實都是源於他埋藏起來的歇斯底里的恐懼，但他從沒告訴瑪莉之外的任何人，瑪莉聽到他這麼說之後替他感到十分遺憾。

「他每次都在心情暴躁或是厭煩的時候想起這件事，」她自言自語道，「他今天很暴躁，或許——或許他整個下午都在想這件事。」

她靜靜地站著俯視地毯，心中不斷思索。

「我說我再也不會回去了——」她猶豫地皺起眉頭，「但說不定、只是說不定而已，我明天早上會回去看看——如果他希望我過去的話。或許他會再用枕頭丟我一次，但是——我覺得——我會再去一次。」

第十七章　大發脾氣

她那天早上很早就起床了，整天都在花園裡辛勤地工作，覺得又累又睏，所以瑪莎把晚餐端上來之後，她很高興能在吃完之後就上床睡覺。她把頭放到枕頭上時，對自己喃喃自語道：

「我明天會在早餐前就出門，和狄肯一起整理花園，之後——我想——我會去看他的。」

深夜時分，她突然被一道恐怖的聲音驚醒，嚇得她馬上跳下床鋪。那是什麼——那是什麼啊？下一刻她馬上就確定那是什麼聲音了。走廊上響起了好幾扇門的開關聲還有匆促的腳步聲，有人在一邊哭泣一邊尖叫，那種哭泣和尖叫的方式非常嚇人。

「是柯林，」她說，「他在大發脾氣了，保母說那是歇斯底里，聽起來實在太糟糕了。」

她現在聽到那陣又哭又叫的聲音後，便再也不覺得奇怪為什麼眾人會那麼怕他、會為了制止他而滿足他所有需求了。她把手蓋在耳朵上，不舒服得直發抖。

「我不知道該怎麼辦，我不知道該怎麼辦，」她不停地唸著，「我沒辦法忍受這種事。」

她一開始想著，如果她敢過去見他的話，說不定他就會停下來，但接著她又想到了他趕她出去時的樣子，便覺得她的出現或許只會讓他氣得更厲害。不管她多大力地用手掩住耳朵，那道恐怖的聲音依舊揮之不去。她實在太討厭、太害怕那道聲音了，以至於突然感到怒氣沖天，她開始想，或許她也跟著大發脾氣就可以像柯林嚇到她一樣，嚇他一大跳。她不習慣自己之外的任何人發脾氣，她把手從耳朵上拿下來，激動地跳了起來，重重跺腳。

「他應該要停下來啊！應該要有人去把他停下來！應該要有人去揍他！」她大聲喊著。

這時，她聽到走廊傳來一陣腳步聲，接著保母打開了房門走進來。現在她的臉上一絲笑意也沒有了，看起來異常蒼白。

「他又讓自己變得歇斯底里了，」她心急如焚地說，「他會讓自己受傷的，我們沒人敢動他。妳是個好孩子，來試試看吧，他很喜歡妳。」

「他今天早上才把我趕出房間而已。」瑪莉激動地跺腳。

保母一看到她跺腳便顯得開心了一點。事實上，她本來很擔心會看到瑪莉哭著把頭埋在床單裡面。

「這就對了，」她說，「妳這種態度就對了，妳快去罵罵他，讓他接受一些新觀念。去啊，孩子，用妳最快的速度過去吧。」

一直到後來瑪莉才發現，這件事情其實既好笑又恐怖。好笑的是所有大人都太害怕了，竟然跑來跟一個小女孩求救，而找她求救的原因是他們認為她的脾氣和柯林一樣壞。

她沿著走廊飛奔而去，離柯林的房間越近，尖叫就越響，這讓她更加憤怒了。她抵達門前時心情極度惡劣，她一把拍開房門，衝到四柱床旁邊。

「停下來！」她簡直像在咆哮，「停下來！我討厭你！每個人都討厭你！我希望所有人都離開這棟房子，讓你自己一個人尖叫到死掉！你馬上就會尖叫到死掉了，我希望你尖叫到死掉！」

一個善良而富有同情心的小孩是不可能想到、或說出這種話的，但從來沒有人膽敢制止或反駁這位歇斯底里的男孩，因此這段話替他帶來的震驚正好能達到最好的效果。

瑪莉進來時，他正臉朝下地趴著用力拍打枕頭，都快要跳起來了，但他一聽到那道憤怒的聲音就馬上轉過頭來。他看起來十分嚇人，臉既蒼白又泛紅，還有點腫脹，而且他還一邊喘氣一邊乾咽。但野蠻的小瑪莉對此毫不在乎。

「你要是再尖叫一聲，」她說，「我就會跟著尖叫──而且我可以叫得比你還大聲，我會嚇死你，我會嚇死你！」

他被她嚇了一大跳，已經停下尖叫了。本來要喊出來的那聲尖叫差點讓他噎到，他淚流滿面，渾身顫抖。

「我停不下來！」他抽抽噎噎地說，「我停不了──我停不了！」

「你停得了啦！」瑪莉大吼，「你會那麼痛苦有一半的原因是歇斯底里和壞脾氣──只是因為歇斯底里──歇斯底里──歇斯底里啦！」她每說一次就跺一次腳。

「我感覺到腫塊──我感覺到了，」柯林哽咽地說，「我就知道，我的背會變彎，然後我就會死了。」他再次扭動身體，皺起臉哭了起來，但沒有再尖叫了。

「你才沒有感覺到腫塊呢！」瑪莉怒氣沖沖地反駁，「就算有也只是歇斯底里的腫塊，歇斯底里會讓你長出腫塊。你討人厭的背上什麼也沒有──只有歇斯底里啦！轉過去，我幫你看！」

她很喜歡「歇斯底里」這個字，覺得這個字眼對柯林有種莫名其妙的影響，說不定他其實跟她一樣，以前根本沒聽過這個字。

「保母，」她命令道，「馬上過來讓我看看他的背。」

保母、梅洛克太太和瑪莎一起畏縮在門口，目瞪口呆地看著她，三個人已經被嚇得喘了好幾口大氣了。保母戰戰兢兢地走過去，柯林還在用力地抽咽，身體不斷抖動。

「說不定他——他不想讓我動他。」她猶豫地低聲說道。

柯林聽到了，他在兩聲抽咽的中間空檔喘著氣說：

「給、給她看啊！她、她看就知道了！」

他光裸的背部看起來瘦得可憐，每一根肋骨和每一塊脊椎都歷歷可數，但瑪莉小姐沒有數，她只是彎下身，用嚴肅而野蠻的小臉靠近他，仔細檢視他的背。她的樣子很刻薄又很老派，讓保母忍不住轉過頭掩飾她抽搐的嘴角。房間陷入了長達一分鐘的寂靜，在瑪莉來回檢視背部的脊椎時，連柯林都盡力忍住呼吸，她看了又看，專注得好像她是倫敦來的那個名醫一樣。

「一個腫塊都沒有！」她最後說道，「連針尖大小的腫塊都沒有——只有脊椎骨凸起的腫塊而已，你會摸到脊椎骨是因為你太瘦了。我自己也有脊椎骨的腫塊，以前我的脊椎凸出來的程度跟你的一樣，直到我慢慢變胖，現在我已經胖得摸不到脊椎了。你連針尖大小的腫塊都沒有！你要是敢再說背上有腫塊，我就要取笑你！」

除了柯林之外，沒人知道這些憤怒而幼稚的話語對他有什麼影響。如果有人跟他談過他埋藏的恐懼——如果他敢讓自己問那些問題——如果他有同齡的玩伴，不讓他躺在這棟巨大而封閉的房子裡面，呼吸著恐懼的氣氛，感覺著多數人對他的忽略與厭倦的話，他應該就會發現，其實他的害怕與不適幾乎都是他自己創造出來的。現在有個毫無同情心、怒氣沖沖的小女孩頑固地堅持說他的病並沒有他說的那麼嚴重，這讓他覺得她說的有可能是真的。

「我不知道他以為自己的脊椎上有腫塊，」保母放膽說，「他的背很虛弱是因為他都不想坐起來，如果我知道他這麼以為的話，我就會告訴他背上沒有腫塊了。」

柯林深吸了一口氣，轉過臉看著她。

「妳、妳這麼認為嗎？」他可憐兮兮地說。

「是的，先生。」

「看吧！」瑪莉也跟著深吸了一口氣。

柯林再次皺起他的臉，但這次是為了深吸一口氣來停止他猛烈的啜泣。他靜靜地躺了一分鐘，淚水如斷了線般滑過臉頰，沾溼枕頭，不過現在的淚水是由於他感受到了一種奇異地放鬆。不久後，他再次轉過頭看向保母，稀奇的是他對她講話的態度一點也不像貴族。

「妳覺得——我可以——活到長大嗎？」他說。

保母其實既不聰明也不善良，但她至少知道怎麼重複倫敦醫生說過的話。

「如果你遵照醫生的交代，不要讓脾氣操控你，並且常常呼吸新鮮空氣的話，你就有可能可以活到長大。」

柯林的脾氣已經過去了，他因為哭泣而變得虛弱疲累，或許這也讓他變得比較溫和。他微微將手伸向瑪莉，令人開心的是瑪莉的脾氣也過去了，她也變得較為溫和，她將手伸向他，兩人的手碰在一起，便算是和好了。

「我會——我會跟妳一起出去的，瑪莉，」他說，「我不應該討厭新鮮空氣。如果我們能找到——」他及時想起來這是個祕密，沒有把「找到祕密花園」說出口，「如果狄肯能來幫我推輪椅的話，我就會跟妳一起出去。我很想見到狄肯、狐狸和烏鴉。」

保母重新把亂七八糟的床鋪鋪好，又把枕頭拍打整齊，接著替柯林煮了一杯牛肉茶，也煮了一杯給瑪莉，她很高興能在一番情緒起伏之後喝點牛肉茶。梅洛克太太和瑪莎都愉快地悄悄離開了，在一切回復平靜與整潔之後，保母似乎也很樂意先離開，她是個健康的年輕女子，被剝奪睡眠讓她不太高興，她看著瑪莉大大地打了個呵欠，而瑪莉剛把她的大凳子拖到四柱床邊，正握著柯林的手。

「妳現在必須回去好好睡覺，」她說，「他等一下就會開始打瞌睡了——他只要氣完了就會這樣，他睡著之後我也會回去隔壁房間睡覺。」

「你想要我唱我保母教我唱的歌嗎？」瑪莉悄聲詢問柯林。

他輕柔地拉了拉她的手，用昏昏欲睡的眼睛懇求地看向她。

「噢，當然要！」他回答，「那首歌好溫柔，我一定會在一分鐘之內睡著。」

「我會哄他睡著，」瑪莉對正在打呵欠的保母說，「妳想走的話就先走吧。」

「嗯，」保母不情不願地說，「如果他超過半小時還沒睡著的話，妳要過來叫我喔。」

「沒問題。」瑪莉回答。

保母馬上就離開了，她走了之後，柯林又拉了拉瑪莉的手。

「我差點就說溜嘴了，」他說，「但我及時停了下來。我不會講太多話，我馬上就要睡覺了，但是妳之前說有好多美好的事情要告訴我，妳有沒有——妳覺得妳有沒有找到進去祕密花園的辦法呀？」

瑪莉看著他疲倦而可憐的小臉和腫脹的眼睛，有點心軟。

「有、有吧，」她回答，「我想應該有。你現在先睡覺，我明天會告訴你的。」

他的手顫抖著。

「噢，瑪莉！」他說，「噢，瑪莉！我覺得如果我能進去祕密花園的話，我就可以活到長大了！妳覺得可不可以不唱保母的歌——改成小聲告訴我妳想像中的花園是什麼樣子，就像妳第一天做的那樣？這一定能讓我睡著。」

「好吧，」瑪莉回答，「你把眼睛閉起來。」

他閉上眼睛，靜靜地躺著，她則握住他的手，開始用輕柔的聲音慢慢說話。

「我覺得花園已經被遺棄太久了——所有的植物都糾纏在一起，看起來很漂亮。我覺得玫瑰會爬呀、爬呀、爬呀，直到枝條從樹枝和圍牆上垂下來，爬滿地面——像是奇怪的灰色薄霧。有些玫瑰已經死了——但有些還活著，等到夏天的時候，花園裡的玫瑰會開得像窗簾和噴泉一樣。我覺得地面應該滿是黃水仙、雪花蓮、百合和鳶尾花，在黑暗中努力生長，現在春天要到了——或許——或許——」

她輕緩的聲音讓他越來越平靜，她注意到了這點，便繼續說下去。

「或許它們會從草地中長出來——或許會有一簇簇紫色和金黃色的番紅花——或許現在已經開了。或許葉子正在慢慢抽芽長大——或許——花園中的灰色正在轉變，薄紗般的綠色正在蔓延——蔓延到各處——到每一個角落。小鳥會跑來花園裡——因為花園——安全而寂靜。或許——或許——或許——」她的聲音非常輕緩，「知更鳥已經找到伴侶了——正在築巢。」

柯林睡著了。

第十八章 「你必得把握時間兒。」

想當然耳，瑪莉沒有在第二天一大早爬起來。她太累了，睡得很晚，瑪莎端早餐來的時候告訴她，雖然柯林現在很安靜，但他生病了，在發燒，他一向都會在大哭一陣之後因為太過疲憊而生病。

瑪莉邊聽邊慢慢地吃早餐。

「他說希望能請妳在可以過去的時候盡快兒過去看他，」瑪莎說，「他這麼喜歡妳真是件怪事兒，妳昨天可是教訓兒了他一頓呢——對吧？從沒人兒敢這麼做。啊！可憐的小孩兒！他已經被寵壞了，簡直無藥可救，母親說對一個小孩兒來說，最糟糕的兩件事兒就是永遠兒得不到他想要的——還有永遠兒得到他想要的，她不知道哪個更糟一點兒。妳昨天的脾氣兒也不小呢，不過今天早上我進去他房間時兒，他跟我說：『請幫我問瑪莉小姐，能否請她來跟我說話？』妳想想看，他竟然說了『請』呢！小姐，妳兒會去嗎？」

「我要先去找狄肯，」瑪莉說，「不，我還是先去看柯林好了，我要告訴他——

我知道我要告訴他什麼了。」她腦中靈光一閃。

她帶著帽子出現在柯林的房間裡，有一瞬間他流露出了失望之色。他還躺在床上，臉色蒼白，看起來十分可憐，眼睛周圍一圈烏黑。

「我很高興妳能過來，」他說，「昨天太累了，所以現在我的頭很痛，全身都很痛。妳要去什麼地方嗎？」

瑪莉靠近他的床。

「我不會去太久，」她說，「我要去找狄肯，但是我會回來找你。柯林，是跟——是跟花園有關的事情。」

他眼睛一亮，臉色似乎紅潤了一些。

「噢！真的嗎？」他大聲道，「我整晚都在做花園的夢呢，我聽到妳說灰色變成綠色，於是就夢到我站在一個長滿發抖綠色小葉子的地方——到處都有鳥巢，裡面的鳥看起來又溫柔又沉靜。我會躺在這裡想著這些事，等妳回來。」

五分鐘後瑪莉就在花園裡找到了狄肯，狐狸和烏鴉都再次跟著他一起來了，今天他還多帶了兩隻溫馴的松鼠。

「我今兒早上是騎馬過來的，」他說，「啊！牠真是個好夥伴兒——牠叫做蹦跳！我把這兩個小傢伙放在口袋裡帶過來，這邊兒這隻叫做堅果兒，這邊兒這隻叫做殼果兒。」

他說「堅果兒」的時候，其中一隻松鼠跳上了他的右肩，他說「殼果兒」的時候，另一隻松鼠跳上了他的左肩。

兩人在草地上坐下時，船長蜷曲在他們的腳邊，煤灰在樹上認真地傾聽，堅果和殼果在旁邊四處探索，瑪莉覺得自己一定無法忍受離開這麼美好的地方。接著當她講述昨天發生的事情時，狄肯臉上的表情讓她又改變主意了。她看得出來，他比她還要替柯林感到遺憾。他抬頭看了看天空，又環顧一圈。

「妳聽兒，到處都是嘰嘰喳喳的鳥叫聲兒，好像滿世界都是鳥兒一樣。」他說道，「看牠們快速飛翔兒的姿態，傾聽牠們彼此呼喚兒的聲音兒。一到了春天兒就好像整個世界都在呼喚。妳可以看到葉片兒舒展開來——還有，天啊，還有那美妙兒的氣息！」他用他的翹鼻尖愉悅地嗅聞著，「但那可憐的年輕人兒只能安靜地躺在那兒，不去看外頭的世界兒，認為一切只讓他想尖叫。唉！老天爺兒！我們必得把他弄出來——我們必得讓他看看這世界、聽聽鳥叫聲兒、聞聞空氣，讓他沉浸在陽光兒中。我們必得把握時間兒去把他弄出來。」

他平常講話都會盡量咬字正確，讓瑪莉聽得懂他說的話，但是一旦講到入迷的時候，他就會有很重的約克郡口音。其實瑪莉很喜歡約克郡口音，常常在講話時模仿他，就像現在這樣。

「是哎，我們必得把握時間兒。」她說道（意思是「是的，我們一定要把握時間。」），「我知道第一步該怎麼做兒。」狄肯一邊聽她講話一邊微笑。女孩扭轉舌頭模仿約克郡口音的樣子讓他覺得非常有趣。「他非常喜歡兒你，他很想見你，也想見煤灰和船長。我回家後兒會問他明兒早上你可不可以去看他——你記得帶動物來兒——然後，等外頭長出更多葉子兒，等花苞兒出現之後，我們就叫他出來，讓他坐上他的椅子，帶他來這兒，讓他看見這一切。」

她在結束發言後為自己感到驕傲。她從來沒有用約克郡口音一口氣講那麼多話，而且她把約克郡口音記得很清楚。

「妳必得用這種約克郡口音去跟柯林少爺講一次話兒。」狄肯輕聲笑著，「他一定會大笑，大笑對生病的人兒很好。母親告訴我，她認為每天早上大笑半小時兒可以讓快染上傷寒的人兒痊癒。」

「我今天就去用約克郡口音跟他講話。」瑪莉笑著說。

又到了這個時間，花園裡好像出現了魔法師，他拿著魔杖，從土地和樹枝中變出各種可愛的事物，她實在很不想離開這裡。而且堅果正小心翼翼地踏上她的洋裝，殼果正從蘋果樹的樹幹上爬下來，好奇地盯著她看呢。但她還是回家了。她在柯林的床邊坐下時，柯林開始像狄肯一樣聞著空氣，但當然沒有狄肯那麼熟練。

「妳聞起來像花朵，還有——很新鮮的東西。」他開心地喊著，「妳身上的味道是什麼？聞起來很涼但又很溫暖，而且甜甜的。」

「這個味道是荒原的風兒。」瑪莉說，「是我今兒和狄肯、船長、煤灰、堅果兒和殼果兒一起坐在樹下草地兒的味道。春天兒、戶外兒和陽光兒的味道聞起來就是這麼美妙兒。」

她盡可能地用最強烈的口音講話，沒聽過約克郡口音的人不會知道這種口音聽起來有多強烈。柯林大笑了起來。

「妳在說什麼？」他說，「我以前都沒聽過妳這樣講話，聽起來太有趣了。」

「我在用約克郡口音跟你講點話兒呀，」瑪莉得意洋洋地回答，「我沒法兒講得和狄肯和瑪莎一樣好兒，但你看兒，我至少學了一點兒皮毛。難道你聽他們用約克郡口音說話的時候兒，完全聽不懂兒嗎？你自己就是約克郡土生土長的小孩兒呢！哎！哎！你難道不會因此感到羞愧臉紅兒嗎？」

接著她也開始大笑，兩人笑得一發不可收拾，笑聲在房間裡迴盪，梅洛克太太開了門，才剛踏進來就又退回走廊上，一臉不可思議地站在那裡聽他們大笑。

「哎，我的天兒啊！」她用濃重的約克郡口音說話，反正沒有人會聽到，而且她自己也很震驚，「有誰聽過這種事兒啊！這世界上有誰會想過這種事兒啊！」

他們有好多話可以講，柯林好像永遠也聽不厭狄肯、船長、煤灰、堅果、殼果和名叫蹦跳的馬的事。瑪莉今天和狄肯一起跑進樹林裡去看蹦跳，牠是一隻毛茸茸的荒原小馬，濃密的鬃毛垂在眼睛上，不斷用漂亮臉蛋上絲絨般的鼻子輕輕蹭人。牠吃的是荒原上的草，所以有點瘦，但牠短腿上的肌肉精實而強韌，像是鋼鐵做成的彈簧。牠在看到狄肯的時候抬起頭輕聲嘶鳴，小步快走到他身邊，將頭靠在狄肯的肩膀上，狄肯對著牠的耳朵講話，蹦跳也回以奇妙的小聲嘶鳴、喘息和噴氣。狄肯讓牠對瑪莉伸出小小的前蹄，用絲絨般的口鼻親吻她的臉。

「牠真的聽得懂狄肯說的每一句話嗎？」柯林問。

「牠好像真的聽得懂，」瑪莉回答，「狄肯說只要你跟對方是朋友，無論對方是什麼動物，牠都會懂你，但前提是你和對方是真的變成朋友了。」

柯林安靜地躺了一陣子，看起來好像只是在用他奇怪的灰色眼睛盯著牆壁，但瑪莉知道他是在思考。

「真希望我也有動物朋友，」最後他說，「但我沒有。我從來沒有交過任何朋友，我沒辦法忍受別人。」

「你不能忍受我嗎？」瑪莉問。

「不，我可以忍受妳，」他回答，「說來有點滑稽，但我覺得我甚至很喜歡妳。」

「班・韋德史達說我跟他很像，」瑪莉說，「他說他敢保證我和他的脾氣一樣糟糕，我覺得你也跟他一樣，我們三個非常相似——你、我和班・韋德史達。他說我們兩個都一樣不能見人，脾氣跟長相一樣糟糕。但我覺得在認識知更鳥和狄肯之後，我的脾氣已經沒有以前那麼糟了。」

「妳會覺得其他人很討厭嗎？」

「會啊，」瑪莉毫不掩飾地回答，「如果我在遇到知更鳥和狄肯之前見到你的話，我一定會恨死你。」

柯林伸出細瘦的小手碰了碰她。

「瑪莉，」他說，「我真希望我沒說過要把狄肯送走的那番話，妳說他像天使的時候我覺得妳很討厭，還嘲笑妳——但或許他真的是天使。」

「這個嘛，說他是天使其實也有點好笑，」她坦白地承認，「他的鼻尖很翹，嘴巴很大，衣服上也滿是補丁，講話時有很重的約克郡口音，但是……但是如果真的有天使跑去住在約克郡荒原的話，如果真的有約克郡天使的話……我相信那位天使一定也跟狄肯一樣，對所有綠色生物瞭若指掌、知道如何讓生物生長、也知道如何和野生動物講話，動物們也會知道他確實是牠們的朋友。」

「我應該不會介意讓狄肯來見我，」柯林說，「我想要見他。」

「你這麼說真是太讓我開心了，」瑪莉回答，「因為——因為——」

在這瞬間，她心中突然明白現在是時候告訴他了。柯林也知道他將要聽到新奇的事情。

「因為什麼？」他迫切地大喊。

瑪莉緊張得從凳子上站起來，走到他身旁握住他的雙手。

「我可以信任你嗎？我相信狄肯，是因為小鳥也相信他，我可以相信你嗎——真的可以嗎——真的可以嗎？」她懇求道。

他一臉嚴肅，幾乎是用氣音回答她。

「可以、可以！」

「嗯，狄肯明天早上會來見你，他會把他的動物也帶過來。」

「噢！噢！」柯林樂不可支地大喊。

「我還沒說完喔，」瑪莉的臉因激動而泛白，她繼續說道，「接下來的事情才是最棒的。有一扇能通往那座花園的門，而我找到那扇門了，就在長滿常春藤的圍牆上。」

如果柯林是個健康而強壯的男孩的話，他可能會高聲歡呼「萬歲！萬歲！萬歲！」但他是個虛弱又歇斯底里的孩子，所以只是把眼睛睜得很大、很大，大口喘息。

「噢！瑪莉！」他哽咽地大喊，「我能看看那座花園嗎？我能進去嗎？我能活到進去的那天嗎？」他緊緊抓住她的手，將她拉近。

「你當然會去看看那座花園呀！」瑪莉憤慨地回答，「你當然能活到進去花園的那天呀！別傻了！」

她的態度一點也不歇斯底里，既自然又孩子氣，他因此而恢復理智，自嘲了幾句。幾分鐘後，她又坐回她的凳子上，告訴他祕密花園真正的樣子，而非她的想像。柯林全神貫注地傾聽，忘記了自己的疼痛和疲倦。

「花園就跟妳想像的一樣，」他最後說，「聽起來就像妳真的看過一樣，妳知道的，我第一次聽妳說的時候就這麼告訴過妳了。」

瑪莉猶豫了兩分鐘後，便放膽說出實情。

「我看過花園——也進去過，」她說，「我在幾個星期之前就找到鑰匙然後進去了，但是我不敢告訴你——因為我害怕我不能相信你——真正地相信你。」

第十九章　「它來了！」

在柯林大發脾氣後的隔天早上，克雷文醫生理所當然地被要求去他的房間看他。他每次在這種事情發生之後就會被找過去，每次都在走進房間時看見一個蒼白的小男孩發著抖躺在床上，面色陰沉，依然處在歇斯底里的情緒中，似乎隨時可以因為一個字又開始新一輪的哭泣。事實上，克雷文醫生對這種看診既害怕又憎惡，剛好這天他有事不在密蘇威特莊園，直到下午才回來。

「他怎麼樣了？」他抵達後暴躁地詢問梅洛克太太，「他總有一天會因為這種脾氣讓其中一條血管裂開的，這個男孩已經被歇斯底里和他的任性弄得近乎瘋狂了。」

「這個嘛，先生，」梅洛克太太回答，「你等一下看到他時，一定會無法相信自己的眼睛，那位和他一樣臭臉又蒼白的孩子把他迷住了。沒人知道她是怎麼做到的，天知道啊，那女孩外貌那麼平庸，我們也很少聽到她講話，但她做到了我們都不敢做的事。昨天晚上，她就像隻小野貓一樣衝進房裡，一邊跺腳一邊命令他不准再尖叫，他被她嚇了一跳，就這樣停下來了，今天下午——啊，你過來看就知道了，先生，簡直令人難以置信。」

克雷文醫生走進病人的房間，眼前的景象讓他大吃一驚。梅洛克太太把門打開時，他聽到了談話聲與笑聲，柯林身穿睡袍窩在他的沙發上，他坐得很挺，正一邊看一本園藝書籍的圖片一邊和一旁平凡的小孩講話，但這時他也不再認為她是個平凡的孩子了，她的臉龐因喜悅而顯得容光煥發。

「那些藍色的長型植物──我們要種很多這種花，」柯林宣布，「那是翠雀草。」

「狄肯說這是長得又大又健康的飛燕草，」瑪莉小姐高聲說，「那裡已經有很多叢了。」

接著他們看到了克雷文醫生，便停下對話。瑪莉變得十分文靜，柯林看起來很不耐煩。

「我聽說你昨天晚上生病了，我替你感到遺憾，孩子。」克雷文醫生有點緊張地說。他是個很容易緊張的人。

「我現在已經好了──好很多了，」柯林像個貴族一樣回答他，「如果狀況不錯的話，我這兩天會坐輪椅出去，我想呼吸一些新鮮空氣。」

克雷文醫生坐在他身旁，替他診脈後便好奇地看著他。

「你一定要挑天氣很好的時候出去，」他說，「而且你一定要小心，千萬不要太累了。」

「新鮮空氣並不會讓我覺得累。」貴族少爺回答。

這位年輕的紳士曾堅持地大聲尖叫，說新鮮空氣會害他感冒並殺死他，所以現在醫生在聽到這番言論後會大感驚訝也是很正常的事。

「我還以為你不喜歡新鮮空氣呢。」他說。

「自己一個人的時候我當然不喜歡，」貴族少爺回答道，「但這次我的表妹會陪我一起去。」

「當然還有保母也一起，對不對？」克雷文醫生建議。

「不要，保母不准跟我一起去。」他高高在上的樣子讓瑪莉不由自主地想起了印度王子，他身上裝飾著滿滿的鑽石、綠寶石和珍珠，黑色的小手上有一顆碩大的紅寶石，他總是揮著那隻手命令他的僕人過去行額手禮並服從他的命令。

「我的表妹知道該怎麼照顧我，她陪著我的時候我的狀況總是比較好，昨天也是她讓我的狀況變好的，我認識的另一位強壯的男孩會幫我推輪椅。」

克雷文醫生心中警鈴大作，如果這個歇斯底里的煩人男孩有機會好轉的話，那他就沒有機會繼承密蘇威特了。不過，雖然他很軟弱，但並不是個沒有良心的壞人，他不會故意讓柯林置身於危險中。

「那位男孩一定要夠強壯、夠穩健，」他說，「而且我至少要知道一些他的事情，他是誰？叫什麼名字？」

「是狄肯。」瑪莉突然開口了，她認為每個知道荒原的人應該都知道狄肯。她是對的，克雷文先生嚴肅的表情瞬間放鬆了，嘴角勾起一絲放心的微笑。

「噢，狄肯呀，」他說，「如果是狄肯的話，那你一定會是安全的，狄肯那孩子跟荒原上的野馬一樣強壯。」

「而且他很可靠，」瑪莉說，「他是約克郡裡兒最可靠的小孩兒了。」她剛剛一直都在跟柯林用約克郡口音講話，一時之間竟忘了改回來。

「這是狄肯教妳的嗎？」克雷文醫生笑了笑。

「我把這種口音當法語學，」瑪莉冷漠地說，「就像印度方言一樣，夠聰明的人就會去學它，我很喜歡這種口音，柯林也是。」

「好的、好的，」他說，「如果這種口音能讓你開心的話，應該不會對你有什麼壞處。柯林，你昨天晚上有吃鎮定劑嗎？」

「沒有，」柯林回答，「我一開始不想吃，後來瑪莉讓我安靜下來，跟我講話講到我睡著——她的聲音很輕——她告訴我春天在花園裡蔓延的故事。」

「聽起來很能撫慰人心，」克雷文醫生比剛才更加迷惑不解了，他斜眼看了眼坐在凳子上的瑪莉小姐，她正安靜地盯著地毯。「你的狀況顯然有改善了，你一定要記得——」

「我不想記得任何事，」柯林打斷他的話，貴族少爺的姿態再次出現了，「我一個人躺在床上的時候，記得這些東西只會讓我全身疼痛，我太討厭這些事了，一想到這些東西就讓我想尖叫。如果有別的醫生能讓人馬上忘記病痛的話，我會馬上把他請過來。」他揮了揮手，上面實在太適合戴上紅寶石的皇家紋章戒指了，「我的表妹能讓我忘記病痛，所以她會讓我好轉。」

克雷文醫生從來沒有在他「大發脾氣」後這麼快就離開過，通常他都會被迫留下很長一段時間，有很多事要做。但這個下午他沒有開藥、沒有留下新的醫囑，也沒有遇到什麼煩人的狀況。他一臉深思熟慮地步下樓梯，走到書房時，梅洛克太太覺得他講話的樣子看起來非常疑惑。

「嗯，先生，」她放膽說，「你能相信這件事嗎？」

「這是沒遇過的狀況，」醫生說，「但無法否認的是，現在的狀況比之前好得多了。」

「我相信蘇珊・索爾比是對的——我真的這麼相信，」梅洛克太太說，「我昨天去威特之前，去了她家農舍和她聊了一下，她告訴我：『嗯，莎拉・安，她或許兒不是個好孩子，她或許兒也不是個漂亮的孩子，但她的確是個小孩兒啊，小孩兒都需要小孩兒做伴的，』我和蘇珊‧索爾比以前是同學。」

「她是我所知道最好的病人看護了，」克雷文先生說，「我在農舍裡看到她時，我就知道我的病人有救了。」

梅洛克太太微微一笑，她很喜歡蘇珊‧索爾比。

「蘇珊她自有一套處理事情的方式，」她喋喋不休地繼續說，「我整個早上都在想她昨天說的事情，她說：『我有一次在小孩兒們打架之後替他們上了一堂課兒，我告訴他們：以前我在上學兒的時候，地理老師告訴我們世界兒就像顆橘子兒。我在十歲之前就發現，橘子兒是不屬於任何人的，每個人都有應該拿到的份量兒，沒人可以多拿，有時候你會覺得自己的那份兒好像不夠，但是你們每一個人——每一個人——都不准以為自己擁有整顆橘子兒。否則你就會發現你錯了，而且還要先經歷一場嚴重的挫折，才會發現自己錯了。小孩兒能從其他小孩兒身上學到東西，』她說，『他們會學到抓住整顆橘子兒是沒有用的——我說的是連皮帶果兒的整顆兒。如果你抓住整顆橘子兒，你很有可能連苦到不能吃的橘子籽兒都拿不到。』」

「她是個聰明人。」克雷文先生穿上外套。

「嗯，她自有一套說明事理的方法，」梅洛克太太開心地做出結論，「有時我會對她說：『啊！蘇珊，如果妳是另一個人，約克郡口音沒那麼重的話，我一定會說妳是個精明的人。』」

這晚，柯林睡著後一次也沒有驚醒，他再次張開眼睛的時候已經是第二天早上了，他靜靜地躺著，不知不覺地露出微笑——他之所以會微笑是因為他感到出奇地舒適。起床的感覺其實很好，他翻過身，舒適地伸展四肢，他覺得讓他長久緊繃的那條線放過他了，若克雷文醫生在的話就會告訴他，那是因為他的神經放鬆並得到休息了。他不再像以前一樣躺在床上盯著牆壁，暗自希望自己沒醒，反而滿心想著他和瑪莉昨天所說的計畫、想著花園的景象、想著狄肯和他的野生動物。能讓事物佔據思緒是件好事，他醒來不到十分鐘就聽見走廊上傳來一陣奔跑的腳步聲，是瑪莉抵達門前了。下一秒她踏進了房間，衝到他的床邊，帶來了一陣充滿早晨芬芳的新鮮空氣。

「妳剛剛有去外面！妳剛剛有去外面！那是葉子的味道！」他大喊。

她剛剛是跑著過來的，頭髮被風吹得蓬亂，早晨的空氣讓她光彩奪目，臉頰紅潤，不過柯林沒有注意到這些。

「太漂亮了！」她因為跑步而有點喘不過氣來，「你從來沒有看過那麼美麗的東西！它來了！我以為還要再隔幾天呢，但它已經來了，已經到這裡了！它來了，春天來了！是狄肯告訴我的！」

「真的嗎？」雖然柯林其實對春天一無所知，但他還是因此心跳加快，從床上坐了起來。

「快打開窗戶吧！」他說完後便開心地笑了起來，半是因為愉悅而興奮的感受，半是為了他腦海中的想像，「或許我們可以聽到金色喇叭的演奏呢！」

瑪莉在他開懷大笑時走到窗旁，下一秒窗戶便大大敞開，新鮮的空氣、柔軟的香味和小鳥的歌聲一口氣湧進了房裡。

「這就是新鮮空氣，」她說，「現在你仰躺在床上，深深吸一口氣，狄肯躺在荒原上的時候就是這麼做的，他說他能在血管中感覺到新鮮空氣，這讓他變得強壯，也讓他覺得自己似乎可以活到永遠的永遠。你吸一口氣吧，吸一口氣。」

她只是單純地重複狄肯告訴她的話而已，但這段話吸引住了柯林。

「『永遠的永遠』嗎！新鮮空氣能讓他有這種感覺嗎？」他照著她說的做了，一次又一次地深深吸進新鮮空氣，直到他感覺到自己身上產生了新穎而令人愉悅的變化。

瑪莉回到他的床邊。

「各種植物都在從土壤中冒出頭來，」她口若懸河地說，「到處都是正在綻放的花朵，每株植物上都有葉芽，綠色的薄紗已經快要把灰色的植物全部蓋住了，小鳥在忙碌地築巢，有些小鳥因為擔心祕密花園裡沒有自己的位置，甚至還大打出手呢。玫瑰樹叢看起來淘氣極了，小路和木頭上開滿了報春花，我們重要的種子正在慢慢發芽，狄肯今天帶了狐狸、烏鴉、松鼠還有一隻剛出生的小羊。」

說到這裡時，她停下來喘了口氣。三天前，狄肯在荊豆灌木旁找到那隻小羊，牠躺在死去的母親身邊。他不是第一次找到失去母親的小羊了，所以他知道該怎麼做。他把小羊包在夾克裡帶回農舍，讓牠躺在火堆旁邊，餵牠喝溫熱的牛奶。小羊軟綿綿的，小臉看起來可愛又傻氣，相較於身體來說，四隻腳看起來很長。狄肯抱著牠穿越荒原而來，口袋裡裝著牠的奶瓶和松鼠，早上瑪莉坐在樹下，讓溫暖的小羊曲著腳窩在她的大腿上，心中充滿了難以言喻的喜悅。一隻小羊——一隻小羊呢！一隻活生生的小羊像嬰兒一樣躺在你的大腿上！

保母進來的時候，瑪莉正在興高采烈的描述自己的喜悅，而柯林正在床上一邊聆聽一邊深呼吸。保母看到敞開的窗戶時嚇了一小跳，過去有無數個溫暖的日子她都因為這位病人堅持開窗會讓他感冒，所以只能坐在房間裡悶到快窒息。

「柯林少爺，你確定你不覺得冷嗎？」她詢問。

「不會，」他回答，「我正在深深吸進新鮮空氣，這會讓人變強壯。我要起來到沙發上去吃早餐了，我的表妹要跟我一起吃早餐。」

保母噙著一抹微笑離開房間，去準備他吩咐的兩份早餐。她覺得傭人大房比病房還要有趣得多，現在大家都想要知道樓上的新消息，不斷開玩笑說那位不受歡迎的年輕隱士「找到他的主人了，這對他有好處。」傭人大房的人都厭倦他大發脾氣的狀況了。男管家是個有家室的人，他的意見比所有人都多，認為隱士先生需要被「好好教訓一頓」。

兩人份的早餐放在桌上，柯林也在沙發上坐好後，他用貴族少爺的態度對保母開口了。

「今天早上會有一位男孩、一隻狐狸、一隻烏鴉、兩隻松鼠和一隻新生小羊來看我，我希望他們一抵達這裡就馬上有人帶他們上來，」他說，「你們不准在傭人大房跟動物玩，害他們停留在那裡，我要他們過來這裡。」保母輕輕倒抽了一口氣，接著又試圖用咳嗽掩飾過去。

「好的，先生。」她回答。

「我告訴妳該怎麼做，」柯林揮著手說，「妳去告訴瑪莎把他們帶過來這裡，那位男孩是瑪莎的弟弟，名字叫狄肯，他很會馴服動物。」

「柯林少爺，我希望那些動物不會咬人。」保母說。

「我告訴過妳他會馴服動物，」柯林嚴厲地說，「被他馴服的動物不會咬人。」

「印度就有會馴蛇的弄蛇人，」瑪莉說，「他們可以把蛇的頭放進自己的嘴巴裡喔。」

「我的老天！」保母打了個冷顫。

他們在早晨空氣的圍繞下吃了早餐，柯林的早餐非常豐盛，瑪莉興致盎然地觀察他。

「你會開始變胖，就跟我一樣，」她說，「我在印度的時候從來不喜歡吃早餐，但現在我每天都想吃。」

「我今天早上也想吃早餐，」柯林說，「或許是因為新鮮空氣的關係吧。妳覺得狄肯什麼時候會到？」

他快要到了，十分鐘後瑪莉舉起手。

「你聽！」她說，「你有聽到烏鴉的叫聲嗎？」

柯林側耳聽了聽便聽到了，那陣粗啞的「嘎——嘎」叫聲真是房子裡面能聽到最奇怪的聲音了。

「聽到了。」他回答。

「那是煤灰，」瑪莉說，「你再聽聽看，你有沒有聽到小聲的咩咩叫？」

「噢，聽到了！」柯林臉色紅潤地高聲說道。

「那就是新生的小羊，」瑪莉說，「他來了。」

狄肯腳上的荒原靴又厚又笨重，雖然他試著放輕腳步，但還是在長長的走廊上踩出了沉重的腳步聲。瑪莉和柯林聽到他慢慢接近、慢慢接近，直到他穿過掛著繡毯的門，走到柯林房間外走廊的地毯上。

「先生，請容我向您介紹，」瑪莎打開門說道，「請容我向您介紹狄肯和他的動物們。」

狄肯面帶著他最愉悅的笑容走了進來，新生的小羊在他的懷抱裡，紅色的小狐狸亦步亦趨地跟著他，堅果坐在他的左肩，煤灰停在他的右肩，殼果的頭和爪子從外套的口袋裡探了出來。

柯林慢慢坐起身，目不轉睛地看著——就像瑪莉第一次進來時一樣，但這次他的目光中滿是驚奇與喜悅。事實上，就算他聽了那麼多事情，他終究不知道眼前的男孩是什麼樣子，他的狐狸、烏鴉、松鼠和小羊都靠他那麼近，他們那麼親密，這些動物好像是他身體的一部分一樣。柯林這一生中從來沒有跟男孩子說過話，他沉浸在自己的愉悅和好奇心中，甚至不記得要開口說話。

但狄肯一點也沒有害羞或不好意思的樣子，他絲毫不覺得尷尬，因為烏鴉也不會說話，他們第一次相遇的時候，烏鴉也只是沉默地盯著他看而已。動物在了解一個人之前，總是只會沉默地盯著人看。他走到柯林的沙發旁邊，輕柔地把新生的小羊放在他腿上，這隻小生物馬上轉向溫暖的絲絨睡袍，不斷用鼻子輕輕蹭著睡袍上的摺痕，不耐煩地用滿是捲毛的頭輕輕拱著他。想當然耳，沒有哪個男孩能在這種時候繼續沉默下去。

「牠在幹麼？」柯林大喊，「牠想要幹麼？」

「牠想要找牠的母親，」柯林勾起笑容，「我帶牠來兒的時候牠還有點兒餓，我知道你會想要看牠吃東西。」

他在沙發旁跪下來，從口袋中拿出奶瓶。

「過來，小東西兒，」他用棕色的手輕柔地轉過白色的毛茸茸頭顱，「你想要的是這個，奶瓶能給你的比絲絨的衣裳兒多多啦，就是這樣。」他把瓶口的橡膠奶嘴塞進小羊不斷亂蹭的嘴巴裡，小羊馬上開心地狼吞虎嚥起來。

之後他們便沒有再刻意思考要說什麼好，小羊睡著了之後，各種問題蜂擁而出，狄肯一一回答。他告訴他們，他在三天前的日出時分是如何找到小羊的，他那時正站在荒原上聽一隻雲雀唱歌，看著牠翱翔在又高又遠的天空上，直到牠變成廣闊深藍中的小黑點。

「我幾乎快看不到牠了，只能聽到牠的歌聲，但是我想知道在牠快要飛離這個世界兒的時候，我還能不能聽到牠唱歌兒——就在這個時候，我聽到遠處的荊豆灌木中傳出了一陣不一樣的聲音兒。是虛弱的咩咩叫聲兒，我一聽就知道那是很餓的新生小羊兒的叫聲，如果牠沒有失去母親的話，牠是不會挨餓的，所以我便跑去找牠了。啊！我找了好一陣子呢，我在荊豆灌木兒中跑進跑出，繞了一圈兒又一圈兒，每次都在錯的地方轉彎兒，但最後我終於在荒原頂端的石頭旁兒看到了一點兒白色，我爬上去之後就發現了這個小傢伙兒，牠差點兒因為又冷又餓死去了呢。」

在他說話的時候，煤灰認真地穿過窗戶飛進飛出，不時像在評論景色一樣鳴叫幾聲。堅果和殼果在外面的大樹上探險，沿著樹幹上下跑動，探勘各種枝椏。船長蜷曲在狄肯身邊，而狄肯則習慣了似的坐在壁爐前的地毯上。

他們一起瀏覽園藝書籍中的圖畫，狄肯知道每一種花的俗名，還知道有哪幾種已經在祕密花園裡開花了。

「我不會唸這上面寫的名字兒，」他指著一張圖片下面的「耬斗菜」字樣，「我們都稱這種植物為毛茛，旁邊兒那個是金魚草，這兩種植物兒都會長在樹籬邊兒，這張圖片上的是花園裡人為種植的，比較大兒、比較好看。祕密花園裡長了很大叢兒的毛茛，開花兒的時候看起來像藍白相間的蝴蝶兒在翩翩飛舞。」

「我要去看那些花，」柯林高聲道，「我要去看那些花！」

「是哎，你必得去，」瑪莉嚴肅地說，「你必得把握時間兒。」

第二十章　「我會活到永遠的永遠的永遠！」

但他們被迫等了一個星期以上，因為接連好幾天的風都太大了，後來柯林又得了感冒，兩件事情接踵而來，這無疑讓柯林怒火中燒。幸好他還有別的事可以做，他們要小心翼翼地密謀籌畫祕密花園之行，狄肯幾乎每天都會來，雖然只有幾分鐘，但他會告訴他荒原上、小路旁、樹叢裡和小溪邊發生了什麼事。他會告訴他水獺、獾還有河鼠的家是什麼樣子，當然也描述了小鳥的窩與田鼠的洞穴。從馴服動物的人口中聽到這些深入的細節、得知整個地下世界是如何熱情而緊張地工作，這些事情足以讓人激動得顫抖，

「牠們跟我們一樣兒，」狄肯說，「差別兒在於牠們每年兒都要建造一次牠們的家兒，這讓牠們忙兒得不得了，常常只能敷衍了事。」

不過最讓他們著迷的事情，還是讓柯林祕密前往花園的事前準備。在他們轉過那個灌木叢的轉角之後，他們就會抵達常春藤圍牆外的小路上了，到時候絕不能讓人看到輪椅、狄肯和瑪莉。隨著日子一天天過去，柯林越來越覺得花園的神祕氛圍

就是它最吸引人的地方，絕不能打破這種氣氛，不能讓人懷疑他們之間有個祕密。一定要讓其他人以為他之所以會跟瑪莉和狄肯一起出去，是因為他很喜歡他們，也不會對他們的視線反感。他們開心長談到時候要走的路線，先從這條路過去，再從那條路過來，然後穿越小徑，到噴水池旁的花圃繞一圈，假裝他們對園丁總管羅契先生規畫的「移栽秧苗」很有興趣。這些舉動看起來都很合理，不會有人懷疑其中有什麼不對。接著他們會轉進灌木叢的小路，直到走到長長的圍牆前都不會有人看到。他們計畫得如此嚴肅而周詳，簡直跟偉大的將軍在戰爭時計畫行軍策略一樣。

病人房間裡發生的新奇事件馬上就流傳開來了，最先走漏消息的是傭人大房，接著傳到了馬童那裡，最後連園丁都聽說了。儘管如此，羅契先生收到來自柯林少爺的指令時還是十分驚訝，雖然那位病人從來沒有跟他講過話，但還是要他進去那間從來沒有外人看過的房間報到。

「好啦、好啦，」他在急急忙忙換上外衣時自言自語道，「現在該怎麼辦呢？不願被人看到的尊貴王子殿下竟然要召見他看不上眼的人。」

羅契先生並不是沒有好奇心的人，他從來都沒有見過男孩一眼，但已經聽過成打的誇張故事了，故事中男孩的外表和行事方式都怪裡怪氣的，脾氣近乎瘋狂。他最常聽到的就是他可能隨時都會死去，再來就是對於駝背和虛弱四肢的各種奇異描述，都是那些從沒看過他的人流傳出來的。

「這棟房子裡的情勢變了，羅契先生。」梅洛克太太一邊說，一邊領著他走上階梯，步入走廊，一路往目前為止仍十分神祕的房間走去。

「我們只希望情況是往好的方向轉變啊，梅洛克太太。」他回答。

「情況沒辦法再變得更壞啦，」她接著說，「奇怪的是，這裡的人現在覺得負起自己應負的責任變得更容易了。羅契先生，如果你發現自己像是走進了一座動物園中的話，請不要感到太過驚訝，瑪莎・索爾比家的狄肯比你我更適應這個地方呢。」

正如瑪莉心中擅自相信的一樣，狄肯有一種魔力，羅契先生在聽到他的名字時便溫和地笑了。

「不管他人是在白金漢宮還是煤礦坑的最底層，他都能適應的。」他說，「我可沒有誇大其詞，那孩子就是這樣子。」

或許讓他事先有心理準備是對的，否則他可能會被嚇一大跳。臥室的門一打開，一隻大烏鴉便大聲的「嘎——嘎」叫著宣布有訪客來到，牠停在雕刻椅高高的椅背上，看起來十分自在。儘管梅洛克太太已經提醒過了，但羅契先生還是被嚇得差點失禮地往後跳一大步。

貴族少爺既不在床上也不在沙發上，他坐在扶手椅中，一隻年幼的小羊站在他身邊讓狄肯用奶瓶餵奶，小羊正用吃奶時特有的方式搖尾巴。一隻松鼠站在狄肯微彎的背上，聚精會神地啃堅果。印度來的小女孩則坐在一張大凳子上看著他們。

「柯林少爺，羅契先生來了。」梅洛克太太說。

貴族少爺轉過頭來看向他的傭人——至少在園丁總管眼中看起來是這幅景象。

「噢，你就是羅契，是嗎？」他說，「我叫你來是為了給你一些重要的任務。」

「沒問題的，先生。」羅契回答，心中暗自揣測他是否會下達命令要砍倒園林裡的所有橡樹，或者把果樹園改建成流水造景花園。

「我今天下午會坐輪椅出去外面，」柯林說，「如果我能適應新鮮空氣的話，可能會每天都出去。我出門的時候，不准有任何園丁靠近花園圍牆旁的長走道，不准有人出現在那裡。我會在兩點的時候出門，所有人都必須離開，直到我傳話過去說可以回來工作為止。」

「沒問題，先生。」羅契先生回答。橡樹可以留在原位，果樹園也很安全，這讓他鬆了一口氣。

「瑪莉，」柯林轉向她，「妳說印度的人講完話之後，要怎樣叫人離開？」

「你要說：『我允許你退下。』」瑪莉回答。

貴族少爺揮了揮手。

「我允許你退下，羅契。」他說，「但是你要記得，我剛剛說的事非常重要。」

「嘎——嘎！」烏鴉無禮地用粗啞的聲音評論。

「沒問題的，先生。謝謝你，先生。」羅契先生說完後，梅洛克太太便帶著他離開房間了。

他是個好脾氣的人，走在走廊上時，他勾著嘴角微笑，差點就要笑出聲來。

「我的天啊！」他說，「他講話的方式就像帝王一樣，不是嗎？讓人以為他將所有皇家派頭兼於一身了，連親王和其他貴族都包含在內啦。」

「啊！」梅洛克太太抗議道，「從他長了腳以來，我們就任由他踐踏每一個人，他認為這是理所當然的事啊。」

「如果他能活下來的話，或許他會慢慢改掉的。」羅契先生說。

「嗯，我能確定一件事，」梅洛克太太說，「如果他能活下來，印度的孩子又會繼續待在這裡的話，我敢保證她能教會他『並不是整顆橘子都屬於他』這個道理，就像蘇珊．索爾比說的一樣，他會慢慢知道他該擁有多少比例的。」

在房間中，柯林往後躺到靠墊上。

「現在一切都安全了，」他說，「今天下午我就可以看到花園了——今天下午我就可以進去了！」

狄肯帶著他的動物們回去花園裡，瑪莉則留在房間陪柯林，她覺得他看起來不是很累，但在午餐端上來前他都很安靜，吃飯的時候也不怎麼說話。她想知道他為什麼那麼安靜，便開口問他。

「你的眼睛為什麼會那麼大呢，柯林，」她說，「你在想事情的時候，眼睛就跟盤子一樣大，你現在在想什麼？」

「我一直不停地想著花園會是什麼樣子。」他回答。

「花園？」瑪莉問。

「就是春天的時候，」他說，「我在想，我從來沒有真正看過春天，我幾乎不出門，就算出門了我也從來沒有認真看過周遭，我連想都沒有想過。」

「我在印度也從來沒看過春天，印度沒有春天。」瑪莉說。

柯林的生命一直以來都很封閉，充滿了病痛，所以他比她要有想像力得多，至少他花了很多時間在瀏覽漂亮的書籍和圖畫。

「妳跑進來大喊『它來了！它來了！』的那天早上，我有種奇怪的感覺。聽妳那麼說，我覺得來的東西好像會突然拖著長長的隊伍出現，空氣中會有音樂聲在飄盪。我在一本書裡看過這種圖片——一群好看的大人和小孩戴著花環、拿著開滿花朵的樹枝，開心的笑著跳舞，大家擠在一起，還有人在吹笛子。所以我才會說：『或許我們可以聽到金色喇叭的演奏』，然後又叫妳打開窗戶。」

「好有趣啊！」瑪莉說，「你描述的就跟春天一樣，如果所有的花、葉子、綠色植物、小鳥和野生動物都一起跳舞的話，場面會有多熱鬧啊！我敢說他們一定會一邊跳舞一邊唱歌，還吹著笛子，讓空氣中充滿音樂聲。」

他們一起笑了起來，不是因為覺得這個想法很好笑，而是因為他們很喜歡這個景象。

過了一陣子後，保母幫柯林做好準備。她注意到柯林不再像以前一樣，木頭似的躺著等人家幫他換衣服，他這次坐起身，配合地移動手腳，不時和瑪莉一起聊天大笑。

「今天他的心情很好，先生，」她對特意來視察柯林的克雷文醫生說，「他的精神也很好，所以比較有力氣。」

「我下午會在他回來之後再來一趟，」克雷文醫生說，「我要知道他適不適合外出，」他壓低聲音道，「我希望妳能跟他一起去。」

「先生，我寧願現在就離職也不想站在這裡聽你建議這種事。」保母的態度突然變得強硬。

「我也還沒真的確定要妳這麼做，」醫生有點緊張地說，「我們可以實驗看看，我很信任狄肯這孩子，就算把新生兒交到他手上也沒問題。」

整棟房子裡最強壯的僕役把柯林抱下樓，放在他的輪椅上，而狄肯在外面等待他。等到男僕把毯子和靠墊都擺好之後，貴族少爺便對男僕和保母揮揮手。

「我允許你們退下。」他說完後，眾人便很快地離開了。他們回到不會被聽見聲音的房子裡後，都忍不住輕聲笑了起來。

狄肯緩慢而穩定地推著輪椅移動，瑪莉小姐走在輪椅旁邊，而柯林則背靠在墊子上，抬頭望向天空。天空看起來又高又遠，雪白的渺小雲朵像是展翅翱翔的白色小鳥，在晶瑩剔透的藍天下漂浮著。風就像是荒原輕柔的呼吸一樣，帶來了奇異的、帶著野性的清新甜味。柯林瘦弱的胸膛不斷起伏，大口吸氣，他的大眼睛四處張望的樣子像是在傾聽——代替他的耳朵傾聽。

「我聽到唱歌、嗡嗚與喊叫的聲音，」他說，「隨著風飄過來的香味是什麼？」

「是荒原兒上荊豆花開的味道兒，」狄肯回答，「啊！蜜蜂今天兒一定開心。」

他們走的小徑上一個人也沒有，事實上，每個園丁和園丁的孩子都被遣走了。他們懷著奇異的喜悅，按照之前的詳細計畫在灌木叢附近來回走動，又到噴水池旁的花圃繞了一圈，最後轉進了常春藤圍牆旁的長走道。他們心中洋溢著興奮之情，因為某種無法解釋的理由，他們開始用氣音說話。

「就在這裡，」瑪莉悄聲說，「我之前就是在這裡來來回回地走動，不斷在心中猜測的。」

「就是這裡嗎？」柯林叫道，他帶著渴望的好奇巡視著常春藤，「但我什麼都沒看到，」他細聲說，「這裡沒有門。」

「我本來也是這麼想的。」瑪莉說。

他們屏息沉浸在美好的無聲中，繼續推著輪椅前行。

「這裡是班・韋德史達工作的地方。」瑪莉說。

「就是這裡嗎？」柯林說。

繼續走了幾碼的距離後，瑪莉再次悄聲說話了。

「知更鳥就是從這裡飛越圍牆的。」她說。

「就是這裡嗎？」柯林高聲說，「噢！真希望牠現在就能出現！」

「那邊，」瑪莉認真而愉悅地指向一大叢紫丁香，「那邊就是之前有一小堆土的地方，牠停在那裡讓我看到鑰匙。」

柯林坐起身。

「哪裡？在哪裡？那裡嗎？」他高聲問道，眼睛睜得很大，就像《小紅帽》中大野狼的眼睛一樣，能讓小紅帽忍不住發出驚嘆。狄肯停下腳步，輪椅便停了下來。

「這裡，」瑪莉走到常春藤旁的花圃上，「這裡是我跟牠講話時站的地方，牠那時在牆頭上對我唱歌，這邊就是被風吹起來的常春藤。」她拉起了懸吊著的常春藤。

「噢！在這裡——在這裡！」柯林喘著氣說。

「這就是把手，這就是門啦，狄肯，把他推進去吧——速度快一點喔！」

狄肯大力、穩定且俐落地推動輪椅。

柯林往後倒在他的靠墊上，呼吸急促而開心，他用手蓋住眼睛，把一切景象隔絕在外。他們像變魔法一樣進到了花園裡，輪椅停了下來，門也關上了。直到這時候柯林才把手放下，環顧四周一圈、一圈又一圈，就像狄肯和瑪莉當初做的一樣。長著輕柔小葉片的美麗綠色薄紗覆蓋在牆上、地上、搖晃的枝條和藤蔓上，在樹下的綠色草地、涼亭裡的灰色石製花盆裡、這裡、那裡、到處都是斑斑點點的金黃色、紫色和白色，樹木上顯露出粉色和白色，周遭充滿了振翅聲、微弱而甜蜜的鳥鳴、蜂鳴聲還有各種芬芳香氣。溫暖的陽光灑落在柯林的臉龐上，就像一隻手在輕輕觸碰他。瑪莉和狄肯站在一旁，驚訝地盯著他。他看起來十分奇異，和以前完全不同，粉色的光芒籠罩在他身上——籠罩在象牙白的臉頰、脖子、手臂和全身。

「我會痊癒的！我會痊癒的！」他大喊，「瑪莉！狄肯！我會痊癒的！我會活到永遠的永遠的永遠！」

第二十一章　班・韋德史達

活在這世界上，最奇怪的一件事就是時不時會有人認為自己能活到永遠的永遠的永遠。一個人會這麼認為的時刻，可能是某個神聖而溫柔的清晨，他走到外面，獨自仰頭望著蒼白的天空緩緩轉變、發亮、出現不可思議的變化，直到東方讓他幾乎發出驚呼，連他的心臟都停止跳動，凝視著亙古不變的壯麗日出——這是成千上萬年來的每個早晨都會出現的景象，但就在那瞬間卻能讓他認為自己能永遠活下去。也有可能是在他孤獨地站在落日餘暉中的樹林裡的時候，看到神祕的橘金色餘暉從枝椏間斜斜映照在森林裡，彷彿一遍又一遍地訴說著什麼，但無論他嘗試再多遍也無法聽得懂。那個時刻也有可能是他站在廣袤而寂靜的暗藍色夜空下，被上千萬顆星星等待著、凝視著。也有可能是聆聽悠遠的音樂的時候，或是凝視著另一個人的雙眼的時候。

現在就是柯林的這種時刻，他在被四面圍牆圍起來的花園中，第一次看到、聽到、感覺到春天。那天下午，世界似乎把它最完美、燦爛、漂亮、親切的一面展現在男孩面前，或許春天是來自於最純淨美好的善意，它來到這裡，盡其所能地充滿每一個角落。狄肯停下他的動作好幾次，他安靜地站著，眼中的驚奇越來越旺盛，輕輕地搖頭。

「啊！太棒了，」他說，「我現在十二歲，快要十三歲了，這十三年來兒我經歷了無數個午後時光兒，但沒有一個像今天兒一樣棒。」

「是哎，真的是太棒了，」瑪莉愉悅地嘆了口氣，「我敢保證，這個下午一定是世界上最棒的下午了。」

「妳會不會覺得，」柯林如夢似幻般小心說道，「這兒發生的事兒都是特意為我而安排兒的呢？」

「我的天啊！」瑪莉欣羨地喊到，「你真是說得一口好約克郡話兒呢，你學得可真快兒呢——可真快兒。」

一切都令人樂不可支，他們把輪椅推到梅樹下，那株梅樹開滿了雪白的花，蜜蜂圍繞著花朵演奏，看起來就像精靈王的屋棚。梅樹旁還有開滿花的櫻桃樹和蘋果樹，蘋果樹上布滿了粉色和白色的花苞，還有不少盛開的花朵。綻放著滿滿花朵的枝椏棚子之間，湛藍的天空像美麗的眼睛一樣俯視他們。

瑪莉和狄肯四處工作，柯林在一旁看著他們。他們不時拿一些東西給他看——

綻放的花和緊閉的花苞、正在展葉的樹枝、掉到草地上的啄木鳥羽毛，還有早早孵化的鳥留下的蛋殼。狄肯推著輪椅一圈又一圈慢慢繞著花園，每隔一陣子就停一下，讓他能看看從土壤裡冒出頭和從樹梢垂落的奇妙事物。柯林就像被帶進一座魔法國王和魔法皇后統治的國家裡，看到了其中所有神奇的事物。

「我們會不會看到知更鳥呢？」柯林說。

「你之後會常常看到牠的，」狄肯回答，「等雛鳥兒從蛋裡孵出來兒之後，牠就會忙得暈頭轉向，你會看到牠嘴裡啣著跟牠自己一樣大的蟲兒飛進飛出兒，牠帶著蟲兒回鳥巢兒時，雛鳥兒們會嘰嘰喳喳大叫，每張嘴巴都張得那麼大，又叫得那麼大聲兒，讓牠慌張得不知道該先餵哪張大嘴巴兒才好。母親說，只要她看到知更鳥兒為了填飽那些嗷嗷待哺的嘴巴而辛勤工作兒，她就覺得自己其實算是個無所事事兒的貴婦人兒。她說，她看到了知更鳥兒的汗水落在那些雛鳥兒身上，不過一般人兒都沒看見。」

他們聽了之後都笑了出來，又立刻記起自己不能被聽到，不得不用手摀住嘴巴。他們在好幾天前就告訴過柯林，在這裡要輕聲細語，柯林很喜歡這種神祕感，也盡其所能地壓低了聲音，但是興奮而愉悅的情緒讓他們很難把笑聲壓得和悄悄話一樣小聲。

下午的每一刻都充滿了新奇的事物，陽光隨著時間流逝越加金黃，輪椅又回到了棚子下，狄肯坐在草皮上，拿出他的笛子，這時，柯林注意到了一件他之前忽略的事。

「那邊那棵樹已經很老了，對嗎？」他說。

狄肯看向草皮的另一邊，瑪莉也跟著看過去，三人陷入了短暫的寂靜。

「對。」狄肯用輕柔的聲音打破寂靜回答道。

瑪莉看著那棵樹陷入沉思。

「那棵樹的樹枝很灰，上面一片葉子也沒有，」柯林繼續說，「它已經死了，對不對？」

「是哎，」狄肯承認道，「不過玫瑰兒已經長到那棵樹上了，等到玫瑰長出葉子和開花兒之後，就會把所有死去的木頭兒都覆蓋住，看起來就不像是一株死掉的樹兒了，它會是最漂亮的一棵樹兒。」

瑪莉還在看著樹沉思。

「看來好像有一隻很粗的樹枝斷掉了，」柯林說，「不知道為什麼會這樣。」

「樹枝已經斷掉很多年了。」狄肯回答，「啊！」他突然鬆了口氣似的把手搭在柯林身上說，「你看，是知更鳥！牠來了！牠剛剛在外面為牠的伴侶覓食。」

柯林差點就錯過了啣著食物的紅胸小鳥，他只瞥到了一眼。知更鳥從綠色植物上翱翔而過，飛進了角落後便不見蹤影。柯林再次倒回靠墊上，輕聲笑著。

「牠幫牠的伴侶帶下午茶回去了，或許已經五點了，我覺得我也想來點下午茶。」

他們安全地結束了老樹的話題。

「知更鳥會過來是因為魔法的關係，」瑪莉後來偷偷告訴狄肯，「我知道一定是魔法。」

她和狄肯兩人都很擔心柯林會繼續追問那株老樹的事，那根樹枝是十年前斷掉的，他們兩人之前就討論過這件事，狄肯邊說話邊困擾地用手搔搔頭。

「我們必得要表現得那棵樹兒跟其他樹兒沒什麼不同，」那時他說，「我們不能告訴他樹枝兒是怎麼斷的，那可憐的孩子，如果他問起了那棵樹兒的話，我們必得要——必得要表現得很開心。」

「是哎，我們必得這麼做。」瑪莉那時這麼回答。

但她盯著那棵樹看的時候，覺得自己表現得一點也不開心。在那幾分鐘的時間裡，她不斷反覆思索狄肯說的另一件事。那時狄肯繼續困惑地抓了抓他赭紅色的頭髮，但他藍色的眼睛裡漸漸流露出一種美好溫和的情感。

「克雷文太太是位可愛的年輕女士，」他遲疑地繼續說，「母親覺得或許她曾回來密蘇威特很多次，回來關心柯林少爺，就像所有離開了這個世界的母親一樣。就是這樣，她們總是會回來。或許她剛好就在花園裡面，或許是她要我們做這些工作，然後要我們把他帶來這裡的。」

瑪莉本來以為他說的是魔法這一類的東西。她對魔法深信不疑，在心中暗暗相信狄肯會使用魔法，當然，她說的是好的那種魔法。他會對周遭的人事物使用魔法，所以眾人才會這麼喜歡他，動物也是因此和他變成朋友的。她在猜想，當柯林問出危險問題的那一刻，會不會是狄肯的天賦把知更鳥帶過來的。她覺得這整個下午他都在使用魔法，讓柯林看起來像是個截然不同的人，他現在看起來一點也不像是會尖叫、打枕頭和咬枕頭的瘋狂小孩，就連他象牙般蒼白的膚色也變了，他一開始進入花園時，那種出現在他臉上、脖子上和手上的微弱光彩還沒消失，他看起來不再像是象牙或者蠟做成的了，而是個有血有肉的小孩。

他們連續看到知更鳥帶食物給伴侶兩、三次，讓柯林一直聯想到下午茶，他覺得他們也該要有下午茶。

「去隨便找一個男僕，叫他替我們準備一籃下午茶，放在杜鵑花走道上，」他說，「妳跟狄肯可以把籃子拿進來。」

這是個不錯的主意，執行起來也很簡單。他們把白色的布鋪在草皮上，拿出了熱茶、奶油土司和烤餅，愉悅地填飽了飢餓的肚子，好幾隻有任務在身的小鳥都停了下來，猜測這裡到底發生什麼事，接著便開始認真調查那些麵包屑。堅果和殼果帶著一塊蛋糕飛奔至樹上，煤灰則叼著整整半塊塗了奶油的烤餅跑到角落，啄了啄、看了看、翻來覆去又沙啞地評論了幾聲，接著便下定決心，開心地一口把烤餅吞掉。

下午到了最讓人開心的時刻，太陽斜斜投射出橘金色的光線，蜜蜂踏上回家的旅程，會經過的小鳥也變少了。狄肯和瑪莉坐在草皮上，早就把下午茶的籃子收拾好，隨時可以帶回去。柯林躺在靠墊上，把厚重的頭髮從前額往後順了順，臉色十分自然。

「我不希望下午就這樣結束，」他說，「但是我明天還會過來，後天也會，大後天也會。」

「你會呼吸很多新鮮空氣，對嗎？」瑪莉說。

「沒錯，其他的我都不在乎。」他回答，「我現在看過春天了，我以後還要看夏天，看著這裡所有的植物長大，我也會在這裡長大。」

「你會的，」狄肯說，「以後我們會讓你到處走動和挖土兒，和其他人兒一樣。」

柯林的臉漲得通紅。

「走動！」他說，「挖土！我可以做這些事嗎？」

狄肯看著他的目光十分謹慎，他和瑪莉都從來沒有問過他的腿怎麼了。

「你當然可以，」他認真的說，「你——你也有一雙腿兒啊，跟別人一樣兒的！」

瑪莉心驚膽顫地等著，直到柯林回答才放下心來。

「我的腿其實沒什麼大礙，」他說，「只是太瘦而且太虛弱了，會一直發抖，所以我連試著站起來都不敢，我會怕。」

瑪莉和狄肯都鬆了口氣。

「等你不再害怕兒之後，就可以站起來了，」狄肯開心地說，「你很快就不會再害怕兒了。」

「真的嗎？」柯林靜靜地躺著，似乎在想像著什麼。

他們陷入了短暫的寂靜之中。太陽正在緩緩落下，這是個萬物都沉靜的時刻，整個下午他們都又忙碌又興奮。柯林似乎正在舒適地休息，就連動物也停止了動作，聚在三人旁邊休息。煤灰棲息在低矮的樹枝上，縮起一隻腳，昏昏欲睡地耷拉著眼皮，瑪莉暗自覺得牠看起來似乎馬上就要開始打呼了。

在這樣的寂靜之中，柯林微微抬起頭，突然用一種大聲而警覺的氣音說話，把其他兩人都嚇了一跳。

「那個人是誰？」

狄肯和瑪莉連忙站了起來。

「哪個人？」兩人又輕又急地小聲喊道。

柯林指向高牆。

「你們看！」他激動地悄聲說，「看啊！」

瑪莉和狄肯轉身一看，只見牆上露出一截梯子，梯子上正是班・韋德史達怒氣沖沖的臉在瞪著他們！他對瑪莉揮舞著拳頭。

「如果我不是個單身漢，妳也不是個小女孩的話，」他大喊，「我一定會好好揍妳一頓兒！」

他又威脅似的往上踩了一階，就像真的要從那裡跳下來修理她一樣。但等到她走過去後，他顯然又改變了主意，只是站在梯子的頂端對她揮舞拳頭。

「我從沒認真想過妳的事兒！」他激昂地說，「我第一眼兒見到妳就覺得無法忍受了，看看妳那張面黃肌瘦的小臉兒，一天到晚兒問東問西兒，跑到不歡迎妳的地方亂看，真是搞不懂妳幹麼老是纏著我，如果不是因為知更鳥兒的話——那隻該死的鳥——」

「班・韋德史達。」瑪莉氣喘吁吁地喊道。她站在他的下方，一邊喘氣一邊往上喊，「班・韋德史達，是知更鳥告訴我怎麼進來的！」

班看起來更加怒氣沖天了，一副真的要越過圍牆跳下來的樣子。

「妳這個小混蛋兒！」他向下吼道，「把壞事兒都怪到知更鳥兒身上——雖然牠的確什麼事兒都幹得出來，但告訴妳怎麼進去花園兒！牠！啊！妳這小混蛋兒——」瑪莉知道他接下來要喊出什麼話，因為他實在是太好奇了，「——妳到底是怎麼進去的？」

「就是知更鳥告訴我怎麼進來的，」她堅定地反駁，「牠不知道自己這麼做了，但牠就是告訴我了。你現在在對我揮拳頭，我才不要告訴你怎麼進來。」

這瞬間，他突然下巴快掉下來似的停下揮舞的拳頭，將視線越過瑪莉的頭頂，盯著某個越過草地朝他而來的東西。

從他連珠炮般地講話開始，柯林就驚訝得坐起身來聆聽，入迷得像被下咒了一樣。但在班繼續講下去沒多久，他便恢復常態，迫切地揮手叫狄肯過去。

「把我推過去那裡！」他命令，「把我推到他面前，到很近的地方再停下來。」

正是這個景象讓班・韋德史達愣住並掉下了下巴。一張擺滿了豪華靠墊和長袍的輪椅，上面坐著的是一位貴族少爺，大眼睛旁有一圈黑色的睫毛，一隻蒼白的小手傲慢地直伸向他，在他威嚴的指令下，輪椅像王室馬車一樣朝他直駛而來，停在班・韋德史達的鼻子下。他嚇得嘴都合不攏也是情有可原的。

「你知不知道我是誰？」貴族少爺質問。

班・韋德史達簡直目瞪口呆！他蒼老的紅色眼睛直盯著眼前這些人，像見鬼了一樣。他凝視了好一陣子，吞了口口水，一個字都說不出口。

「你知不知道我是誰？」柯林更加跋扈地問了一次，「回答啊！」

班・韋德史達用粗糙的手揉了揉眼睛與前額，用顫抖的聲音回答了。

「你是誰兒？」他說，「是哎，我知道——因為你母親的眼睛兒就長在你的臉上瞪著我呢，天知道你怎麼進去的，但你就是那個可憐的殘障兒吧。」

柯林氣得忘了他的背有多虛弱，他滿臉通紅地直直坐起身。

「我才不是殘障！」他憤怒地叫道，「我不是！」

「他才不是！」瑪莉氣憤難平地對著牆大吼，「他身上連針尖大小的腫塊都沒有！我看過了，一個都沒有——沒有！」

班・韋德史達再次舉起手揉了揉前額，好像永遠也看不夠似的盯著他看。他的手在顫抖、嘴唇在顫抖、聲音也在顫抖，他是個無知而笨拙的老人，只記得他曾聽說過的事情。

「你、你不是駝子嗎？」他嗓音粗啞地問。

「不是！」柯林大喊。

「你、你的腿兒不是歪的嗎？」他顫抖著沙啞的聲音。

這對柯林來說太過分了，過去大發脾氣時的感覺以一種新的方式襲來，他從來沒有被人說過腿是歪的——就連旁人竊竊私語時也沒這麼說過——而班・韋德史達竟深信不疑地認為他的腿是歪的。這是體內流著貴族血液的柯林無法忍受的事，他的怒火和受辱的傲氣讓他將一切拋諸腦後，這一刻他全身充滿了從未體驗過的力量，一種幾乎違反了常理的力量。

「過來！」他對狄肯大吼，並掀起了蓋在腿上的毯子，掙脫出來，「過來！過來！馬上過來！」

狄肯馬上跑到他身邊，瑪莉倒吸了一口氣，接著屏住呼吸，覺得自己的臉色慢慢轉白。

「他做得到！他做得到！他做得到！他做得到！」她用最快的語速不斷喃喃自語。

柯林猛烈地動了一下，毯子被丟到地上，狄肯抓著柯林的手臂，他伸出細瘦的腿，將纖瘦的腳踏到草地上。柯林站得很直、很直——直得像箭一樣，看起來出奇的高——他抬起頭，眼睛裡閃爍著奇異的光亮。

「看著我！」他用力朝班・韋德史達揮了揮手，「你看著我啊——你！看著我！」

「他站得跟我一樣直兒！」狄肯大喊，「他站得跟約克郡兒裡所有的小孩兒一樣直兒！」

瑪莉覺得班・韋德史達的反應怪異極了，他哽咽了一聲，眼淚突然從他飽經風霜的面頰上滾落，他將蒼老的手緊握在一起。

「啊！」他突然大喊，「人們真會說謊！你和木條兒一樣瘦，和鬼魂一樣白，但是你身上一點兒腫塊也沒有，你會長成一個男子漢的，願主保佑你！」

狄肯強而有力地撐著柯林的手臂，男孩的身體穩如泰山，他站得比剛剛更直更挺，直視著班・韋德史達。

「我父親不在的時候，我就是你的主人，」他說，「你必須服從我。這是我的花園，你不准洩漏任何一個字！你現在就從梯子上下去，走到長走道上，瑪莉小姐會去帶你進來，我要跟你講話。我們不希望你知道這個祕密，但是你現在必須跟我們一起保守祕密了。動作快。」

班・韋德史達固執的臉上還留著剛剛那場奇怪哭泣的淚水，他似乎沒辦法移開視線，只能凝視著仰著頭、站得筆直的細瘦柯林。

「啊！孩子，」他細聲道，「啊！我的孩子！」接著他忽然回過神來，用園丁習慣的方式摸了摸帽子說，「是的，先生！是的，先生！」然後便遵照他的命令爬下梯子，消失在圍牆上面。

第二十二章　太陽下山時

等到班消失在牆頂之後，柯林轉向瑪莉。

「去跟他碰面，」他說。瑪莉像一陣風一樣跑過草皮，跑到常春藤下的門邊。

狄肯仔細地觀察他，他的臉頰上有紅色的斑點，看起來十分不可思議，一點也沒有要倒下的樣子。

「我可以站了。」他的頭依舊抬得很高，趾高氣揚。

「像我跟你說過的，只要你不害怕兒就能站了，」狄肯回答，「你剛剛一點兒也不害怕兒。」

「對，我剛剛不覺得害怕。」柯林說。

接著他突然記起了瑪莉曾說過的話。

「你會使用魔法嗎？」他直接問道。

狄肯彎起嘴角，露出大大的微笑。

「你自己就會魔法兒啊，」他說，「讓植物從土壤裡冒出來兒的也是魔法兒。」

他用腳上厚重的靴子輕觸草地上的一叢番紅花。

柯林低頭俯視那叢花。

「是哎，」他慢慢地說，「沒有比能讓植物冒出來兒更厲害的魔法兒了——沒有了。」

他拉直了背脊，站得比任何時候都還要挺。

「我要走到那棵樹那裡，」他指著幾碼之外的一棵樹，「我要在韋德史達進來的時候站著，我想休息的時候可以靠著樹休息，我想坐下的時候就坐下，但當然要在韋德史達來之後再坐。幫我從椅子上拿一條毯子。」

狄肯扶著他的手臂讓他走到樹下，但他其實走得很穩。他走到樹下之後，用不明顯的方式稍微靠著樹幹，依舊站得筆直，看起來很高。

班．韋德史達跨過門走進花園時，就看到柯林站在樹下，這時瑪莉悄聲說了幾句話。

「妳說什麼兒？」他不耐煩地問著，不願意把注意力從男孩站得筆直的身形和驕傲的臉上移開。

但她沒有回答他。她說的其實是：

「你做得到！你做得到！我跟你說過你做得到！你做得到！你做得到！你做

得到！」

她是在對著柯林說話，她希望她能讓魔法生效，使他能一直那樣站著。她不能接受他在班・韋德史達抵達前就放棄。他沒有放棄。她心中突然升起一種感覺，覺得儘管他很瘦，但他看起來非常美麗。他用他特有的有趣而傲慢的姿態直視班・韋德史達。

「看著我！」他命令，「看著我的樣子！我是個駝子嗎？我的腿是歪的嗎？」

班・韋德史達的情緒還沒完全平復，但沒有剛剛那麼激動了，他用慣用的語氣回答他。

「你不是兒，」他說，「完全不是。但你究竟在做什麼啊？居然躲在眾人兒的視線之外，讓他們說你是個殘廢、是個傻瓜兒。」

「傻瓜！」柯林生氣地說，「是誰想出來的？」

「一群笨蛋想出來的！」班說，「這世界上充滿了一天到晚胡說八道的蠢貨兒，他們只會胡亂說謊兒。你為什麼不叫他們閉嘴兒呢？」

「每個人都以為我要死了，」柯林不耐煩地說，「但我不會死！」

他說出這句話的態度十分堅決，讓班・韋德史達將他從頭看到腳，然後又從腳看到頭。

「你不會死！」他流露出純粹的喜悅，「你根本不可能會死！你看起來活力充沛兒呢，我剛剛看到你那麼急地站起來時就知道，你的身體兒很好，小少爺，你坐到你的毯子兒上吧，我會在這兒等你的指令的。」

他的態度混雜了隱晦的溫柔和敏感的理解。瑪莉在長走道接他時，就已經盡可能用最快的速度他跟交代過了，最重要的是要記住：柯林正在好轉，花園能讓他越來越好，任何人都不可以讓他想起他的腫塊或死亡。

貴族少爺紆尊降貴地坐到樹下的毯子上。

「韋德史達，你在花園裡負責什麼工作？」他詢問。

「做他們吩咐我該做的事兒，」班說，「我是靠人情兒留下來工作的——因為她很喜歡我。」

「她？」柯林說。

「你的母親。」回答。

「我的母親？」柯林淡淡地看著他，「這是她的花園，對嗎？」

「是哎，就是這兒！」班・韋德史達看著他說，「她非常喜歡這個花園兒。」

「現在這裡是我的花園了，我很喜歡這裡，我會每天過來。」柯林說，「但這裡是個祕密，我的命令就是不要任何人知道我們會來這裡。狄肯和我表妹做出很大的努力才讓這裡活過來，我以後偶爾會要你來幫忙——但你來的時候不能讓別人看到你。」

班・韋德史達蒼老乾癟的臉上扭曲出一抹笑容。

「我以前會在沒人看到的時候進來這裡。」他說。

「什麼！」柯林叫道，「什麼時候？」

「我最後一次來這兒的時候，」他抓了抓他的下巴，環顧四周，「是兩年前了。」

「但這十年『沒有人』進來過！」柯林大喊，「沒有門啊！」

「我就是那個『沒有人』，」班乾巴巴地說，「我不是從門進來的，我是翻牆進來的，但是這兩年我的風溼病兒太嚴重，所以沒有再進來。」

「你是進來修剪兒植物的！」狄肯喊道，「我本來一直想不透兒為什麼會有修剪兒的痕跡。」

「她真的很喜歡這兒——真的！」班・韋德史達緩緩地說，「她又年輕又美麗兒，她曾笑著對我說：『班，如果我生病或是離開了，你要替我照顧我的玫瑰喔。』後來她真的離開了之後，大家卻都被命令兒不准進來這兒，但我還是來了。」他哽咽了一聲，「我越過圍牆兒進來，每年都會修剪兒枝葉——直到風溼病兒讓我無法爬牆兒為止。是她先命令我的。」

「如果你沒有進來的話，這些植物是不可能這麼淘氣兒的，」狄肯說，「我之前一直不懂是怎麼回事兒呢。」

「我很高興你這麼做了，韋德史達，」柯林說，「你知道怎麼保守祕密吧。」

「是哎，我知道的，先生。」班回答，「對一個風溼痛的人兒來說，從門兒走進來真是簡單多了。」

瑪莉的泥鏟被她丟在樹下的草地上，柯林伸手拿起泥鏟，臉上流露出奇異的表情，開始挖土。他的手很虛弱，其他人都看著他——瑪莉專注地屏息以待——他將泥鏟的末端插進土裡，翻起一些土來。

「你做得到！你做得到！」瑪莉喃喃自語，「我告訴你，你做得到！」

狄肯的圓眼睛充滿了熱切的好奇，但一語不發，班・韋德史達則一臉興致盎然地看著他。

柯林不屈不撓地繼續著，翻出幾鏟土壤之後，他欣喜若狂地用目前為止最道地的約克郡口音對狄肯開口。

「你說你會讓我以後像其他小孩兒一樣走路——你說你會讓我挖土兒，我以為你只是在哄我。才過了一天兒而已，我就能走了——還在這兒挖土兒。」

班・韋德史達再次目瞪口呆地聽著他的話，聽到最後卻笑了出來。

「啊！」他說，「這樣聽來你似乎很聰明兒啊，你的確是在約克郡兒土生土長的小孩兒，還會挖土兒。你要不要種點兒東西呢？我可以幫你弄來一盆玫瑰兒。」

「去拿一盆來！」柯林一邊興奮地挖土一邊說，「快去！快去！」

班・韋德史達速度飛快地走去拿玫瑰，似乎忘了自己的風溼痛。狄肯拿起他的鏟子挖了一個又大又寬的洞，這種洞是細瘦蒼白的手挖不出來的。瑪莉溜出去，帶回了一個澆花器。在狄肯加深那個洞的時候，柯林繼續挖起一鏟一鏟的柔軟土壤，他抬頭看了一眼天空，臉頰紅潤，因為手邊這項簡單而新奇運動而容光煥發。

「我想在太陽變得很低、很低之前種好玫瑰。」他說。

瑪莉覺得說不定太陽會因此而多停留幾分鐘才下山。班・韋德史達把玫瑰從溫室拿過來，用最快的速度蹣跚穿越草皮。他也開始覺得興奮了，他在洞旁屈膝跪下，把花盆打破。

「玫瑰兒，孩子。」他把植物交給柯林，「像國王抵達新的領地兒一樣，把花兒種到土裡吧。」

柯林細瘦蒼白的小手微微顫抖著，把玫瑰放進土壤，在班・韋德史達填土的時候扶著玫瑰，他的臉色越來越紅潤。洞被填滿了土，壓得密密實實。瑪莉四肢著地地傾身向前，煤灰從樹上飛下來，大步走過來觀察他們在做什麼，堅果和殼果在一旁的櫻桃樹上喋喋不休著。

「種好了！」柯林終於說，「太陽才剛碰到地平線而已。狄肯，幫我站起來，我想站著看太陽下山，那也是魔法的一部分。」

狄肯扶他站了起來，魔法——或者是其他東西——給了他力量，讓他在太陽墜入地平線、美妙而奇異的下午要結束時，靠著他的兩隻腳站了起來，笑容滿面。

第二十三章　魔法

他們回到房子裡的時候，克雷文醫生已經久候多時了，甚至已經開始在想著，會不會叫人去花園的路上找找才是明智之舉。柯林被帶回房間時，這可憐人仔細地替他檢查了一遍。

「你不應該在外面待這麼久，」他說，「你不能讓自己太過疲累。」

「我一點也不累，」柯林說，「我覺得好多了，我明天早上還要出去，跟今天下午一樣。」

「我不確定該不該讓你去，」克雷文先生說，「我擔心那不是個明智的決定。」

「阻止我絕不是個明智的決定，」柯林認真而冷靜地回答，「我會去的。」

連瑪莉都知道，柯林最嚴重的習慣就是在命令別人的時候總是一副無理小暴君的樣子，但他自己毫無自覺。他這輩子都像是住在一座荒島上，他是島上的國王，可以依他所想的行事，沒有人能與他匹敵。瑪莉跟他非常相像，但她在來到密蘇威特之後漸漸發現，這種態度並不正常，也不受歡迎。所以在克雷文醫生走了之後，她坐在一旁，好奇地盯著他好幾分鐘，想要讓他開口問她為什麼盯著他看，她也的確達到目的了。

「妳為什麼一直看著我？」他說。

「我覺得克雷文醫師很可憐。」

「我也這麼覺得，」柯林的語氣冷淡，但不無滿意之意，「既然我不會死，他就得不到密蘇威特了。」

「我覺得他很可憐的原因當然也包含你說的這件事，」瑪莉說，「但是我剛剛在想的是，要禮貌對待一個總是很無禮的十歲男孩一定是件很可怕的事，我一定不可能做得到。」

「我很無禮嗎？」柯林坦然問道。

「如果你是他的兒子，而他又是會打人的那種父母的話，」瑪莉說，「他一定會打你。」

「但他不敢打我。」柯林說。

「沒錯，他不敢打你，」瑪莉小姐一邊回答一邊不帶偏見地想著，「沒人敢做你不喜歡的事——因為你快死了之類的原因，你是個可憐的孩子。」

「但是，」柯林堅定地說，「我以後不會是可憐的孩子了，我要讓他們知道我是個正常人，我下午用自己的雙腳站起來了。」

「你會這麼奇怪就是因為什麼事都順著你的心意。」瑪莉繼續說出自己的想法。

柯林皺個眉轉頭。

「我很奇怪嗎？」他詢問。

「對啊，」瑪莉回答，「非常奇怪，但是這沒什麼好生氣的，」她公正地繼續說，「因為我也很奇怪——班・韋德史達也很奇怪。但當我開始喜歡別人，然後找到花園之後，我就沒有之前那麼怪了。」

「我不想當個奇怪的人，」柯林說，「我以後不要當奇怪的人。」他堅定地再次皺起眉。

他是個驕傲的男孩，他躺著思考了一陣子，之後瑪莉看到他露出了一個美麗的笑容，整張臉看起來都不一樣了。

「我會停止奇怪的態度，」他說，「只要我每天去花園我就能做到。這是那裡的魔法——是好的魔法，妳知道對嗎，瑪莉。我很確定那裡有魔法。」

「我也這麼覺得。」瑪莉說。

「就算那裡沒有真的魔法，」柯林說，「我們也可以假裝那裡有。那裡有某種東西——真的有某種東西！」

「那就是魔法，」瑪莉說，「但不是黑魔法，而是像雪一樣潔白的魔法。」

他們都稱那種力量為魔法。在接下來的幾個月中，花園中似乎的確有魔法——那幾個月美好而燦爛，令人驚豔。噢！如果你從來沒有擁有過花園的話，你絕對無法理解那座花園裡發生的事情。如果你曾擁有過一座花園，你就該知道，那幾個月發生的事情就算用整本書也無法描寫詳盡。一開始，綠意永不退讓般一路蔓延到土壤、草皮、花圃上，甚至是圍牆的裂縫裡，接著那些綠色的枝葉中開始出現花苞，花苞逐漸展開，紛紛顯現出色彩，有各種深淺的藍、各種深淺的紫，還有不同色調的赭紅。在這段令人愉悅的日子裡，花朵被種在花園的每寸土壤、每個洞穴和每條裂縫中。班・韋德史達目睹這些事情一一發生，他刮下圍牆磚頭間的水泥，做成一袋袋營養土，用來培育攀藤植物。草地上長滿一束束鳶尾花和白百合，綠色的涼亭被翠雀草、毛茛和風鈴花組成的奇異大軍入侵，開滿了藍白相間的花朵。

「她很喜歡這些花——真的很喜歡，」班・韋德史達說，「她曾說過，她喜歡這些花朵向藍天抽長的樣子。她不是那種看不起土地的人——她不是，她很喜愛土地，但她說藍天看起來令人歡欣鼓舞。」

狄肯和瑪莉種下去的種子長了起來，就像有精靈在暗中照顧一樣。各種色調的罌粟花如錦緞般隨著微風舞動，愉悅地和花園中生長多年的花朵爭妍鬥豔，這些花園的老房客似乎十分好奇這些新人是怎麼進來的。還有玫瑰——玫瑰啊！那些玫瑰在草地上抽枝、在日晷上互相糾纏、圍繞住樹幹、從枝椏上垂落，用瀑布般的花朵蔓延到整座花園中——這些玫瑰一天天、一刻刻地活了過來。新生的葉片和花苞——尤其是花苞——一開始都很幼小，但接著便像被施了魔法般越長越大，直到展葉開花，花朵像盛滿香氣的杯子，芬芳的氣息從杯緣散溢出去，飄散在整座花園的空氣中。

柯林也目睹了所有變化。只要沒有下雨，每天早上他都會被帶去花園，整天都待在那裡。陰天他也很開心，他說他會躺在草地上「觀察植物生長」，他說，只要你看得夠久，你就可以看到花苞綻放的過程，還會看到忙碌的奇怪小蟲在忙著做一些看似不知所以但絕對是正經事的工作，牠們有時會扛著樹枝、羽毛或食物的碎屑，有時會爬到草葉尖端，好像草葉是能夠探索這個王國的高聳樹木。一隻地鼠把泥土從洞口扔出來，用像精靈一般帶著長指甲的爪子挖掘他的路徑。狄肯告訴他各種生物的形跡，有螞蟻、甲蟲、蜜蜂、青蛙、小鳥、植物、狐狸、水獺、雪貂、松鼠、鱒魚、河鼠和獾，他發現有一個全新的世界正等待他去探索，能讓他談論和思考的東西變得無窮無盡。

上面說的這些還不到魔法的一半。柯林在真正靠自己的腳站起來之後就一直在思考，瑪莉告訴他當時她唸的咒語之後，他非常激動，也十分相信咒語的效用，一天到晚提到這件事。

「這世界上當然有很多魔法啊，」某天柯林一臉睿智地說，「只是其他人都不知道魔法是什麼樣子，也不知道怎麼使用魔法。說不定最簡單的魔法就是不斷重複說出好事會發生，直到你讓好事發生為止，我要來試著實驗看看。」

第二天早上，他們一到祕密花園後，他就把班・韋德史達叫來。班用最快的速度趕來，他一進花園就看到貴族少爺站在樹下，氣度恢弘，面帶美麗的微笑。

「早安啊，班・韋德史達。」他說，「我希望你、狄肯和瑪莉小姐面對我站成一排，我要告訴你們一件很重要的事。」

「是哎，是哎，先生！」班・韋德史達摸著前額回答（班・韋德史達其中一項不為人知的魅力，就是他曾在年少時跑到海上去航行好一段時間，所以他會像水手一樣回答）。

「我要嘗試一項科學實驗，」貴族少爺解釋道，「等我長大之後，我要提出重大的科學發現，所以我現在就要開始這項實驗。」

「是哎，是哎，先生！」班・韋德史達立刻回答，不過這其實是他第一次聽到重大科學發現這些字眼。

瑪莉也是第一次聽到這個詞，但她在這時開始慢慢發現，雖然柯林是個奇怪的小孩，但他讀過大量的文章，因此講起話來莫名地讓人覺得有說服力。雖然他才十歲多快要十一歲，但當他揚起頭盯著你看時，你會覺得自己好像能相信他說的話。這個早晨他比往常更加有說服力，因為他突然覺得自己的這番演說就像大人一樣，讓他自己覺得格外著迷。

「我將提出的這項偉大科學發現，」他繼續道，「跟魔法有關。魔法是個很棒的東西，但除了古老書籍中的少數幾個人之外，幾乎沒人了解魔法——瑪莉是在印度出生的，那裡有印度魔法師，所以瑪莉也知道一點魔法。我相信狄肯也會一些魔法，但或許他對此沒有自覺。他能馴服動物和人，如果他沒辦法馴服動物的話，我是不會讓他來見我的——能馴服動物也就等於能馴服男孩，因為男孩也是一種動物。我很確定萬物中都有魔法存在，只是我們不夠敏銳，所以沒辦法掌握魔法，也沒辦法利用魔法——就像利用電力、馬匹和蒸氣一樣。」

他說話時十分有魄力，讓班・韋德史達激動得沒辦法保持冷靜。

「是哎，是哎，先生。」他把身體站得筆直。

「瑪莉找到這裡的時候，這座花園看起來似乎已經死了，」演說者繼續道，「但後來，有某種力量開始把萬物推出土壤，讓一切從無中生有，前一天那裡空無一物，第二天那些生命就出現了。我從來沒有看過這種現象，這讓我非常好奇。科學家都是很好奇的，我將會成為一名科學家。我不斷問自己：『那是什麼？那是什麼？』那是某種力量，不可能是無緣無故發生的！我不知道那是什麼力量，所以我稱之為魔法。我以前從來沒有看過日出，但瑪莉和狄肯看過，依照他們的敘述聽來，我很確定那也是魔法，有某種力量把太陽推上天空再拉下去。自從我進來這座花園後，我有時會抬頭，透過樹的枝椏看向天空，這種時候我總是很快樂，覺得有某種力量正在我的胸腔裡又推又拉，讓我的呼吸加快。魔法總是在推拉，藉此憑空變出東西來，萬物都來自於魔法，葉子和樹木、花朵和小鳥、貛和狐狸，還有松鼠和人，所以魔法一定環繞在我們的周圍、環繞在這座花園裡、環繞在每個角落。這座花園裡的魔法讓我站起來，讓我知道我會繼續活下去，長成大人。我要開始做科學實驗，試著把一些魔法放進我的身體裡，讓魔法推我、拉我，讓我變得強壯。我不知道要怎麼做，但是我認為，只要你不斷地想著魔法並呼喚魔法，或許魔法就會來了。這可能就是施行魔法最基本的第一步，我第一次試著要站起來時，瑪莉一直用最快的速度自言自語說：『你做得到！你做得到！』然後我就做到了。當然，我自己在那時也必須要做出努力，但她的魔法的確幫了我——狄肯的魔法也是。未來的每個早上、每個下午、每一天，只要我想起來，我就會對自己說：『魔法就在我身體裡！

魔法正在讓我好轉！我會和狄肯一樣強壯、和狄肯一樣強壯！』我自己也會努力使自己變強壯。這就是我的實驗，你會幫我嗎，班・韋德史達？」

「會哎，會哎，先生！」班・韋德史達說，「會哎，會哎！」

「如果你能每天像士兵重複受訓一樣重複想著這些話，我們就能靠接下來發生的事知道實驗是不是成功的。重複說同一句話和重複想一件事能讓你學習到東西，那些東西會永遠留在你的頭腦裡，我想魔法應該也是一樣的。如果你不斷呼喚魔法來幫你的話，魔法就會成為你的一部分，和你共存並幫助你。」

「我以前在印度時聽軍官說跟我母親說過，印度魔法師會把同一句話重複上千次。」瑪莉說。

「我聽過吉姆・費特沃的老婆把一個字講過上千次——她總是喊吉姆死醉鬼，」班・韋德史達用乾癟的聲音說，「結果當然就是那樣啦，他狠狠揍她一頓之後就跑到藍獅酒吧，像個大爺一樣喝得爛醉。」

柯林皺起眉頭思考了幾分鐘，之後便又開心了起來。

「嗯，」他說，「從這個例子可以看出魔法是有用的，只是她用了錯誤的魔法，導致他揍了她一頓。如果她用對的魔法說一些好話的話，或許他就不會像個大爺一樣喝得爛醉，或許——或許他還會替她買一頂新的無邊軟帽。」

班・韋德史達笑了起來，蒼老的小眼睛中閃爍著敏銳的讚賞之情。

「柯林少爺，你是個聰明的小孩兒，腿兒也很筆直，」他說，「下次我遇到貝絲・費特沃的時候，我會提醒她魔法兒的作用的。如果科學實驗兒有效的話，她一定會非常開心兒的——吉姆也一定會很開心兒。」

狄肯一直站在旁邊傾聽眾人談話，他的圓眼睛中閃爍著好奇的光芒。堅果和殼果都停在他的肩膀上，一隻長耳朵的白兔被他抱在懷裡，他輕輕地摸著兔子，兔子則怡然自得地把耳朵耷拉在背上。

「你覺得實驗會成功嗎？」柯林問他，想知道他是怎麼想的。他常常猜想，不知道狄肯在愉快地笑著看他或是他的「動物」的時候，心中在想什麼。

他現在也是笑著的，笑得比平常還開心。

「是哎，」他回答，「我覺得會成功兒，就像陽光照在種子兒上，種子兒就會長大一樣兒，實驗一定會成功兒。我們要現在馬上開始兒嗎？」

柯林很開心，瑪莉也一樣。柯林回想著腦中對於印度魔法師與信徒的印象，提議他們全都盤腿坐在那株像棚子的樹下。

「就像坐在一間寺廟裡一樣，」柯林說，「我覺得有點累了，我想要坐著。」

「啊！」狄肯說，「你千萬不能在一開始兒就說你累了，那會讓魔法兒失效的。」

柯林轉頭看向他——直直望著他單純的圓眼睛。

「那倒是沒錯，」他慢慢說，「我應該一心一意想著魔法。」

他們圍成圓圈坐了下來，看起來嚴肅而神祕。班・韋德史達覺得自己好像莫名地被領進了一場禱告會。通常他會說自己是堅決「反對」禱告會的那種人，但現在這件事是貴族少爺的吩咐，因此他並不覺得反感，反而因為柯林叫他來幫忙而感到愉快。瑪莉覺得氣氛莊嚴，但又感到十分喜悅。狄肯懷中抱著兔子，或許他做出了沒人聽得見、吸引動物的訊號，所以在他像其他人一樣盤腿坐下時，狐狸、松鼠和小羊都慢慢靠近，加入這個圓圈，怡然自得地各自找地方安頓下來。

「『動物們』來了，」柯林嚴肅地說，「牠們想要幫助我們。」

柯林看起來真的十分美麗，瑪莉想。他像神父般抬高了頭，奇異的眼睛流露出美妙的光彩，陽光穿透樹的枝椏打在他身上。

「我們現在可以開始了。」柯林說，「瑪莉，我們是不是應該像伊斯蘭托缽僧一樣前後搖擺呢？」

「我沒辦法兒做到前後搖擺兒，」班・韋德史達說，「我有風溼痛兒啊。」

「魔法會把你的風溼痛帶走，」柯林用大祭司的口吻說，「我們等到風溼痛被帶走之後再開始前後搖擺，現在我們只要唱詩就好。」

「我不會唱詩兒，」班・韋德史達有點不耐煩地說，「我以前試過一次兒，但是被唱詩班兒給拒絕啦。」

沒有人嘲笑他，眾人都十分嚴肅。柯林沒有流露出半點不耐煩的樣子，他一心一意想著魔法。

「那就由我來唱詩。」他說完後，便像個奇異的小精靈般開始唱詩，「太陽閃耀，太陽閃耀，那就是魔法。花朵生長，根莖騷動，那就是魔法。活著是魔法，變強壯是魔法，魔法在我之中，魔法在我之中。在我之中，在我之中，在我們每一個人之中，在班・韋德史達的背上。魔法！魔法！快來幫助我們啊！」他重複了很多次——雖然不到上千次，但也不少了。瑪莉著迷地聆聽，她覺得柯林唱得既奇異又美妙，希望他能一直、一直唱下去。班・韋德史達開始感受到一種如夢似幻般的慰藉，令他十分愉快。蜜蜂的嗡鳴聲與吟誦聲交織在一起，令人昏昏欲睡。狄肯盤腿坐著，兔子已經在他的臂彎裡睡著了，他的另一隻手搭在小羊的背上。煤灰把一隻松鼠趕到一旁，降落在他的肩上，靠著他垂下了灰色的眼簾。最後柯林停了下來。

「現在我要開始繞著花園走。」他宣布。

班・韋德史達慢慢低下頭，接著又猛然抬頭。

「你睡著了。」柯林說。

「並沒有兒，」班含糊不清地說，「講道兒講得很好啊——但我必須在募捐兒之前先走了。」

他根本還不太清醒。

「你現在不是在教堂。」柯林說。

「我當然不是在教堂，」班整頓好自己的思緒後說，「誰說我在教堂？我把你唱的每一字兒都聽得清清楚楚，你說魔法在我的背兒上，但醫生說那是風溼痛兒。」

貴族少爺擺擺手。

「那是錯的魔法，」他說，「你會好轉的。我允許你回去做你的工作，但明天你還是要過來。」

「我想看著你繞花園兒走一圈。」班咬字模糊地抱怨道。

那聲抱怨並非不友善，但的確是聲抱怨。他是個固執的老頭，對魔法半信半疑，因此他決定若柯林要他離開的話，他就要爬上梯子，從牆頭看著他，以便能在他絆倒的時候，馬上蹣跚地趕回來。

貴族沒有拒絕他想要留下的要求，這一列隊伍的人選就此定案。他們看起來倒是真的很像一列隊伍，柯林走在最前面，狄肯則和瑪莉各居一側，班・韋德史達走在他們後面，其他「動物」則尾隨在後，小羊和狐狸緊緊地跟著狄肯，小白兔一蹦一跳地跟著，偶爾會停下來吃草，煤灰則嚴肅地跟在最後面，儼然覺得自己是這列隊伍的負責人。

這列隊伍行進的速度很慢，但十分莊嚴，他們每走幾碼便停下來休息一陣子，讓柯林靠著狄肯的手臂，而班・韋德史達會暗自以銳利的目光注意他們。柯林會時不時抽回手，以不依靠狄肯的方式獨自前進幾步，他高高昂著頭，儀態高貴。

「魔法在我之中！」他不斷說著，「魔法正在讓我變強壯！我感覺得到！我感覺得到！」

似乎真的有某種力量在支撐著他。他坐過了各個涼亭的椅子，有一、兩次則是坐在草地上，也靠著狄肯休息了好幾次，但他堅決不放棄，最後終於繞了整座花園一圈。他回到像棚子的樹下時，臉頰紅潤，面帶勝利者的神色。

「我做到了！魔法生效了！」他叫道，「這是我的第一個科學發現。」

「克雷文醫生會怎麼說呢？」瑪莉大喊。

「他什麼也不會說，」柯林回答，「因為不會有人告訴他這件事。這是最重大的祕密，沒有人會知道這件事，等到我變得夠強壯，能夠像其他小孩一樣走路跟奔跑的時候，我才會揭露這個祕密。我要每天都坐著輪椅過來，再坐著輪椅回去，在實驗真正成功之前，我不會讓任何人對這件事竊竊私語或者亂問問題，我也不會讓我父親知道。我將會在他回來密蘇威特時，走進他的書房，對他說：『我來了，我就像其他小孩一樣，我很健康，我會活到長大成人，這是科學實驗的結果。』」

「他會以為他是在作夢，」瑪莉叫道，「他絕不會相信他的眼睛。」

柯林因成功而滿臉通紅，他相信自己的身體將會好轉。他並不知道，這種想法已經讓他在康復的戰役中贏一半了。在種種想像中，最能激勵他的想法，是他的父親將看到自己的兒子站得筆直且身體強壯，跟世上其他父親的兒子一樣。他臥病在床的日子裡，父親總是因為他背部虛弱與不斷生病而害怕來看他，這是他覺得最痛恨、最悲慘的事。

「他會被迫相信這件事的，」他說，「我在魔法生效之後，還沒成為科學家之前要做的事情很多，其中之一就是成為運動員。」

「一、兩個星期兒之後，我們就可以送你去參加拳擊比賽兒了。」班・韋德史達說，「你兒會贏得拳擊腰帶兒，成為英國的冠軍拳擊手兒。」

柯林嚴厲地看向他。

「韋德史達，」他說，「你真是太無禮了，你現在必須保守祕密，而不是未經允許就自作主張。無論魔法多有效我都不會成為得獎的拳擊手，因為我要成為科學探索者。」

「請你原諒——請你原諒，先生。」班輕觸前額敬了一個禮，「我不應該把這件事兒拿來開玩笑兒。」他的目光閃爍，暗自感到無比欣喜。他其實一點也不在意柯林斥責他，因為能斥責就表示這個孩子已慢慢變得更強壯、更有精神了。

第二十四章　讓他們笑吧

祕密花園只是狄肯照顧的其中一個花園而已，荒原的農舍旁還有被粗糙矮石牆圍起來的另一片地。每天的清晨、黃昏，還有每個狄肯沒有去見柯林與瑪莉的日子，他都會在這片地中替他的母親種植或照顧馬鈴薯、高麗菜、蕪菁、蘿蔔和香草。在「動物」的陪伴下，他在這片地上創造奇蹟，從來不覺得厭倦，總是在挖土或除草的時候吹口哨，不然就是唱一些約克郡荒原的歌謠，有時他會跟煤灰、船長講話，或者與受他教導如何幫忙的兄弟姊妹聊天。

「如果不是狄肯的花園兒，我們不可能兒活得像現在這麼舒適兒。」索爾比太太說，「萬物兒都會為他而成長兒，他種的馬鈴薯兒和高麗菜兒比別人種的大兩倍兒，吃起來兒也比別人種的更好吃。」

她喜歡在有空閒的時候去外面跟他聊天，每天吃完晚飯後，日落餘暉還會持續照耀一陣子，還可以繼續工作。這段時間是她的寧靜時光，她可以坐在矮石牆上看著他，聽他說那一整天的故事，她很喜愛這段時間。花園裡種的不只蔬果類，狄肯偶爾會買幾包一便士的花朵種子，他在醋栗樹叢和高麗菜間種下亮眼而芬芳的植物，又沿著邊緣栽下整排木犀草、石竹、三色堇等花朵，他會收集部分植物每年留下的種子，有些植物的根部則會在每年春天重新開花，一叢叢緩緩蔓延到各處。花園的矮牆是約克郡最美的風景，上面每道細縫都布滿了他插上去的荒原毛地黃、蕨類、藝苔和樹籬上生長的花，讓人只能透過植物的縫隙瞥到一眼石牆。

「母親，如果有人兒想要讓這些植物生機勃勃兒的話，」他會這麼說，「只要跟它們當朋友兒就行了。植物跟動物是一樣兒的，若它們渴了就給它們喝水兒，若它們餓了就給它們吃東西兒，它們跟我們一樣兒想要活下去。如果它們死了，我會覺得自己是個壞小孩兒，沒有用心兒對待它們。」

索爾比太太就是在這樣的暮光中聽他講起密蘇威特莊園發生的所有事情。一開始，她只聽說「柯林少爺」很嚮往跟瑪莉小姐一起到外面玩，這對他的身體有益處。但沒多久之後，兩個小孩便認為狄肯的母親可以「參與這個祕密」，他們認為她絕對是「安全可靠」的人。

因此，狄肯在一個美麗而寧靜的午後將整個故事鉅細靡遺地告訴索爾比太太，他說了被埋在土裡的鑰匙、知更鳥、死亡一般的灰色薄霧，還有瑪莉小姐計畫永遠不告訴別人的祕密。接著是狄肯出現在瑪莉面前、瑪莉如何告訴狄肯這個祕密、瑪莉對柯林少爺的疑慮，還有他如何戲劇性地被帶進這個隱藏的國度，最後又加上了班・韋德史達在牆頂的生氣面孔，還有柯林少爺憤怒的力量。索爾比太太和善臉孔上的表情變了又變。

「我的天兒！」她說，「小女孩兒能來莊園這兒是件好事兒呢，這造就了現在的她，也拯救了他，他竟能站起來呀！我們還一直以為他是個可憐兒的傻瓜兒，以為他身體裡一根直的骨頭兒都沒有呢。」

她接二連三問了很多問題，藍色的眼睛流露出了沉思之意。

「他變得健康、愉快兒又不抱怨之後，莊園裡的人兒有什麼反應兒嗎？」索爾比太太問道。

「他們壓根兒不知道該做何反應，」狄肯回答，「他的樣子每天兒都在慢慢變化，臉蛋變得比較圓兒，不那麼尖了，臉色也不再是蠟白兒的，但他還是必須偶爾抱怨一下兒。」狄肯愉快地微笑起來。

「天可憐見兒，他抱怨什麼呢？」索爾比太太問。

狄肯笑了出來。

「他抱怨是為了讓其他人兒不要猜到發生什麼事兒了，如果醫生知道他能站起來的話兒，就很有可能會寫信兒告訴克雷文老爺，但克雷文少爺想要對克雷文老爺保守這個祕密，他打算每天兒練習腿兒上的魔法兒，等到他的父親回來之後，他便要親自走到他的房間兒裡，讓他知道自己的兒子能站得和其他小孩兒一樣筆直兒。所以他和瑪莉認為最好要偶爾抱怨一下他的煩惱兒，其他人兒才不會察覺有什麼不對勁兒的地方。」

他話還沒說完，索爾比太太就已經輕柔地笑了起來了。

「啊！」她說，「我敢保證那兩個孩子都很自得其樂兒，他們要演不少戲兒呢，小孩兒最喜歡的就是演戲兒了。告訴我他們都做了些什麼事兒吧，我的狄肯。」

狄肯停下拔草的動作，跪坐著挺直身體，眼睛裡閃爍著愉悅的光芒開口了。

「柯林少爺每次都是坐輪椅出門兒的，」他解釋，「他會因為僕役約翰不夠細心而對他破口大罵，他總是很無助兒的樣子，一直低著頭兒，直到我們離開房子裡的人兒的視線後，他才會抬起頭兒來。每次他坐進輪椅時都會煩躁地抱怨，他和瑪莉小姐都很喜歡演戲兒，瑪莉小姐只要聽到他抱怨，就會說：『可憐的柯林！是不是很不舒服啊？你是不是真的很虛弱啊，可憐的柯林？』——但最大的問題兒是，他們有好幾次兒差點忍不住笑出來。他們安全進到花園後便會捧腹大笑兒，直到喘不過氣兒來才停止。他們笑的時候還要把臉兒埋進柯林少爺的靠墊兒裡，這樣才不會被外頭可能經過的園丁兒聽見。」

「他們笑得越開心兒，他們就會越健康！」索爾比太太大笑著道，「很好，健康的小孩兒笑一天兒，可以抵上吃一年兒的藥，他們一定會越長越胖兒的。」

「他們現在就越來越胖兒了，」狄肯說，「他們現在食量兒很大，正在煩惱該如何在不開口要求加菜兒的形況下吃飽兒。柯林少爺說，如果他一直要其他人兒加送食物來的話兒，他們就不會相信他還在生病兒了。瑪莉小姐說她可以分一點兒她的份給他，但他說如此一來的話，瑪莉就沒辦法吃飽兒，會變瘦兒，他們兩個一定兒要一起變胖兒。」

披著藍色披風的索爾比太太一聽到他們的難題，便笑得前仰後合，狄肯也跟著笑了起來。

「我告訴你該怎麼做兒吧，小孩兒，」索爾比太太在終於止住笑聲後說道，「我想到了一個可以幫忙他們的方法兒。你早上去找他們的時候，帶上一桶新鮮的牛奶兒，我會替他們烤一塊脆皮的農家麵包兒或一些加了醋栗的小圓麵包兒，就像你們這些小孩兒喜歡的那樣兒，沒有什麼東西比新鮮的牛奶和麵包兒更好的了。這樣一來，他們在花園兒裡就可以緩解飢餓，回到房子裡之後再吃些精緻兒的食物就會飽兒了。」

「啊！母親！」狄肯欽佩地說，「妳真是太厲害啦！妳總是能找到解決事情的方法兒。他們昨天非常煩惱兒，不知道該如何在不多要食物兒的情況下繼續撐下去——他們覺得肚子裡兒太空了。」

「他們兩個年輕人兒長得很快，會慢慢變健康的。他們那種小孩兒就像年輕的狼兒，食物兒就像是必須的血肉一樣。」索爾比太太對狄肯勾起笑容，「啊！但是他們一定兒很自得其樂兒呀。」

這位親切而奇妙的母親說得一點也沒錯——她說他們很享受「演戲兒」這件事真是再正確也不過了。柯林和瑪莉覺得演戲是最刺激的一種遊戲了，他們會想到要用這種方式保護自己不受懷疑，是受到兩個人的啟發：第一位是迷惑的保母，第二位則是克雷文醫生。

「你的胃口大了非常多呢，柯林少爺，」保母某天突然提起這件事，「你以前幾乎什麼都不吃，覺得所有食物都不適合你。」

「現在沒有什麼不適合我的食物了，」柯林回答後，便發現保母開始用一種好奇的眼光看他，這時他才想起或許他不應該表現得太健康，「至少沒有那麼頻繁地不適合我，這都要歸功於新鮮空氣。」

「或許是吧，」護士依然用困惑的表情盯著他看，「但我必須要向克雷文醫生報告這件事。」

「你有看到她盯著你的那個表情嗎！」瑪莉在她離開後說，「好像有什麼必須追查的線索一樣。」

「我不會讓她查到任何東西的，」柯林說，「現在絕不能讓人查到任何東西。」

克雷文醫生那天早上來的時候也是一臉迷惑，問了一大堆問題，這讓柯林不堪其擾。

「你花了很長的時間待在外面的花園裡，」他試探地問，「你都去了哪裡呢？」

柯林擺出了他最喜歡的樣子——一副對他人意見漠不關心的高傲神態。

「我不會讓任何人知道我去了哪裡，」他回答，「我去我高興去的地方，每個人都被下令不准出現在花園裡，這樣我才不會被盯著看。你幹麼明知故問！」

「雖然你好像整天都待在外面，但我不認為那會對你有害——我不這麼認為。保母說你的食量比以前還要大得多。」

「或許吧，」柯林腦中忽然靈光一閃，「或許這是不正常的胃口。」

「但你的食物都很合你的味口，所以我認為這不是不正常，」克雷文醫生說，「你增重的速度很快，臉色也比較好了。」

「或許——或許我過度進食了，而且還發燒，」柯林裝出陰沉而沮喪的樣子，「沒辦法活太久的人都會變得——不一樣。」

克雷文醫生搖搖頭，他握住柯林的手腕，接著捲起他的袖子，檢查他的手臂。

「你沒有發燒，」他深思道，「你長出來的肌肉也很健康，如果你能繼續這樣維持下去的話，孩子，我們就再也不用提到死亡了，你的父親若知道這個進展一定會很高興的。」

「我才不想要讓他知道！」柯林突然怒氣沖沖地喊道，「如果我的狀況又變糟了，就只會讓他更失望——搞不好今天晚上我的狀況就會變壞了，我或許會發高燒，我現在就覺得我好像快發高燒了。我不准有人寫信給我父親——我不准——我不准！你讓我很生氣，你明明知道生氣會讓我的狀況變差。我現在覺得很熱，我討厭被寫在信裡，我討厭被談論，就跟我討厭被人盯著看一樣！」

「噓——！孩子，」克雷文醫生安慰道，「沒有你的允許，我們什麼也不會寫，你對這些東西太敏感了，別讓已經好轉的狀況再次變差呀。」

他之後便對寫信一事隻字不提。後來見到保母後，他便私下告訴她，千萬別在病人面前提到這件事。

「那孩子的情況好轉了很多，」他說，「他好轉的速度幾乎有點異常。但當然，他現在自願要做的事情，是我們以前不可能要他去做的。還有，他依然很容易激動，絕對不要提起任何會激怒他的事。」

瑪莉和柯林因此提高了警覺，開始緊張地討論對策，他們就是從這個時候開始籌畫「演戲兒」的。

「我說不定要因此大發脾氣，」柯林後悔地說，「我不想要發脾氣，而且我現在心情也不夠差，沒辦法發太大的脾氣，說不定我根本發不了什麼脾氣。我沒有哽咽地感覺，而且還一直想著美好的事情，腦子裡一點壞事也沒有。不過，要是他們再跟我提到寫信給我父親的事情的話，說不定我就可以做出一點反應。」

他下定決心要吃得少一點，但可惜的是這個絕妙計謀無法成功，因為他每天早上起來後，胃口都非常好，而沙發旁的桌上又擺滿了早餐——自製麵包、新鮮奶油、雪白的雞蛋、醋栗果醬還有奶油。瑪莉每天都會跟他一起吃早餐，每當他們坐到桌前——尤其是在熱騰騰的銀蓋子下出現了一盤煎得油亮又散發出誘人香氣的薄切火腿時——他們便會絕望地互看一眼。

「瑪莉，我想我們應該還是要把這些全部吃完，」柯林最後總是會這麼說，「我們可以少吃一點午餐，然後少吃更多晚餐。」

但他們發現自己根本無法少吃任何一餐。當被他們吃得一乾二淨、盤底朝天的餐具被送回廚房後，總是讓僕人們議論紛紛。

「我真希望，」柯林有時會說，「我真希望火腿能切得厚一點，而且一人只有一塊鬆餅沒辦法讓人吃飽。」

「快死的人就可以靠一片鬆餅吃飽啊，」瑪莉第一次聽到他這麼說時回答，「但還要活下去的人就沒辦法吃飽了。有時候窗外會飄進荒原上石楠和荊豆的香味，那種美好的味道讓我覺得可以吃掉三塊鬆餅。」

那天早上，他們在花園裡自得其樂地工作了兩個小時後，狄肯走進了一叢很大的玫瑰灌木後面，拿出了兩個錫製的桶子，一個桶裡裝滿了營養的新鮮牛奶，上面還有一層乳脂，另一個桶子裡裝著農家醋栗小圓麵包，麵包外面被仔細地包上了藍白相間的手帕，拿出來的時候麵包還是熱的，讓他們一陣驚訝與狂喜。索爾比太太的主意實在太棒了！她一定是位親切又聰明的人！這些小圓麵包實在太好吃了！新鮮的牛奶實在太美味了！

「她身上有魔法，就像狄肯一樣，」柯林說，「魔法讓她知道要如何做事——而且都是好事。她是個有魔法的人，狄肯，告訴她我們很感激她——由衷感激她。」

他習慣偶爾用一些大人用的字彙，他很享受這麼做，而且越說越有模有樣。

「告訴她，我們由衷感激她的慷慨解囊。」

接著他便把自己剛剛的威風拋諸腦後，開始大口吃下小圓麵包，大口喝下桶子裡的牛奶。畢竟他在吃完早餐後經歷了兩小時的大量運動，又呼吸著荒原上的空氣，所以他便像一個平凡的男孩一樣吃喝了起來。

許多令人愉快的巧合都是這樣開始的，他們吃完食物後便想到，索爾比太太每天只能從十四個人的食物中額外分出一些餐點，這點份量遠遠不能夠滿足他們的胃口，因此他們便請她讓他們付錢買下更多食物。

接著，狄肯有了一項令人激動的發現，在園林外面，瑪莉第一次看到她對著野生動物吹笛子的那座森林裡，有一個深深的小洞，他們可以用石頭建造出小烤爐，在裡面烘烤馬鈴薯和雞蛋。烤雞蛋是他們過去從未嘗過的美味，再加上抹上鹽和新鮮奶油的熱騰騰馬鈴薯，既美味又能填飽肚子，幾乎可以說是森林之王的餐點了。他們兩人可以想買多少馬鈴薯和雞蛋就買多少，不用擔心會從農舍十四口家庭的嘴裡搶走任何食物。

每個美麗的早晨，他們都會在梅子樹下圍成神祕的圓圈，施行魔法。梅子樹短暫的花期已經結束了，綠葉變得濃密厚實，就像棚子一樣。柯林每天都會練習走路，每隔一小段時間就會鍛鍊一下自己新發現的力量，隨著時光流逝，他變得越來越強壯，能夠走得越來越穩、越來越遠。他對魔法的信仰一天比一天強烈，就像魔法的作用越來越強烈一樣。他覺得自己的力氣越來越大，便一個實驗接著一個實驗的做下去，接著狄肯提供了最棒的鍛鍊方法。

「昨天兒，」在缺席一天的隔天早上，他說，「我替我母親去威特辦事兒，在藍牛旅館旁邊兒遇到了鮑伯．哈沃斯。他是荒原兒上最強壯的人兒，在摔角比賽兒中得了冠軍，能跳兒得比其他小孩兒還要高，可以把鏈球兒擲得比其他小孩兒還要遠，連續好幾年兒都去蘇格蘭參加運動比賽兒。我們打小兒就認識了，他是個很友善的人兒，所以我問了他幾個問題兒。仕紳們都稱他為運動員兒，所以我就想起你了，柯林少爺。我問他：『鮑伯，你是怎麼把肌肉兒練得那麼大塊的？你有做什麼額外的運動兒來鍛鍊肌肉嗎？』他說：『啊，有的，孩子，以前曾有個很強壯的人兒來過威特，他告訴我要如何鍛鍊手臂兒、腿和身體每個地方的肌肉。』接著我說：『身體虛弱的人兒也可以靠這種鍛鍊方法兒變強壯嗎？』他笑著說：『你是說你自己就是身體虛弱的人兒嗎？』我說：『不是的，我認識一個年輕的紳士兒，他剛從一場大病兒中痊癒，我希望能教他一些鍛鍊的技巧兒。』我沒有說出名字兒，他也沒有問，就像我剛剛說的，他是個友善的人兒。他站起來親切的示範給我看兒，我在一旁模仿他，直到我把那些技巧都銘記於心為止兒。」

柯林在一旁興奮地聽著。

「你可以示範給我看嗎？」他叫道，「可以嗎？」

「可以哎，當然可以，」狄肯站起身，「但他說你一開始鍛鍊一定要很輕、很小心兒，不能獨自兒嘗試，每隔一段時間兒要休息一下，做的時候要深呼吸，不要一次做太久兒。」

「我會很小心的，」柯林說，「快示範！快示範！狄肯，你真是世界上最懂魔法的男孩了！」

狄肯站在草地上，溫和而緩慢地示範了一連串簡單的肌肉鍛鍊動作。柯林張大了眼睛盯著他，跟著模仿幾個坐著也能做的動作，接著穩穩地站起來，又做了幾個溫和的動作。瑪莉也跟著做起這些動作，煤灰在一旁看著他們表演了一陣子之後，便心緒不寧地飛離樹枝，因為不能學他們做動作而開始東跳西跳。

從那時候開始，鍛鍊肌肉的動作就跟圍成圓圈使用魔法一樣，成為每日的例行公事。柯林和瑪莉每天能鍛鍊的時間越來越長，胃口也越來越好，要不是狄肯每天早上都帶來幾籃食物放在灌木後面的話，他們一定會餓得失魂落魄。森林裡的小烤箱和索爾比太太提供的食物太令人滿意了，以至於梅洛克太太、保母和克雷文醫生再次開始疑心。一旦你的肚子裡塞滿了烤雞蛋、馬鈴薯、營養的新鮮牛奶、燕麥餅、小圓麵包、石楠蜂蜜和奶油之後，你就能輕而易舉地對早餐和晚餐表現出嗤之以鼻的態度。

「他們幾乎什麼都沒吃，」保母說，「如果我不強迫他們攝取一些養分的話，他們會餓死的。但是他們的氣色竟然還是很好。」

「妳看！」梅洛克太太嚴肅地說，「啊！我簡直要被他們煩死了，他們簡直是兩隻小魔鬼。前一天還吃到肚皮都快撐破了，後一天卻對廚師竭盡所能料理出來的美味餐點嗤之以鼻，昨天廚師準備了小火雞和麵包沾醬，他們卻連嘗都沒嘗一口——那可憐的女人還專門替他們發明了一種布丁呢——結果全都被送回來了。她擔心如果他們餓到一腳踏進墳墓的話，她會變成罪魁禍首，都快哭出來了。」

克雷文醫生因此花了很長的時間仔仔細細地將柯林從頭到尾檢查一遍。保母和克雷文醫生交代狀況時，拿出特別留給他看的早餐，食物幾乎動都沒動。他露出了極度擔憂的表情——接著在坐到柯林的沙發旁做檢查時顯得更加擔憂，他前一陣子因公去了倫敦好一陣子，已經將近兩週沒有見到男孩了。年輕的小孩一旦開始恢復健康，速度通常都很快，柯林的膚色漸漸從蠟白轉為玫瑰般溫暖的紅潤，眼周、臉頰和太陽穴原本的凹陷變得飽滿，漂亮的眼睛露出清澈的目光，沉重的黑色鬈髮現在變得柔軟又充滿生命的溫度，健康得好像在他的額頭跳動一樣，嘴唇也更加飽滿，唇色變得正常。事實上，他想要用現在的狀態裝成不健康的樣子，實在有點不夠像。克雷文醫生用手托著下巴，思索著他的狀況。

「我聽說你什麼都不吃，我替你感到遺憾，」他說，「這不是件好事，你會把好轉的狀況全都搞壞——你好轉了非常多，前陣子你吃得很好啊。」

「我跟你說過那是不正常的胃口了。」柯林回答。

坐在一旁凳子上的瑪莉突然發出了奇怪的聲音，她試圖把那種聲音壓下去，最後甚至差點噎到。

「怎麼回事？」克雷文醫生轉頭看向她。

瑪莉突然做出非常嚴肅的表情。

「我有點想打噴嚏又有點想咳嗽，」她有點不好意思地嚴肅說道，「所以喉嚨有點卡住了。」

「但是，」事後她對柯林說，「我忍不住啊。我那時突然想到你最後一次吃的那一大顆馬鈴薯，還有咬下沾了果醬和奶油的美味厚實麵包時嘴巴咀嚼的樣子，所以我忍不住笑出來了。」

「那兩個小孩能從什麼祕密管道拿到食物嗎？」克雷文醫生詢問梅洛克太太。

「不可能，除非他們能從土裡面挖出東西、或是從樹上摘水果吃，」梅洛克太太回答，「他們整天都待在園子裡面，誰都不見，只跟彼此相處，如果他們想吃我們送去的東西的話，他只要說一聲我們就會送過去。」

「嗯，」克雷文醫生說，「既然他們覺得不用食物也沒關係，我們就暫且不要自找麻煩了，這個男孩是個全新的生物。」

「那個女孩子也是啊，」梅洛克太太說，「她開始長肉之後就變得十分漂亮，也不再擺出難看的臭臉了，她的頭髮變得比較蓬鬆而健康，氣色也變好了。她以前是個悶悶不樂、脾氣很壞的小孩，現在她和柯林少爺會像兩個小瘋子一樣笑成一團，或許是大笑讓他們變胖的。」

「或許是吧，」克雷文醫生說，「就讓他們笑吧。」

第二十五章　簾幕

祕密花園裡面花團錦簇，每天早上都會出現新的奇蹟。知更鳥的巢裡出現了蛋，牠的伴侶坐在蛋上面，用毛茸茸的小巧胸口和翅膀小心地替蛋保持溫暖。一開始牠的伴侶非常緊張，知更鳥也嚴肅地警戒著，就連狄肯也沒有靠近牠們建築鳥巢的角落，只是安靜地等待神奇的咒語在牠們身上奏效，讓牠們在心中確定花園裡沒有異類存在——所有生物都了解將要發生的奇蹟——那窩蛋蘊含的美麗與莊嚴是如此無邊無際、溫柔、令人敬畏又令人心碎。花園中只要有一個人不是發自內心地理解這件事情，只要有人把蛋拿走或把蛋碰傷，整個世界就會開始飛速旋轉然後坍塌，一切將會就此終結——只要有一個人不理解這件事，並犯下不可挽回的錯誤，那麼這裡就再也不會有快樂存在，就算在金黃色的春日氣息籠罩之下也一樣。幸好每個人都能理解這件事，知更鳥和牠的伴侶也知道他們都能理解。

知更鳥一開始十分緊張地盯著瑪莉和柯林看。出於某種神祕的理由，牠知道牠不用盯著狄肯，牠露珠般明亮的眼睛在第一眼看到狄肯時，就知道他不是個陌生人，他是某種沒有嘴喙和羽毛的知更鳥，他會說知更鳥的語言（這是一種能輕而易舉分辨出來的語言，不會跟別的語言混淆），對知更鳥說知更鳥的語言就像對法國人說法語一樣。狄肯總是用知更鳥的語言和知更鳥對話，所以知更鳥認為，他在對其他人類講話時所發出的奇特胡言亂語是無關緊要的，那只是因為人類沒有聰明到能了解鳥類語言，所以發出的胡言亂語而已。狄肯的行為舉止也和知更鳥一樣，牠們從來不會嚇到其他知更鳥，不會突如其來做出一些看似危險或具有威脅性的動作，任何一隻知更鳥都能理解狄肯，所以他的存在對牠們一點影響也沒有。

但一開始的確有必要好好盯著另外兩個小孩，男孩最初不是用雙腳走進來的，他總是坐在裝了輪子的東西上面被推進來，身上還蓋著動物的皮毛，看起來十分可疑。後來他開始站立和移動的時候，動作既奇怪又不協調，好像還需要其他人來幫他。知更鳥曾躲在樹叢裡緊張兮兮地觀察他，他先把頭傾斜向一邊，接著再斜向另一邊，知更鳥覺得那種緩慢的動作可能代表他準備要突然往前撲過去，就像貓一樣，若有貓緩慢而鬼祟地移動，那就表示牠準備好要撲向獵物了。連續好幾天的時間，知更鳥一一把這些事描述給牠的伴侶聽，但牠的伴侶太過害怕了，他很擔心她會傷害到蛋，所以牠後來決定不再談論這個話題。

男孩開始自己走路、甚至移動得快一點之後，知更鳥鬆了一口氣。牠已經因為男孩而緊張很長一段時間了（至少對知更鳥而言是很長的一段時間），他的行為舉止和其他人類不一樣，他似乎非常喜愛走路，但每隔一陣子就會坐下或躺下來休息，接著再用不協調的動作再次站起來，繼續走路。

某天，知更鳥突然想起自己小時候父母教牠學飛的情況，就跟眼前的男孩一樣，一開始飛短短幾碼後就一定要休息一下，因此牠突然領悟，這個男孩可能正在學飛呢——更確切地說應該是在學走路。牠對伴侶提及這件事，接著又說到牠們的蛋孵化之後，牠們也要像這樣帶孩子們學飛。這讓牠的伴侶感到安心不少，也開始對男孩產生濃厚的興趣，從鳥巢裡看著男孩甚至會讓牠感到開心——不過牠總是在想，牠的蛋想必會比男孩聰明得多，也會學得更快。後來牠又釋然地想，其實人類總是比蛋還要笨拙、還要緩慢，他們從來沒有真正學會飛行過。你永遠不會在天空或者樹頂遇到任何人類。

又過了一段時間，男孩開始用與他人無異的方式移動了，但三個小孩又開始不時做出一些不尋常的舉動。他們會站在樹下，用奇怪的方式移動雙手、雙腳和頭部，既不是在走路、跑路，也不是在坐著休息。他們每天都會做這種動作，知更鳥沒辦法向牠的伴侶解釋他們正在做或者試圖要做的是什麼事情。牠只能確定牠們的蛋不會受到這種行為的干擾，而且，因為會說知更鳥語言的男孩也跟著做這些動作，所以牠很確定這並不是什麼危險的舉動。想當然耳，無論是知更鳥還是牠的伴侶都從沒有聽過摔角冠軍鮑伯・哈沃斯的名字，也不知道他的運動能讓肌肉變得健壯。知更鳥和人類不一樣，牠們從小到大都在鍛鍊肌肉，擁有健壯的肌肉是件很自然的事。如果你每天都要四處飛行才能找到食物，你的肌肉是絕對不會萎縮的（肌肉萎縮的意思就是肌肉因為不常使用而失去功能）。

在那個男孩跟著另外兩個小孩一起到處奔走、挖土和鋤草的期間，角落的鳥巢圍繞著平和與滿足的氛圍，為了蛋而擔驚受怕的日子已經成為過去式了，牠們現在很確定自己的蛋安全得像是被鎖在銀行金庫裡一樣，因此每天最有趣的消遣就變成了觀察附近各種稀奇古怪的事情。雨天的時候小孩子都不會來花園，那一窩蛋的母親甚至因此感到有點無聊呢。

不過，雨天的時候瑪莉和柯林並不覺得無聊。有一天早晨，外面不停歇地下著傾盆大雨，柯林因為不能冒險站起身來走路，被迫坐在沙發裡面，這讓他心情煩躁。但後來瑪莉想到了一個好主意。

「現在我是一個正常的男生了，」柯林一開始說，「我的腿、手臂和身體都充滿了魔法，我沒辦法讓它們靜止不動，它們總是想要找點事情來做。瑪莉，妳知道嗎？我每天早上醒來時都還很早，窗外的鳥總是在大叫，窗外的一切都在開心地大叫——每次我都會覺得自己應該要跳下床，跟著大叫一聲。妳能想像如果我真的這麼做了會發生什麼事嗎！」

瑪莉小聲笑了起來。

「保母會衝進來，梅洛克太太也會衝進來，她們會覺得你一定是瘋了，然後再把醫生也叫過來。」她說。

柯林也跟著笑了起來，他能想像出他們的反應——因為他的大叫而驚恐萬分，然後又因為他站得筆直而驚喜萬分。

「真希望我父親快點回家，」他說，「我想要親自告訴他我能站了，我一直在想這件事——但我們不能一直這樣下去啊，我沒辦法一直靜靜地躺在這邊，假裝我還在生病，而且我看起來跟以前差太多了。真希望今天沒有下雨。」

這時瑪莉小姐腦中突然靈光乍現。

「柯林，」她語氣神祕地說，「你知道這座房子裡有多少間房間嗎？」

「我想應該有一千間吧。」他回答。

「其中有一百間房間從來都沒有人進去過，」瑪莉說，「有一次我在雨天的時候跑進了好幾間房間，從來沒人發現我這麼做過，梅洛克太太也只是差點發現而已。我在回去的路上迷路了，最後走到了你的走廊外面，那瞬間我聽到了你的哭聲。」

沙發上的柯林馬上坐直身體。

「一百間沒人進去過的房間，」他說，「聽起來幾乎跟祕密花園一樣，或許我們該去看看那些房間。妳可以用輪椅推我過去，沒有人會知道我們去了哪裡。」

「我也是這麼想的，」瑪莉說，「不會有人敢跟在我們後面的，房子裡有可以讓你跑步的迴廊，我們可以在那裡做我們的鍛鍊，也有印度風格的房間，裡面有滿滿一櫃子的象牙大象，還有各式各樣不同的房間。」

「搖鈴吧。」柯林說。

他在保母進來的時候下達了命令。

「我需要我的輪椅，」他說，「瑪莉小姐和我要去看看這棟房子沒有人使用的那些地方。有的地方有樓梯，所以我要約翰把我推到有畫作的那條迴廊上，到了那邊之後他就必須離開那裡，讓我們自己行動，等到我叫他的時候他再去接我。」

從那天早上開始，雨天變得不再那麼令人厭惡。僕役把輪椅推到掛滿畫作的迴廊上後，便順從柯林的命令離開了。柯林和瑪莉愉快的對視了一眼，在瑪莉確認約翰真的回到樓下的崗位之後，柯林便從椅子上站了起來。

「我要從迴廊的這個盡頭跑到另一個盡頭，」他說，「然後我要跳躍，接著再做鮑伯・哈沃斯的鍛鍊運動。」

他們一一執行他說的話，接著又做了更多其他運動。兩人後來找到了穿著綠色錦緞洋裝、手上停著一隻鸚鵡的女孩畫像。

「這些畫像上的人，」柯林說，「他們一定都是我的親戚，他們活在很久很久以前，我相信那張有鸚鵡的畫像應該是我的曾曾曾姑婆。她看起來很像妳呢，瑪莉——不是像現在的妳，而是像妳剛來這裡時的樣子。妳現在比剛來的時候胖多了，也好看多了。」

「你也是啊。」瑪莉說完後，兩人笑成一團。

他們也去了印度風格的房間，開心地用象牙大象玩了一陣子，也看到了掛著玫瑰色繡毯的女士起居室，還有老鼠在靠墊上留下的洞。但老鼠都已經長大離開了，洞裡是空的。他們找到的房間比瑪莉第一趟旅行時發現的還多，此外還發現了新的走廊、新的轉角、新的階梯、他們很喜歡的老舊畫像，還有各種不知道用途為何的奇怪老舊物品。那天早上充滿了驚喜與歡笑，他們和其他人都在同一間房子裡，但感覺好像彼此之間相隔數英里之遠，這種感覺讓他們著迷。

「我很高興我們跑出來了，」柯林說，「我從來不知道我住的地方是這麼大、這麼舊又這麼奇怪，我很喜歡這裡。以後只要下雨我們就出來走走吧，一定每次都可以找到各種新奇的轉角和東西的。」

那天早上，他們不但找到了許多新奇的東西，還讓自己的胃口大開，以至於回到柯林的房間後沒辦法把午餐原封不動地送回去。

保母把托盤拿下樓後，還特別用力地把托盤丟在餐具櫃上，以便讓廚師盧米思太太看清楚被清得一乾二淨的碗盤。

「妳看看！」她說，「這房子神祕極了，而那兩個小孩則是房子裡面最神祕的部分。」

「如果他們每天都吃這麼多的話，」年輕有力的僕役約翰說，「我就不會覺得他的體重奇怪了，他今天的重量是上個月的兩倍，我看我應該要早點放棄這個職位，否則肌肉可能會拉傷。」

那天下午，瑪莉發現柯林的房間有些許的不同。她前一天就注意到那個被改變的不同之處了，但是她沒有多說什麼，她以為那只是剛好發生的改變而已。那天下午她也沒有多說什麼，只是直直地盯著壁爐台上的畫作。是的，畫作上的簾幕被拉到一邊了，因此她才能盯著畫作看。這就是她注意到的改變。

「我知道妳想要聽我說些什麼，」柯林在她盯著畫作幾分鐘後開口說，「每次妳希望我跟妳說些什麼的時候，我都知道。妳在想為什麼簾幕被拉到旁邊了。我會繼續讓簾幕保持這個樣子。」

「為什麼？」瑪莉問。

「因為看到她的笑容再也不會讓我覺得生氣了。我在前天半夜醒來，月光很亮，讓我覺得魔法似乎充滿了這間房間，一切都在閃爍，我無法繼續躺在床上，所以就爬起來，看向窗戶外面。房間裡很亮，有一小塊月光照在那片簾幕上，我鬼使神差地拉動了那條細繩。她俯視著我，似乎是因為我能站起來，所以她便高興地笑了。所以我變得喜歡看她，我想要一直看著她那樣的笑容。我覺得她說不定也是會使用魔法的那種人。」

「你現在變得很喜歡她了，」瑪莉說，「其實，有時候我會想，或許你是她的鬼魂所變成的小孩。」

柯林似乎因為她的想法而感到驚嘆，他仔細想了想後慢慢地開口回答。

「如果我是她的鬼魂——我的父親就會喜歡我了。」他說。

「你希望你父親喜歡你嗎？」瑪莉詢問。

「我的父親不喜歡我，所以我以前很不想要父親喜歡我。如果他之後慢慢開始喜歡我的話，我想我應該會告訴他魔法的事情，或許這樣他就會變得比較快樂。」

第二十六章 「是母親！」

他們意志堅定地相信著魔法。有時候，柯林會在早上唸完咒文後，演說一些與魔法有關的事。

「我喜歡演說，」他解釋，「等到我長大提出重大科學發現後，我勢必要進行與成果相關的演說，現在就是一種練習。我現在還很年輕，只能演說很短的內容，而且班・韋德史達會以為自己在教堂裡，然後開始睡覺。」

「演說兒最好的部分，」班說，「就是講者可以站起來兒說任何他想說的話兒，其他人兒都不可以回話兒。我不會反對自個兒有時候來點兒演說兒。」

柯林在樹下侃侃而談時，班有時會用一種嚴格而關愛的目光牢牢地盯著他看，並不是因為演說對他有多大的吸引力，真正吸引他的是看到柯林的腿日趨筆直、看到他高高抬起孩子氣的頭、曾經尖削的下巴和凹陷的雙頰現在逐漸圓潤、雙眼開始透出與他記憶中另一雙眼睛相似的光芒。柯林偶爾會注意到班熱切的凝視，他對此感到訝異，不知道班心裡在想什麼。他在某次班看得入迷的時候開口詢問他。

「班・韋德史達，你在想什麼？」他問。

「我在想，」班回答，「我敢確定你兒這個星期絕對胖兒了三、四磅，我剛剛在看你的小腿兒和肩膀兒，真想把你放到磅秤兒上秤重啊。」

「這要歸功於魔法——還有索爾比太太的小圓麵包、牛奶和各種食物。」柯林說，「你可以由此看出科學實驗是成功的。」

那天早上，狄肯因為晚來而沒有聽到演說，他抵達花園的時候因為跑步而臉色紅潤，有趣的臉孔看起來比平常更容光煥發。他們沒辦法在雨天前往花園，所以雨天過後他們要拔的野草比平時更多，尤其是溫暖的大雨過後，工作量更是大為增加，溼潤的泥土能讓花朵和雜草長得更快。他們必須要在雜草剛從土裡發芽抽葉的時候就把草拔起來，否則雜草的根很快就會緊緊攀附在土裡。這幾天下來，柯林除草的技巧已經和其他人一樣好了，他有時會一邊拔草一邊演說。

「魔法在你工作的時候會發揮最大的功效，」那天早上他說，「你可以在骨骼和肌肉裡感覺到魔法。我最近會閱讀有關骨骼和肌肉的書，然後寫一本魔法的書，我現在就在構思內容了，最近一直有新的發現。」

他說完後不久便放下泥鏟，站了起來，沉默了好幾分鐘，他們知道他正在思考演說內容，他常常這麼做。瑪莉和狄肯看到他扔下鏟子站起身，兩人都覺得他看起來似乎突然想到了某件重要的事。他伸展著自己高大的身體，興高采烈地揮舞手臂，一臉容光煥發，開心地瞪大眼睛，突然領悟了某個道理。

「瑪莉！狄肯！」他大叫，「你們看我的樣子！」

他們停下手邊除草的動作，看向他。

「你們還記得第一次帶我來花園的那個早晨嗎？」他詢問。

狄肯認真地看著他。他是能馴服動物的人，因此能注意到多數人不會注意到的事物，但他通常不會談論這些事情。他現在就在眼前的男孩身上看見了他人不會注意到的事。

「是哎，我們記得。」他回答。

瑪莉也認真地看著他，但沒有答腔。

「就在這一刻，」柯林說，「我突然全都想起來了——我在看著自己抓著泥鏟的手時想起來了——我一定要站起來確定這是不是真的。這的確是真的！我痊癒了——我痊癒了！」

「是哎，你痊癒兒啦。」狄肯說。

「我痊癒了！我痊癒了！」柯林又滿臉通紅地說了一次。

他之前就隱約知道痊癒的感覺為何，他曾希望過、感覺過、想像過，一直到那一刻，他覺得體內突然充滿某種感覺——一種強烈的信念與領悟，這種感覺太過強烈了，讓他忍不住大聲說出口。

「我會活到永遠的永遠的永遠！」他鄭重其事地說，「我會探索成千上萬種事物，我會探索人類、生物和一切會生長的東西——像狄肯一樣——我永遠不會停止使用魔法。我痊癒了！我痊癒了！我覺得、我覺得想要大聲喊出心中的感激之情和喜悅之情。」

在附近玫瑰灌木旁工作的班・韋德史達睜大眼睛看著他。

「你可以唱首《三一頌》兒啊，」他用乾癟的聲音含糊說道。他對《三一頌》沒什麼感覺，因此提出這個建議時也不帶任何特別的尊敬之情。

柯林不知道《三一頌》是什麼，他現在對任何事都想一探究竟。

「那是什麼東西？」他詢問。

「我敢說狄肯可以為你唱一遍兒。」班・韋德史達回答。

狄肯回以一抹足以吸引動物的微笑，他似乎無所不知。

「人們會在教堂兒唱《三一頌》，」他說，「母親說，她相信雲雀兒在早上起床兒的時候也會唱《三一頌》。」

「如果她這麼說的話，那麼《三一頌》一定是首好聽的歌，」柯林回答，「我以前都臥病在床，所以從來沒有去過教堂。狄肯，唱一遍吧，我想聽聽看。」

狄肯是個單純的人，並不特別受《三一頌》的影響。他比柯林更加理解柯林的感受，他有一種自然而然的直覺，但他並不知道自己是理解柯林的。他摘下頭頂的帽子，面帶笑容地環顧一圈。

「你一定要脫下帽兒，」他對柯林說，「班，你也是——還有，你知道的，你一定要站起來。」

柯林摘下帽子，專心致志地看著狄肯，陽光照耀在他的頭頂上，溫暖他濃密的頭髮。班・韋德史達七手八腳地站起身，也跟著摘下帽子，蒼老的臉上表情疑惑，彷彿不太確定自己為什麼要做出這些不尋常的舉動。

狄肯站在樹木和玫瑰灌木之間，用純淨、自然而美好的少年嗓音開始歌唱：

讚美真神萬福之本，
世上萬物同聲讚美，
天上天使同聲讚美，
讚美聖父、聖子、聖靈。
阿們。

他唱完歌後，班・韋德史達下巴緊繃地靜靜站著，用心神不寧的眼神盯著柯林。柯林則露出了深思熟慮後的讚賞表情。

「很好聽，」他說，「我喜歡這首歌。或許我想大喊對魔法的感激之情時，想表達的意思跟這首歌一樣。」他停頓了一下，迷惑地思考著，「或許它們是一樣的，畢竟我們是不可能知道每件事物的真正名字的。狄肯，再唱一遍。瑪莉，我們試著一起唱吧，我也想要一起唱。開頭是什麼？『讚美真神萬福之本』？」

他們三人又唱了一遍，瑪莉和柯林盡他們所能地用最悅耳的聲音歌唱，狄肯則提高音量，唱得更加動聽——他們唱到第二句歌詞時，班・韋德史達發出刺耳的清喉嚨聲，在第三句歌詞時氣勢萬鈞地加入他們，聽起來簡直有點粗野。在最後唱完「阿們」後，瑪莉發現班・韋德史達臉上出現了一種特別的神色，就像他當初看到柯林並不是殘廢時的神色——他的下巴抽搐，雙眼凝視著前方不斷眨眼，飽經風霜的蒼老臉頰已然淚溼。

「我以前對《三一頌》一點兒感覺也沒有，」他聲音沙啞地說，「但我以後可能會改變這種想法兒。我現在認為你這星期增加的重量兒是五磅啊，柯林少爺——唱歌讓你增加的重量兒變成了五磅！」

有東西吸引了柯林的注意力，他的視線越過花園，臉部表情十分驚訝。

「有人進來了，是誰？」他突然迅速地說道，「是誰？」

常春藤圍牆上的門被輕輕打開了，一位女人走了進來。她在歌曲進行到最後一句歌詞時就進來了，安靜地站在那裡聆聽，並望著他們。常春藤的葉子懸掛在她身後，陽光穿過樹木飄落在她的藍色長斗篷，映照出點點光斑。她站在綠色植物之間，清新而美好的臉上掛著笑容，就像柯林書中色彩柔軟的圖畫一樣，她的眼神親切柔和，好像能包容一切——能包容所有人、包容班・韋德史達、包容「動物」、包容每一朵盛開的花。雖然沒人預期她會出現在這裡，但是他們都不認為她是不受歡迎的入侵者。狄肯的眼睛像兩盞燈一樣亮了起來。

「是母親——她是母親！」他一邊大聲喊著，一邊穿越草地大步跑向她。

柯林也跟著朝她走去，瑪莉則跟在柯林旁邊，兩人都覺得自己的心跳越來越快。

「是母親！」四人在半路會合後，狄肯又重複了一遍，「我知道你們都想要見她，所以我就告訴她門兒的位置了。」

柯林愉悅地以高貴而羞澀的態度伸出手，但眼睛卻眨也不眨地盯著她的臉。

「我連在生病的時候都一直想著要看看你們，」他說，「看看妳、狄肯跟祕密花園，在那之前，我從來沒有想要看任何東西。」

他抬高下巴的姿態讓她突然臉色微變，她的臉頰更紅了，嘴巴微微顫抖著，眼裡也瀰漫著水氣。

「啊！親愛的孩子！」她顫抖著聲音喊道，「啊！親愛的孩子！」她說話的樣子就像不知道自己會說出這句話。她並沒有稱呼他為「柯林少爺」，而是突然其來地叫他「親愛的孩子」，或許她也會在被狄肯的表情感動時這麼叫他，柯林喜歡這個稱呼。

「妳是因為我很健康所以才這麼驚訝嗎？」他問。

她把手放在他的肩上微笑，水霧從她眼中散去。

「是哎，你說對兒了！」她說，「不過你和你的母親兒長得好像啊，這讓我的心跳得更快兒啦。」

「妳覺得，」柯林有點膽怯地問，「妳覺得我父親會因此喜歡我嗎？」

「是哎，當然會啊，親愛的孩子，」她輕快地拍了一下他的肩膀，「他必得回家來——他必得回家來。」

「蘇珊・索爾比，」班・韋德史達走到她身旁說，「妳看看這小孩兒的腿兒，好嗎？這雙腿兒在兩個月前像是塞在襪子的鼓棒兒一樣——我還聽到其他人兒說他的腿兒不但膝蓋外彎兒，腳也是內彎兒的，但妳現在看看他的腿兒！」

蘇珊・索爾比發出了令人愉悅的笑聲。

「這雙腿兒很快就會變得又強壯又健康兒，」她說，「只要讓他在花園裡工作、玩樂、盡情地吃東西兒、喝下一桶桶甜美營養的牛奶，那麼這雙腿兒就會成為約克郡最健康的一雙腿兒了，感謝老天啊！」

她把兩隻手都放在瑪莉小姐的肩膀上，用慈愛的目光看著她的臉。

「妳也一樣呀！」她說，「妳要像我們家伊莉莎白・艾倫一樣健康地長大，我敢保證妳也長得跟妳的母親兒很像。我們家瑪莎說，梅洛克太太聽說妳的母親是個美人兒呢，妳長大之後便會像紅色的玫瑰兒一樣。我親愛的孩子，保佑妳啊。」

她沒有告訴瑪莉，瑪莎在「外出日」回家時，曾說她是又醜又黃的小孩，還說她不太相信梅洛克太太聽說的事。她那時頑固地補充說：「沒道理兒啊，這小女孩兒這麼醜，她的母親不可能會是個漂亮兒的女人。」

瑪莉沒有時間注意自己的臉有多少改變，她只知道自己的長相「不一樣」了，頭髮變得更多，也長得更快。但她還記得過去在印度看到女主人時的喜悅，因此聽到自己有可能長得像她一樣，讓她覺得十分開心。

蘇珊・索爾比跟他們一起繞著花園走，聽他們說這裡的故事，讓他們領她去看活過來的每一叢灌木和每一株樹。柯林走在她的一邊，瑪莉則走在另一邊，兩人都不斷抬頭看著她令人感到舒適的玫瑰色面孔，暗自好奇她帶給他們的愉悅感——那種感覺溫暖而有力，讓他們覺得她似乎能理解他們，就像狄肯能理解他的「動物」一樣。她會俯身觀察花朵，把花朵當作小孩子一樣和其餘兩人談論花朵。煤灰在這期間對她嘎嘎叫了兩、三次，還停在她的肩上，就像平常停在狄肯肩上一樣。兩人告訴她知更鳥還有鳥窩裡第一次學飛的小鳥的故事，她慈愛地發出悅耳的輕笑。

「我猜牠們學飛兒就跟小孩兒學走路一樣，但若是我家小孩兒有的不是腿兒而是翅膀的話，我恐怕就要擔心兒死啦。」她說。

她是個奇妙的人，言行舉止都洋溢著荒原農舍的親切之意，因此最後他們把魔法的事也告訴她了。

「妳相信魔法嗎？」柯林在告訴她印度弄蛇人的故事後問道，「我希望妳相信魔法。」

「我信呀，孩子，」她回答，「我不知道它的名字兒，但難道名字兒很重要嗎？我敢保證法國人兒是用另一種名字兒稱呼它的，德國人兒又是用另一種名字兒。能讓種子長大兒、讓陽光兒照耀、讓你成為健康的小孩兒的，一定是好的力量兒啊。某些愚笨的傻瓜兒認為我們怎麼稱呼它很重要，但事實兒並不是這樣，這股強大而美好的力量並不會停止對你的關心與愛護，它讓萬千世界得以轉動兒——我們的世界兒就是其中之一。要永遠相信這股強大而美好的力量，要知道這股力量充斥在世界各處——隨你怎麼稱呼它都沒關係兒。在我進來花園兒的時候，你就是在對這股力量唱歌兒呀。」

「我那時覺得太開心了，」柯林睜著奇異的美麗眼睛看向她，「我突然感覺到我變得多不一樣——我的四肢那麼強壯，你懂嗎——我能挖土、能站立——所以我跳了起來，想要對任何願意傾聽的事物大喊出聲。」

「在你唱《三一頌》兒的時候，魔法就在傾聽你了，它會傾聽你唱的任何歌曲兒，重要的是你喜悅的心情兒。啊！小孩兒、小孩兒——你就是製造喜悅的人兒啊。」她再次輕快地拍了一下他的肩膀。

那天早上她像往常一樣替他們準備了食物，等到瑪莉和柯林覺得餓的時候，狄肯便把食物從儲藏處拿出來，她和他們一起坐在樹下，看著他們狼吞虎嚥地進食，為他們的胃口心滿意足地大笑。她很風趣，有辦法用各種奇怪的事物逗他們大笑，她用濃厚的約克郡口音講了一些故事，還教會他們幾個新字眼。他們告訴她，讓柯林裝成焦躁的病人變得越來越困難，她難以自制地哈哈大笑。

「妳知道嗎？只要我們在一起，我們就幾乎無時無刻都想笑，」柯林解釋道，「但是一直笑聽起來不像生病啊，所以我們試著把笑聲吞回去，但我們通常會在沒多久後無法忍耐地大笑出聲，聽起來真是糟透了。」

「我一直想到同一件事情，」瑪莉說，「每次只要想到那件事我就忍不住想笑。我一直想到柯林的臉會變得像滿月一樣，當然現在還不像，但是他每天都在變胖——如果到了某天早上他的臉真的變得跟滿月一樣了——我們該怎麼辦呀！」

「保佑你們啊，看得出來你們要演的戲兒真是不少呢，」蘇珊・索爾比說，「不過你們不需要繼續演太久了，克雷文老爺會回家兒的。」

「妳覺得他會回來嗎？」柯林問，「為什麼？」

蘇珊・索爾比輕柔地笑了。

「若他在你告訴他之前就發現你已經痊癒的事兒，我想你一定會很傷心吧，」她說，「你花了好幾晚兒熬夜計畫這件事兒呢。」

「我沒辦法接受由別人來告訴他這件事，」柯林說，「我每天都在想有什麼不同的方式，我目前決定要直接跑進他的房間裡。」

「這對他來說兒的確是個好的開始兒，」蘇珊・索爾比說，「到時我真想看看他的表情兒啊，孩子，我真想看！他必得回來的——必得回來！」

接著他們討論了拜訪農舍的那趟旅程。他們一一計畫好，首先要坐車橫越荒原，在石楠灌木間野餐，接著去看看農舍的十二個孩子還有狄肯的花園，最後要直到他們都累壞了再打道回府。

最後蘇珊・索爾比站起身，打算要回去房子找梅洛克太太，這時也是他們該讓柯林坐輪椅回去的時間了。在坐進輪椅之前，他走到蘇珊面前，用一種困惑卻孺慕的眼神看著她，接著他突然伸手緊緊抓住她藍色披風的一角。

「妳就是我一直、一直想要的，」他說，「真希望妳就是我的母親，就像妳是狄肯的母親一樣！」

蘇珊・索爾比忽然彎下腰，用溫暖的手臂把他拉進藍色斗篷下的懷抱中——彷彿他是狄肯的弟弟。她的眼中布滿了水霧。

「啊！親愛的孩子！」她說，「我相信你的親生母親就在這座花園裡兒，她絕對不會離開這兒的。你的父親必得回到你身邊兒的——必得回到你身邊兒！」

第二十七章　花園裡

自從世界形成開始，每個世紀人類都會發現新的神奇事物。上個世紀，人類發現的神奇事物為數眾多，是過去數個世紀都無法企及的數量。在這個新世紀，人類會繼續揭露出上百種令人驚嘆的事物。在一開始，眾人會拒絕相信人類有可能完成這種奇怪的新發現，接著他們會開始希望能夠完成這種新發現，再來他們會看著人類漸漸完成這種新發現——成功了之後，全世界的人便會疑惑地想著，為什麼人類沒有在數個世紀前就完成這項新發現呢？上個世紀，人類發現的其中一項新事物就是想法——單純的想法——和電池一樣具有力量——和陽光一樣能對人有益，但也跟毒藥一樣對人有害。讓傷心的想法或負面的想法進入你的腦中是件危險的事，就像讓猩紅熱的病菌進入體內一樣，如果你讓這些想法繼續停留在腦中的話，它就會深植在你的思想中，終其一生都跟著你。

瑪莉小姐的心裡過去充滿了各種負面想法，包括了對他人的不悅之情、刻薄見解、不打算快樂也不打算喜歡任何東西的決心，她因此變成了一個臉色蠟黃、病懨懨、無聊又惹人厭的小孩。然而，生活其實對她十分仁慈，只是她並不自知，生活緩緩將她推向更好的處境，讓她的心思逐漸充滿知更鳥、荒原上擠了十二個人的農舍、怪異又固執的老園丁、說話有些約克郡口音的平凡女傭、春天、漸漸復甦的祕密花園，當然還充滿了荒原來的男孩，還有他的「動物」。她的心中再也沒有多餘的空間存放負面想法，這進而影響到她的肝臟和胃口，讓她不再膚色蠟黃又時時疲倦不已。

柯林以前總是把自己鎖在房間裡，心裡充滿了他的恐懼、脆弱還有被人注視時的厭惡感，時時刻刻都在思索自己的腫塊和早逝，他是個歇斯底里、幾近瘋狂的憂鬱症患者，對陽光和春天一無所知，不知道其實只要他願意嘗試，他就可以痊癒，並靠雙腳站起來。直到那些美好的嶄新想法把惹人厭的老舊想法驅趕殆盡後，生命力才開始回到他身上，血液在他的血管裡健康地流動，力量像洪流一樣洗刷他的身體。他的科學實驗簡單又有效，沒有任何疑點。他身上的變化並非獨一無二，只要心中曾產生負面或沮喪想法的人能及時產生自覺，並用正面積極的想法取而代之，任何人身上都能出現比柯林更令人驚訝的變化。一山不容二虎，這兩種想法不會同時並存。

我的孩子，在你種下玫瑰的土地上，
不會長出刺薊。

祕密花園日漸復甦生機，兩個小孩也日漸活潑，但與此同時，有個男人在遙遠而美麗的地方終日遊蕩。他走在挪威的峽灣間和瑞士的山谷裡，他在過去整整十年的時間裡，腦中都充滿了黑暗且令人心碎的想法。他沒有勇氣，從沒有試著用其他思緒取代這些黑暗的想法。走在藍色的湖泊邊時，他想著它們；躺在整片盛開的深藍色龍膽花之間，嗅聞著空氣中花朵的芬芳時，他想著它們。在他曾經那麼快樂的時候，令人恐懼的哀傷猛然降臨，因此他放任黑暗的想法充滿靈魂，固執地拒絕任何一絲能夠照亮他的光芒，將自己的家園與責任都拋諸腦後，任由它們變得荒蕪。在旅行的途中，他身上籠罩著深深的陰鬱之氣，以至於其他遊客都認為他十分格格不入，覺得他的憂鬱似乎會毒害周遭的空氣。大部分的人都認定他快瘋了，不然就是心中隱藏了見不得人的罪行。他的身材高大，臉色陰沉，總是歪著一邊肩膀在入住飯店時寫下：「英國約克郡密蘇威特莊園，亞契柏德・克雷文」。

自從他在書房見過瑪莉，告訴她可以隨意使用她想要的「一點土壤」之後，他旅行到了很遠的地方。他前往歐洲最美麗的幾個地點，但停留的天數都很短，而且每個地方都安靜而偏遠。他曾攀登到高聳入雲的山脈巔峰，在太陽升起的時候俯視其他山脈沐浴在朝陽之下，彷彿世界正在重生。

但重生的光芒似乎不曾照耀到他。直到旅行中的一天，突然有件奇怪的事情發生了，這是十年來他第一次產生這種感覺。那天他正走在奧地利蒂羅爾一座風景宜人的山谷中，那裡的美景能讓任何人的靈魂脫離過去的陰影。他走了很長一段路，但靈魂卻依然停留在陰影中。最後他終於走累了，便在溪流旁一整片地毯般的苔蘚上躺下來休息。那條溪流窄小但清澈，一路穿越濃密溼潤的綠意，輕快地沿著狹窄的水道向下流去，水流偶爾會在汩汩流過石塊時，發出像是低沉笑聲的聲響。他陸續看見幾隻小鳥飛到溪邊，低頭啜飲溪水，接著又拍動翅膀飛走了。這條溪流像是活的一樣，發出了微小的聲音，將寂靜襯托得更加悠遠。整座山谷無比幽靜。

他坐起身，盯著清澈的潺潺流水，亞契柏德・克雷文感到自己的思緒和身體逐漸沉靜了下來，就像這座山谷一樣。他猜想或許他快要睡著了，但他沒有睡著。他坐在那裡盯著陽光下閃閃發光的溪水，生長在溪流邊緣的植物映入他的眼簾，在很靠近水流的土壤上有一整片可愛的藍色勿忘草，他看著水邊的勿忘草溼潤的葉片，突然發現自己已經好多年沒有用這種目光看過任何事物了。他溫柔地想著，那片勿忘草是多麼可愛，上百朵盛開的藍色花朵是多麼美好，他不知道這些單純的想法正慢慢填滿他的心房——慢慢、慢慢填滿，輕柔地將其他想法都排除在外。就像甜美而清新的清泉流入一攤汙濁的死水中一樣，一點一點注入水流，直到髒汙的水統統排出。但他自己當然對此毫無自覺，坐在那裡盯著那片柔弱的亮藍色時，他只覺得山谷變得越來越安靜。他不知道自己在那裡坐了多久，也不知道身上產生了什麼變化，最後他像睡醒了似的動了動，慢慢站起身，踏在地毯般的苔蘚上，綿長而緩慢地深吸一口氣，對自己感到驚奇。他身上有某種東西靜悄悄地解脫了束縛，被釋放出來。

「這是怎麼回事？」他伸手摸了摸前額，用氣音說道，「我覺得自己簡直像是——活了過來！」

我對於未知事物的奇妙之處還不夠了解，沒有辦法解釋為什麼他身上會發生這樣的事情，沒有任何人有辦法解釋，他自己也不懂怎麼回事——但在經過了好幾個月後，他依然記得這個奇異的時刻，他回到密蘇威特莊園時，偶然發現那天柯林竟剛好也在祕密花園大聲喊道：

「我會活到永遠的永遠的永遠！」

接下來的整個晚上，這種奇異的安寧都伴隨著他，讓他享受了一晚陌生的沉靜睡眠。但這樣的狀態並沒有維持太久，他不知道他可以繼續維持這種狀態，第二天晚上，他便對黑暗的想法敞開大門，讓那些想法大規模地衝回他的腦海中。他離開了山谷，繼續接下來的旅程，但讓他感到奇怪的事接連發生，偶爾會有幾分鐘——甚至半小時的時間，那些黑暗的重擔自行減輕，但他不懂為什麼，只知道他能再次感到活著，而不再像是個已死的人。他對變化的原因毫無頭緒，但他慢慢、慢慢地跟著花園一起「活了過來」。

金黃色的夏季轉變為銘黃色的秋季時，他抵達了科摩湖，在那裡發現了夢境的美好。他要不是在水晶般剔透的藍色湖泊旁流連，就是走在山丘上厚實而柔軟的蒼鬱植物間，沿路徒步行走直到累了為止，讓自己晚上能睡個好覺。那段時間，他發現自己的睡眠狀態漸漸好轉了，他的夢境不再是一種恐怖的折磨。

「或許，」他想，「我的身體在慢慢變強壯。」

他的身體的確在變強壯，不過更重要的是，他因為改變了想法而時不時沉浸在鮮有的寧靜時光中，這讓他的靈魂也變得強壯了。他開始想起密蘇威特，考慮是不是該回家。偶爾他會模糊地想起他的男孩，等他回去之後，他會再次站在雕有花紋的四柱床前，俯視著男孩瘦削、輪廓分明、象牙白的睡臉，還有圍繞著緊閉雙眼的驚人黑色睫毛。他不知道自己到時會有什麼感覺，因此每每想到這裡時便退縮了。

有一天，天氣出奇晴朗，他走了很遠的路，回程的路上，圓月高懸天空，整個世界只剩下暗紫色的影子和銀白色的月光。湖泊、湖岸和森林一片寂靜，這片景色太過美麗，他不願回去下榻的別墅，便走到湖邊樹蔭下的一座小小露臺中，在椅子上坐了下來，深深呼吸著夜晚醉人的氣息。他感到一股奇異的安寧席捲全身，讓他越來越沉靜，最後陷入了沉睡。

他不知道自己睡著了，也不知道自己正在作夢，這場夢太過真實，以至於他沒有意識到自己身處夢境之中。醒來之後他還記得，當時他以為自己還是極度清醒而警覺的，他以為自己坐在椅子上嗅聞著夜晚綻放的玫瑰，聽著腳邊湖水的拍打聲，接著他聽到有人在叫他。那道聲音甜美、清澈又愉悅，似乎是從很遠的地方傳來的，但又清晰得像是在他的耳邊。

「亞契！亞契！亞契！」那道聲音喊著他的名字，接著又用更甜美、更清澈的聲音喊道，「亞契！亞契！」

他以為自己跳了起來。他一點也不感驚訝，那道聲音十分真實，似乎本來就該出現在這裡，他似乎本來就應該要聽見這道聲音。

「莉莉亞絲！莉莉亞絲！」他回答，「莉莉亞絲！妳在哪裡？」

「在花園裡，」答覆的聲音像金笛吹出的音符般動聽，「在花園裡！」

這場夢到此戛然而止，但他沒有醒來，而是繼續這場甜美的深沉睡眠，就這樣度過這個美好的夜晚。等到他終於睡醒時，已經是明亮的早晨了，一位傭人站在旁邊盯著他看。那位傭人來自義大利，他和別墅中的其他傭人一樣，都被交代必須全盤接受這位外國老爺的任何怪異行為，不得有疑問。沒人知道他何時會出去、何時會回來、會在哪裡睡覺、這個晚上會整夜在花園裡漫步還是躺在湖上的船裡。傭人手持放有幾封信件的托盤，靜靜等著克雷文先生把信件拿走。他離開之後，克雷文先生手握信件，望著湖面，坐在椅子上好一陣子都沒有動。他依然能感受到那種奇異的寧靜，還有另一種感覺——一種放鬆的感覺，好像過去那些痛苦的事情都從未發生過一樣——好像有什麼東西改變了。他記起那場夢了——那場非常、非常真實的夢。

「在花園裡！」他驚奇地說，「在花園裡！但是門被鎖上了，鑰匙也深深埋藏起來了。」

幾分鐘後，他開始翻看信件，他一眼就注意到最上面那封來自約克郡的英文信函。信函上的英文字是十分平凡的女性筆跡，但他不認得那是誰的字。他拆開信件，沒有把心思放在筆跡上，但信件上的第一句話就吸引了他的注意力。

親愛的先生：

我是蘇珊・索爾比，我曾在荒原和你談話過。寫這封信是想跟你談談之前我曾說過的瑪莉小姐，我要再次斗膽提議。我懇求你，先生，如果我是你的話，我會啟程回家的。我想你會很樂意回來的——請你原諒我這麼說，先生——若你的夫人在的話，我想她也會請你回來的。

你忠心的僕人
蘇珊・索爾比

克雷文先生把這封信讀了兩遍之後，才把信放回信封裡。他一直在想著昨晚的夢境。

「我會回去密蘇威特的，」他說，「是的，我會回去的。」

他穿越花園，回到別墅裡，命令比契斯做好回去英國的準備。

過了幾天之後，他再次回到約克郡。他發現自己在回程的漫長鐵路旅程中，不斷想著他的男孩。在過去十年他從沒有這樣想著他過，那些年裡，他只希望自己能忘掉他，而現在，雖然他並沒有刻意回想，但有關男孩的記憶斷斷續續地出現在他的腦海裡。他還記得那個黑暗的日子，孩子活了下來，孩子的母親卻死了，他像個瘋子一樣咆哮不止，連看他一眼也不願意。後來他還是去看他了，但他的孩子竟是個虛弱的小可憐，每個人都說再過幾天他就要死了。可是幾天過去了，他還活著，照顧他的人都驚訝萬分，再後來，每個人都認為他將來會變成畸形或殘障。

他並沒有刻意想成為不稱職的父親，可是他一直沒有當父親的自覺。他為他提供醫生、保母和各種奢侈品，但一想到男孩他就退縮了，一心把自己埋藏在悲痛之中。在外出整整一年過後，他再次回到密蘇威特，悲慘的小可憐疲倦而漠然地抬起臉，灰色的大眼睛周圍有一圈烏黑的睫毛，看起來和他曾愛慕不已的幸福眼睛如此相似，卻又驚人地不同。他不忍直視，面如死灰地別過頭去。從那次之後，他就幾乎不在男孩醒著的時候去看他了，對男孩的了解也僅限於他是個病弱的小孩，總是歇斯底里，脾氣壞得像快瘋了似的，為了不讓他的憤怒傷到自己，所有生活中的細節都必須按照他的指示執行。

這些回憶不是什麼令人開心的事，但火車駛過高山和金黃色的平原時，「活了過來」的克雷文先生開始用全新的角度看待這件事，他長久、平靜而深刻地思索著。

「或許我這十年來都錯了，」他對自己說，「十年是一段很長的時間，或許做什麼都已經太遲了——真的太遲了。我這些年來都在想什麼啊！」

一開頭就說「太遲了」絕對是錯誤的魔法，連柯林都會這樣告訴他。但他現在對魔法一無所知——不論是黑魔法還是白魔法，他都不懂，他還不知道魔法的存在。

他猜想著，蘇珊．索爾比之所以會提起勇氣寫信來，說不定根本是因為她的母性直覺發現男孩的狀況變糟了，已經病得奄奄一息了。若不是他心中還充滿了奇妙的寧靜，他一定會陷入前所未有的悲慘情緒之中，但那股寧靜為他帶來了勇氣與希望，他沒有因為那些糟糕的猜測而放棄希望，反而試著相信事情會往好的方向走。

「有沒有可能，她其實發現了我對他有幫助，或者能夠克制他呢？」他想著，「我要在回去密蘇威特之前先去見她一面。」

他的馬車在經過荒原時停在農舍前。有七、八個小孩在農舍前玩耍，他們見到他便一起友善而禮貌地行了屈膝禮，並告訴他，他們的母親一大早就到荒原的另一邊去幫忙一位新生嬰兒的母親了。接著他們又自動自發地告訴他，「我們家狄肯」今天去莊園的其中一座花園裡工作了，他每個星期都會有幾天是在那裡度過的。

克雷文先生看著眼前這群健壯的小孩，他們的臉頰紅潤，每個人都對他露出了獨一無二的笑容，他突然發覺這些孩子都既健康又可愛。他對這些友善的笑臉回以友善的微笑，從口袋裡拿出一塊金幣，遞給最年長的「我們家伊莉莎白．艾倫」。

「如果你們把金幣平分成八份的話，你們每個人都可以分到半克朗。」他說。

他在笑聲和屈膝禮的包圍之下乘車離開，車後的孩子們欣喜若狂地你推我擠，蹦蹦跳跳。

穿越美不勝收的荒原之旅讓人心曠神怡。為什麼他會覺得有種回家的感覺呢？他以為自己再也不會有這種感覺了——他意識到了大地、天空和遠處綻放的紫花有多美麗，距離那棟家族住了六百年的古老大房子越來越近時，他意識到自己心中升起了一股暖流。他上次離開那棟房子時，他還很害怕想起那些緊閉著的房間和躺在錦緞四柱床上的男孩。他有沒有可能在回去之後，發現自己的狀況好轉了一點呢？或許他能在面對他時不再那麼畏縮？那場夢境多麼真實啊——呼喚他回家的聲音清澈而動聽，「在花園裡——在花園裡啊！」

「我會去尋找鑰匙，」他說，「我會去把門打開。雖然我不明所以，但我會這麼做的。」

他抵達莊園後，傭人如往常接待他時發現主人的氣色變好了，而且他沒有馬上回去那間偏遠的房間，只讓比契斯照顧他。他走到書房裡，把梅洛克太太叫過去。她出現時看起來興奮、好奇又有點激動。

「柯林少爺現在怎麼樣了，梅洛克？」他詢問。

「嗯，先生，」梅洛克太太回答，「在某種程度上來說，他變得、他變得不太一樣了。」

「情況變糟了嗎？」他問道。

梅洛克太太更加激動了。

「嗯，是這樣的，先生，」她試著解釋道，「不論是克雷文醫生、保母還是我都不太確定他怎麼了。」

「為什麼會不確定？」

「先生，事實上，柯林少爺的狀況有可能正在好轉，但也有可能正在變糟。先生，他的胃口令人無法理解——他的態度——」

「他是不是變得更——更怪異了？」她的主人皺著眉頭緊張地問。

「沒錯，先生，跟以前比起來，他變得非常奇怪。他會有一陣子什麼都不吃，然後又突然大吃大喝幾餐——接著又開始什麼都不吃，像之前一樣把食物原封不動地退回去。先生，你之前可能都不知道，他本來從不允許我們把他帶到外面去，光是把他抱到輪椅上就讓我們累到像落葉一樣發抖，他則會大發脾氣，連克雷文醫生都說他沒辦法負擔強迫這孩子的後果。不過呢，先生，真是一點預兆也沒有——在他某次嚴重地大發脾氣之後沒多久，他突然堅持要每天都跟瑪莉小姐出去外面，還讓蘇珊．索爾比家的小孩狄肯幫他推輪椅。他很喜歡瑪莉小姐和狄肯，狄肯會帶著他馴服的動物來。他現在從早到晚都待在外面呢，先生，信不信由你。」

「他看起來怎麼樣？」他接著問。

「先生，如果他有正常進食的話，你會以為他正在長肉呢——但我們認為他恐怕只是浮腫而已。他以前從來不笑的，但現在偶爾會在與瑪莉小姐獨處時用奇怪的方式大笑。如果可以的話，克雷文醫生想要馬上來見你，他這輩子從來沒有這麼疑惑過。」

「柯林少爺現在在哪裡？」克雷文先生問。

「在花園裡，先生。他現在總是在花園裡——但是他不准任何人靠近花園，因為他怕被別人盯著看。」

克雷文先生沒注意聽她說的最後幾個字。

「在花園裡，」他請梅洛克太太離開後，他站在書房裡一遍又一遍地重複說道，「在花園裡啊！」

他努力抓回自己飄忽的思緒，再次回過神來後，他轉身走出房間，沿著瑪莉走過的路徑向花園走。他穿過灌木大門，從月桂樹和噴水池的花圃旁走過，噴水池正噴湧著水花，一旁的花圃開滿了秋天的花朵，他穿越草地，轉進常春藤圍牆旁的長走道上。他的速度不快，一路漫步，眼睛緊盯地上的走道，覺得自己似乎被帶回了自己遺棄已久的地方，但他不知道原因。越靠近那個地方，他的腳步就放得越慢，雖然牆上掛著厚厚一層常春藤，但他清楚知道那扇門在哪裡——他找不到在哪裡的東西是那隻被埋起來的鑰匙。

因此他停下腳步，靜靜站著環顧四周。幾乎就在他停下來的那一刻，他被嚇了一跳，開始仔細傾聽——他疑惑地問自己，他會不會其實是走在一場夢裡。

牆上掛著一層厚實的常春藤，鑰匙被埋在灌木叢下，在寂寥而漫長的十年內都沒有人跨越過那扇門——但現在有聲音從花園裡傳出來。那些聲音是在樹下一圈圈追逐的腳步聲，還有刻意壓抑得很小聲的奇怪人聲——有點像是驚呼聲和壓低的開心喊叫。聽起來應該是小孩無法抑制的笑聲，他們似乎不想讓自己的聲音被人聽見，但每隔一陣子就會因為越來越激動而爆笑出聲。老天爺啊，他是在作夢嗎——他聽到的到底是什麼聲音？他是不是瘋了，以為自己聽到了人類不應該聽到的聲音？這就是那道遙遠而清澈的聲音代表的意思嗎？

緊接著，花園裡的聲音控制不住了，他們忘記了要壓低聲音，跑得越來越快，快速地靠進花園的入口——克雷文先生聽見了小孩無法壓抑的大聲喘氣和笑聲——牆上的門被猛然打開，厚重的常春藤擺盪開來，一個男孩從裡面全速衝出，完全沒注意到長走道上的人，差點一頭撞到他的手臂。

克雷文先生伸出手，在男孩橫衝直撞地跌倒在地前扶住他。他幫助男孩站穩，一看清他的臉就驚訝得倒抽了一大口氣。

男孩高䠷而俊朗，容光煥發，臉頰因奔跑而顯出健康的紅暈。他蓬鬆的劉海被梳到額後，露出那雙奇異的灰色眼睛——眼裡充滿了孩子氣的歡樂，周圍有一圈如流蘇般濃密的黑色睫毛。克雷文先生正是因為這雙眼睛而倒抽了一口氣。

「是誰——什麼？你是誰啊？」他結結巴巴地說。

眼前的狀況出乎柯林的預料之外——這不是他原本的計畫，他從沒想過他們會用這種方式相見，但現在這樣——贏了一場賽跑，從門裡直衝出來——或許比他原本的計畫還要好。他用最筆直的姿勢站好，跟在他後面衝出門的瑪莉看著他，認為他讓自己看起來比過去任何時候都更高了——高了好幾公分。

「父親，」他說，「我是柯林，你覺得難以置信吧，我自己也不敢相信，我是柯林啊。」

他和梅洛克太太一樣，不懂他的父親為什麼要急切地重複道：

「在花園裡！在花園裡！」

「是啊，」柯林也急切地回答，「我就是在花園裡做到的——還有瑪莉、狄肯、動物都跟我一起，還有魔法。沒有人知道這件事，我們保守祕密就是為了等你來了再告訴你，我痊癒了，我可以在賽跑的時候跑贏瑪莉，我要變成一個運動員。」

他講話的時候就像是個健康的小孩——雙頰通紅，講話時因為太過熱切而把每個字都黏在一起——克雷文先生開心得難以置信，連靈魂都因此顫抖。

柯林把手放在他父親的手臂上。

「你不開心嗎，父親？」他詢問。

「你不開心嗎？我會活到永遠的永遠的永遠呢！」

克雷文先生將雙手放在男孩的肩膀上，讓他冷靜下來。他在這瞬間覺得自己連試著開口都不敢。

「帶我進去花園裡吧，我的孩子，」他最後說道，「告訴我所有故事。」

於是他們便帶著他進去了。

花園裡四處蔓生著秋天的金色、紫色、靛藍色和艷紅色，到處都是一叢叢遲開的百合花——百合的花瓣有純白色也有淡紅色的。他還清楚地記得，他們就是在這個季節種下百合的，遲開的百合總是在這個時候絢爛地綻放。遲開的玫瑰蔓延在各個角落，一簇簇懸掛著，陽光照在樹上，秋葉金黃的色澤變得更深，讓人覺得自己似乎站在叢林間的一座金黃色廟宇之下。新來乍到的克雷文先生靜立於園中，就像三個小孩當初第一次進到灰色的花園時一樣，他環視了一圈又一圈。

「我以為花園已經死了。」他說。

「瑪莉一開始也是這麼以為的，」柯林說，「但花園活過來了。」

他們一起坐在樹下——只有柯林是站著的，他想要站著說故事。

亞契柏德・克雷文心想，這個故事是他所聽過最奇怪的事情了，而且男孩是用率直的態度一口氣把故事說完的。神祕的事件、魔法、野生動物、怪異的夜晚相遇——春天的到來——年輕的貴族少爺因為受辱的傲氣而憤怒地站起身走到班・韋德史達面前、特別的同伴、演戲還有小心保守的天大祕密。克雷文先生聽得笑到眼淚都流出來了，有時他又在沒有笑的時候熱淚盈眶。這位身兼運動員、演講者和科學發明家的年輕人真是幽默、可愛又活力充沛。

「現在呢，」他在說完故事之後繼續道，「祕密花園不再是個祕密啦，我敢說他們看到我的時候一定會嚇到昏倒——但我再也不想坐進那張輪椅裡了。父親，我要跟你一起走回去——回去房子裡。」

一般來說，班・韋德史達不太需要因為工作而離開花園，但這時他刻意以送蔬菜為藉口跑進廚房裡，梅洛克太太看到他時，便邀請他到傭人大房喝一杯啤酒。因此，正如他所希望的那樣，他親眼目睹了密蘇威特莊園在這個世代所發生最為戲劇化的事件。

傭人大房有一扇面向庭院的窗戶，能看到外面的草皮。梅洛克太太知道班剛剛才從花園回來，想打聽看看他有沒有看到他的主人，或者看到主人和柯林少爺見面的那一刻。

「你有看到他們兩個嗎，韋德史達？」她問。

班放下裝著啤酒的杯子，用手背抹了抹嘴唇。

「有哎，我看到啦。」他精明地用一種意味深長的語氣回答。

「兩個人你都看到了嗎？」梅洛克太太追問道。

「兩個人兒都看到啦，」班・韋德史達回答，「謝謝妳啊，好心兒的女士，我還能再喝上一杯兒呢。」

「他們兩個站在一起嗎？」梅洛克太太情緒激動，動作慌亂得把啤酒裝到都滿出來了。

「是站在一起兒啊，女士。」班一口就喝掉了半杯新裝的啤酒。

「柯林少爺那時在哪裡啊？他看起來怎麼樣？他們互相說了什麼？」

「我沒聽到他們說什麼兒，」班回答，「我站在梯子上，從牆上兒看到他們的。但是我可以告訴妳，外面發生了不少事兒，你們這些待在房子裡的人兒卻一無所知兒，不過你們很快就會知道該知道的事兒了。」

不到兩分鐘他就灌下了最後一口啤酒，嚴肅地對窗戶揮舞握著馬克杯的手。從那扇窗戶可以看到外面的灌木和一小片草地。

「妳看，」他說，「如果妳覺得好奇的話，就看清楚是誰在穿越草皮兒吧。」

梅洛克太太在看向窗外的瞬間舉起雙手，小聲地驚叫起來，傭人大房裡的所有人都在聽到那聲驚叫後接二連三地跑到窗邊，每個人都盯著窗外，眼睛都快瞪出眼眶了。

橫越草皮走過來的是密蘇威特的老爺，不少僕人從未看過他現在的神態。走在他身旁的人抬頭挺胸，眼中充滿歡樂，走路的樣子和約克郡的其他男孩一樣穩健

——他不是別人，正是柯林少爺！

感謝購買《祕密花園 The Secret Garden 電影原著、少女成長小說經典共讀（懷舊精裝版）》，煩請耐心填寫以下資訊：

姓 名 □女 □男 生日

地 址

電 話 公 宅 手機

Email

學 歷 □國中（含以下）□高中職 □大專 □研究所以上

職 業 □生產/製造 □金融/商業 □傳播/廣告 □軍警/公務員 □教育/文化
□旅遊/運輸 □醫療/保健 □仲介/服務 □學生 □自由/家管 □其他

◆你從何處知道此書？
□書店 □書訊 □書評 □報紙 □廣播 □電視 □網路 □廣告 DM □親友介紹
□其他

◆你通常以何種方式購書？
□逛書店 □網路 □郵購 □劃撥 □信用卡傳真 □其他

◆你的閱讀習慣：
□百科 □生態 □文學 □藝術 □社會科學 □地理地圖 □民俗采風 □休閒生活
□圖鑑 □歷史 □建築 □傳記 □自然科學 □戲劇舞蹈 □宗教哲學 □其他

◆你對本書的評價：（請填代號，1. 非常滿意 2. 滿意 3. 尚可 4. 待改進）
書名 _____ 封面設計 _____ 版面編排 _____ 印刷 _____ 內容 _____
整體評價 _____

◆你對本書的建議：

廣 告 回 函
板橋郵政管理局登記證
板橋廣字第143號

郵資已付 免貼郵票

野人

23141
新北市新店區民權路108-2號9樓
野人文化股份有限公司 收

請沿虛線撕下對折寄回

Further Reading

《清秀佳人》
紅頭髮，雀斑臉，這個最愛異想天開、總是心不在焉的小姑娘，她是世世代代的少女們心靈相通的好友！

《長腿叔叔》
花樣女孩的青春讀本。
女孩的虛榮秘密、戀愛心思、偶爾的小倔強、永遠的做自己，全部只有《長腿叔叔》可以包容。